U0928501

旋转的餐桌

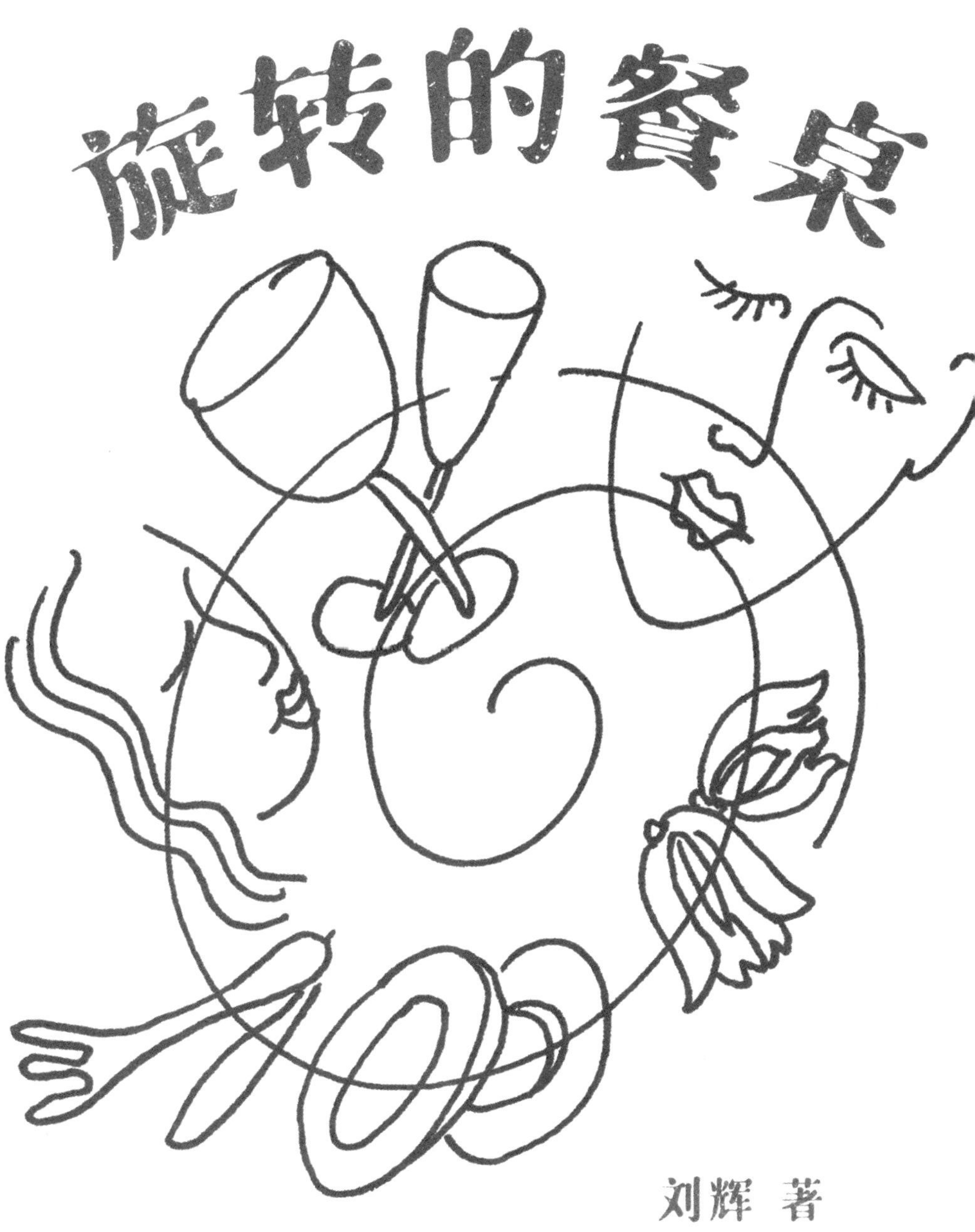

刘辉 著

長江出版傳媒 | 长江文艺出版社

北京长江新世纪文化传媒有限公司
Changjiang New Century Culture and Media Ltd.Beijing
出品

目 录

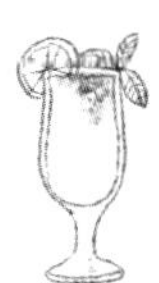

第一章　熔岩巧克力

引子

我试图挪动疲惫的身体，干草发出窸窸窣窣的声响。我睁开眼睛，看到一口黑漆漆的大铁锅里有一些干瘪的黄豆。我想站起来，抖掉枯黄的干草，一个妇人半弯着腰，问我：“你想吃东西吗？”不大的柴房里，她的声音虚无缥缈。

“我帮您打开遮光板。”空乘声音轻柔，用纤细的指尖打开了遮光板。我这才看到，漆黑的夜，漆黑的海。渐渐地，灯光勾勒出了船的轮廓，然后是高楼——我看到了城市的样子。

香港机场快线，列车疾驰，有女人讲着粤语，音量不断升高，刺耳的声音在列车的轰鸣中支离破碎，跌落进黑暗里。

清晨的闹铃声打断了我的梦。在梦里，我一袭黑色战袍，骑着马，挥舞着长剑。我率领一众人马遭遇敌军伏击，看着身边倒下的战友，只得束手就擒。敌军主帅高大英俊，他对我说：“放心吧！他们都没事，只是中了麻醉剂。”我不知道他的用意，只觉得他的脸庞好熟悉，像极了我先生。

梦不能继续，只好去健身房。跑步机是个神奇的东西，明明跑了五公里，却仍在原地，眼前是没有移动的风景。我又想到了飞机上的梦，黑铁锅、干瘪的黄豆。

跑步的好处是很快感觉到饥肠辘辘。我幻想着黄豆焖猪蹄香气浓郁，干瘪的黄豆浸泡在饱满的汤汁里，猪蹄的肉皮色泽红亮，随着汤汁的咕嘟声而微微颤抖。

（一）

我是夏一，出生时离立秋只差一分钟，而我偏偏抓住了夏天的尾巴，在夏天的最后一分钟出生。上学时，老师们似乎都看不清我的名字，他们总是说："那个姓夏的同学，把名字写全了。"或者在念我的名字时，只有一个字"夏"，声音悦耳，停在半空中，我总是吓一跳，久而久之，我的名字被不同阶段的人都叫成了"吓一跳"。

这个名字太贴切了，今天在去健身房的路上，我毫无例外地被一只呆萌的大狗吓了一跳。我猛地一惊，它也吓了一跳，我们四目相对，它凭什么蔑视我！它戴着大口罩，被人牵着，很不情愿。

我不得不佩服我父母的预见性，好名字啊！单字"一"，简单、无变化。换言之，复杂的事物很难和我沾边。我的衣橱，以白色、米色、黑色、灰色、浅蓝色等单色衣物为主。在我家，只有厨具色彩缤纷，烦琐的事情即为与美食有关的一切了。

我喜欢收集花卉图案的餐盘，以色调清新淡雅的不对称图案为主。比如莫奈花园系列，作为我们的早餐盘最好不过了，中国水墨画韵味的油彩，在水色交融中，带着阳光的柔美与流动的诗意，即使在阴雨天使用，心情也会明媚起来，好像自己就是舞动的花儿随风摇曳，轻盈的舞步自由又坚定。

薰衣草系列的白瓷餐盘，是我们正餐的餐具。我记得那年我们在普罗旺斯，落日余晖洒在大片大片的薰衣草上，将我们与大自然融为一体；大片的紫色如梦如幻，让我们的衣衫满是薰衣草的清香。紫色的普罗旺斯，几乎就是美好的代名词。圆形薰衣草餐盘，香气浓郁的牛排和烤土豆放在白瓷部分，周边是被薰衣草包围的紫色天空；椭圆形薰衣草餐盘上是白芦笋配香煎鲑鱼，也可以是红烧带鱼、老上海红烧大排；厚重的圆碗最适合香喷喷的老北京炸酱面了，当然还要配上七碟八碗的面码儿。

在我们日复一日的使用中，这些餐盘的光泽越来越美了，也许是食物的油渍如沃土滋养着永不凋谢的花朵，也许是食物的热度让它们感觉从未被冷落。每一户人家都有属于自己的味道。洁净的餐桌是家里最核心的区域，不敷衍的爱，不是说出来的，是透过家门，从缝隙里传出来的食物香气。

（二）

他回来了，不知道喝了多少酒，看着我说："我不爱你了！"然后用手一指，我变成了一个青花瓷盘。

清晨，他醒来，找不到我，手指却触碰到青花瓷盘。我祈祷他不要打碎我，不要。

连续几日，我做着好玩又古怪的梦。邱天，我的先生，他说几乎不记得做过什么梦，一旦睡着了，即进入深度睡眠，白天总是精力充沛的。我曾经告诉他，当他第一次进入我的视线，就好像带着阳光的暖意，确切地说，是有一束阳光照在他的身上。那一刻，他推开门走进来，我的目光不知不觉地投向他，不想移开。

"一一，我们九月底去摩洛哥玩好吗？"邱天穿好西装，开始系领带。

"太好了！听说摩洛哥是现实版的天方夜谭呢！摩洛哥有好吃

的塔吉锅，塔吉锅是以厨具命名的菜，我们买一个塔吉锅回家，用它炖肉应该不错呢！摩洛哥菜喜欢放各种香料，我们可以去香料市场看看。”

“你研究一下吧！”

“你的提议特别好！今天的晚餐有惊喜奖励你哦！”

邱天去上班了，我火速拨通肥猫的电话：“呼叫虎儿、虎儿。”

“一一，你今天不用上班吗？”肥猫还没有睡醒，想挂断电话。

“我告诉过你啊，两周前公司改朝换代了，我们整个团队和公司拜拜了。这么多年工作一刻不停，现在休息了也挺好的。”

“你呀，心真大！别捣乱，我再睡会儿，加班到天亮……”

“别挂电话啊，我想借你的虎儿一用。”

“惦记什么都行，虎儿不行。”肥猫一定是被我吓醒了。

“晚上七点至九点，只有两个小时，拜托了！”尽管他看不到，我还是象征性地双手合十，“拜托拜托！我保证它的安全。”

“你连花都养不活，别惦记我的虎儿。”

“老公回来了！”我笑着开门，“我查了摩洛哥的介绍，非斯古城有九千多条小巷纵横交错。一千多年前的街道延续到今天，意味着迷路再迷路啊！连谷歌地图都要喊救命。”

邱天说：“我就是打算带着你尽情地迷路啊！”

我以为他会说 ：“你老公会迷路吗？”——我的确一向崇拜他在认路方面的能力——没想到他竟然这么说。我顿时大笑起来：“老公，为了你这句‘尽情地迷路’，我要开瓶Penfolds Bin 407庆祝一下！晚餐后，有惊喜等着你。”

邱天对我所谓的惊喜不以为意，他只对眼前的Ribeye Steak（肋眼牛排）感兴趣。

“不错不错，说是入口即化还不确切，细嚼慢咽之时，牛肉的香气在口中弥漫开来，这块牛排的滋味真是妙啊！”

“我用了时下流行的Sous Vide（低温慢煮）方法。不过在热处理之前，我做了一个实验：把牛排装进真空袋，然后放进零摄氏度水箱保存，肉质比直接放入冰箱保存细腻。”

“我以为舒肥机只有加热管呢！”

“家里不可能有专业的冰水机，我也希望舒肥机不仅仅有加热管。我想了想，冰箱刚好有零摄氏度区域，我就把水箱放进去了。”

看到邱天用实际行动证明了我的实验结果，我关了餐厅的灯，烛光下，餐桌上只剩下两杯没有喝完的红葡萄酒。我隆重地端着一个白色圆形厚餐盘，轻轻地放在邱天面前。

餐盘的中心位置是一个用焦糖做的小鸟笼，为了做这个鸟笼，我苦练了几日，从熬糖色到甩糖丝的技艺，今天终于以我心目中的样子呈现出来——咖啡色与金色的渐变色，细如发丝的焦糖丝，熠熠生辉的每一道褶皱。轻轻敲开鸟笼，鸟儿不见了，却是暖融融的熔岩巧克力蛋糕。我把一颗圆圆的香草冰激凌球放在蛋糕旁边：“当你挖开蛋糕，巧克力熔岩瞬间迸发，与冰激凌融为一体，就像爱情，彼此吸引、交融。”我一闪身，手指尖上出现一只小鸟，“老公，这款甜点我起了一个新名字，‘回家’。鸟儿无论飞到哪里，都要回到温暖的家。你要一边体会融化的甜蜜，一边把它放在指尖上，用心感受。”

邱天早已习惯了我层出不穷的创意。“你不怕鸟的排泄物掉进蛋糕里吗？”他故意说道。

“你不会离蛋糕稍稍远一点吗？它很乖的。”我把鸟儿小心翼翼地递给他。虎儿好像巴不得离开我的掌控，连看都不看我一眼。

“你给它起什么名字不好啊？为什么一只小鸟叫虎儿，陈可居然同意你取这个名字，还把小鸟放心地交给你！”

“你看它浑身翠绿，只有一点点杂毛，好像老虎的花纹，这名字多给力啊！他才不放心把虎儿交给我呢，一会儿就送它回家。”我继续说，“鸟笼被敲碎了，鸟儿自由飞翔。我想表达的意思是，爱你就是爱自由，有你有我的地方就是家。我们的客厅可以是任何我们喜爱的城市和乡间。”

“还有这么多讲究啊！甜点做得真不错，麻不麻烦啊，下次去餐厅吃就好了，有时间别瞎折腾，出去跑跑步好吗？”

“我跑了五公里啊，不然怎么可以吃这么高热量的食物。”

“你这么瘦，吃什么都不用有顾虑啊，把鸟拿走好吗？这么吃东西很奇怪，你见过哪家餐厅吃饭手里还得托着鸟的，真逗！”邱天看着我，“哎，你怎么长不大呢，真是天真啊！明天周末我做饭吧，你想吃什么？”

“你做什么菜都好吃，只是大刀阔斧的，没有美感，我的盘子们都不太高兴呢！”

“我看它们挺高兴的，在家吃饭就别做造型、摆盘了，好吃最重要！”

“你做饭当然好吃，每次开饭前让我坐在餐桌旁等着，一出锅就端上来，刻不容缓地放进嘴里。菜都张牙舞爪地看着我呢，它们都抗议没有秩序。”

“摆来摆去菜都凉了，中餐最重要的是温度。”

“我知道啊，你看香港街头那么多小馆子做菜都比餐厅味道好，就是因为上菜以秒计时。我只是说，稍微讲究一点点，比如什么菜配什么餐具色彩最协调。”

“到肚子里再协调好吗？”邱天笑着说，“一样的。”

“无论川鲁粤都被你整成了农家菜。”我说。

“农家菜香啊，你不会否认吧！”邱天狡辩道。

周六清晨，我穿上蓬蓬袖高腰小黑裙，蓝灰色平底鞋，搭配蓝灰色相间的编织袋，图案是小房子的抽象画。

“不是上街买菜吗？你穿给谁看啊？”邱天终于不用穿西装了，他一身休闲打扮。

“我要美给生活看呀！”我们走过一段上坡路，再沿着狭窄的巷子往前走，湿热的天气让我有点喘不过气。“气压太低了，你走慢点呀！”

“肉摊就在前面了，你还是缺乏锻炼。”邱天丝毫没有放慢脚步，这个人永远不知道累。

“这扇排骨不错！”邱天正说着，手机铃声响起。

“孙总，您好，我不忙，可以说话，协议还在商榷中，我们伦敦的同事还需要开会讨论，您……”他在众多排骨、腔骨、里脊的簇拥下讨论项目。

“一一，你去那边看看想吃什么菜，我还要再打一个电话。”他连一步都没有挪动，好像在守护着那扇躺着的排骨。

我选了一块不大不小的冬瓜、几颗色彩亮丽的西红柿、荸荠、玉米、大葱、姜，又去买了几只鸡脚，家里还有腐皮，回家煲一锅扇骨冬瓜汤，我喜欢在汤里加一颗去皮西红柿提鲜。主菜吃什么呢？带子不错，煎几颗 XO 酱带子，午餐很丰盛了。

我走回猪肉铺，邱天还在打电话，他看上的那扇排骨已经被人买走了。我选了两根筒骨，又请摊主把我选的筒骨剁成小块。我示意邱天可以回家了，他接过我手中的两袋食材，举着电话一路跟在后面，回到家，又把自己关在房间里开会了。他的这份工作，周末无非就是换一个开会的场所而已。

我系好围裙，戴上耳机，在埃尼奥·莫里康内的音乐声中处理食材，不多时，香气四溢，美好的一餐又要上桌了。

第二章　珍珠奶茶

（一）

霜降时节，北京秋意正浓。

我们坐在浅言茶坊，我看着窗外的山楂树上果子已经成熟了，想着用来做冰糖葫芦或果丹皮应该不错吧！方琼不动声色地坐在我对面，看着服务生把一杯珍珠奶茶放在她的面前，她眼睛都没有眨一下，我只好替她说了声：“谢谢！”

阳光透过窗幔刚好勾勒出方琼的轮廓，她有一种含蓄温婉的东方气质，白色高领毛衣把她的肤色衬得更加白皙，珍珠耳钉和同系列手环是她最喜爱的配饰。我们生活里最和谐的画面莫过于我席地而坐，听她弹奏古筝，音色细腻丰富，音韵深情悠长，仿佛流淌在空山新雨后的山涧。

她用勺子将珍珠取出，放在眼前的小碟中，阳光把勺柄照得锃亮。一颗、两颗、三颗……珍珠们静静地躺在白色小碟里，直到取出最后一颗，方琼方才放下勺子。

她没有喝奶茶，而是把杯子捧在手心里，眼睛却直勾勾地盯着那些暗淡的珍珠。她轻晃茶杯，好像晃动着秋光。

她和珍珠一样沉默。

“June，我们买些板栗回家，我给你做栗子鸡好吗？或者烤板栗酥，外层金黄酥脆；内馅呢，我突发奇想，加入一整颗烤香的板栗；不仅如此，我还要放入红豆年糕，红豆沙不用滤得太细，留细小颗粒，手打年糕，增添Q弹的口感。”方琼的英文名字是我取的，一是“琼”的发音与June（六月）相近，二是我忘不了那年夏天她穿着白色长裙走向我的样子。她还是不吭声，我只好继续说着：“想一想栗子鸡香浓的味道，烤箱里诱人的板栗酥……”

“陈可，你是想说三年前的秋天，我觉得你做的栗子鸡实在好吃，于是照猫画虎。我不知道栗子需要先剥外壳再放进锅里，结果烧坏了一口砂锅。”方琼看着我，喃喃地说，“依赖你成了我的惯性，每天我都在等你下班、等你出差回家、等你为我下厨。在你的羽翼下，我过着精致的小日子，忘记了自己曾经的梦想。”

“我小时候，院子里有一棵栗子树，汪曾祺先生说栗子的形状很像小刺猬，我也觉得像。小伙伴们对栗子树通常没有什么兴趣，而是对院门口支起的大铁锅、大铁铲、糖炒栗子着迷。我用攒下的零花钱买糖炒栗子，小伙伴们抢去不少，虽然一路小跑回到家，却也所剩无几了。想想真好笑，五六岁的年纪，也懂得吃。”我故意打岔，我了解方琼，她不时发点小脾气很正常。

“家人闲坐，灯火可亲。”June说，“我也引用汪先生的话，你给过我温暖，只是现在我不得不走了。”她站起来，头也不回地离开了。

June对鲜奶过敏，从来不喝珍珠奶茶。她曾说：“珍珠与奶茶就像是东方和西方，硬要挤在一起，兼容才怪呢！”我没有追出去，看着她忘在座椅上的外套，我怔了好一会儿，然后把那杯不受待见的冷茶喝了。

窗外还是那棵山楂树，只是在我眼中那些果子不会再变换花样了，我知道这一次她真的要远行了。

霜降过后，繁华落寂，内心平添几分凌乱。

（二）

一只小鹿穿过我家客厅往浴室走去，不一会儿，一只稍大些的鹿也走进来，我想应该是小鹿的妈妈吧，于是指指浴室的方向。等一下，我揉揉眼睛，发现自己果真在树屋睡了一夜，树屋下真的有两只小鹿在啃着院子里的花草。我不想惊动它们，清晨原本就是它们的地盘。自从八岁那年我和父母从北京搬到加拿大维多利亚岛，我的童年好像是被无限拉长了似的，就连父亲那个在我眼中无比威严的人，每次停好车也会嘴角上扬，说着："Home, Sweet Home.（家，甜蜜的家）"这个小岛充满了匪夷所思的童话味道，那时我的梦想是高中毕业考进维多利亚大学，因为我有一次路过时发现那里的松鼠可爱极了。

事实上我去了牛津大学，毕业后在香港一家投资银行工作，父母仍旧住在岛上，我有空就回去看他们。小时候的树屋仍然是我最喜欢的栖息地。回到这里真好，哪怕只有短暂的两天，我好久没有做这样的梦了，在梦里我不是在谈合同就是被不同的人追赶。我活动了一下四肢，往下看，小鹿已经不见了踪影，我三两下跳到草坪上。母亲刚好走过来，她笑着说："可儿，来吃早餐吧！你喜欢的枫糖浆松饼，枫糖浆还是那家姐妹作坊的。"

母亲提到的枫糖浆作坊位于美国 Vermont（福蒙特州），有一年我们全家旅行途中刚好经过，从那以后我们经常请她们邮寄枫糖浆过来，我们为姐妹俩的故事而感动。她们的祖先是当年乘坐"五月花号"来美国的英国人，数百年来以制作枫糖浆为生，一直到现在。"冬天这里寒冷，积雪的厚度有齐腰高。"妹妹为我们介绍作坊，她负责枫糖浆的销售，姐姐和父亲负责生产。"你们看到山上那些枫树了吗？每年二月底到四月初，严寒过后气温回升，树液在树干内流动，我们用独特的方法提取糖浆。”妹妹用手指轻轻触摸着机器，“我们制作枫糖浆的机器是父亲亲手打造的，我们仍旧沿用古老的做法，耗时又辛苦。你们尝尝我们的产品，就会感受到我们的用心。”聊天中，我们得知姐妹俩都有机会读大学并在城里找到相对轻松的工作，却都放弃了。“几代人都坚持下来了，我们也不想放弃。我们的产量有限，却被深爱它的人们传递到了亚洲和欧洲。”从那以后，我们不时订购她们的产品，尽管我们身处枫叶国加拿大——最不缺枫糖浆的国度。

我把手中的枫糖浆罐放下，重新绑好瓶盖下方的草绳。June 也喜欢的，我曾经带了几罐回香港。她盘着腿坐在窗下，怀里抱着她领养的小猫，我烤好松饼，浇上枫糖浆，一口一口地喂她吃。我们在一起将近四年，她原本日光灯般白净的脸上，渐渐红润。快半年了，她杳无音信，那只被我喂肥的猫，突然间也失踪了，也许是那晚我喝多了，出门时不知道它也跟着出去了。自从肥猫走失后，我总有种幻觉，好像我和那只猫有种联系，是什么我也说不上来，于是请身边的朋友不要再叫我的名字，而改为“肥猫”。

我的眼前又出现June与小猫相伴的画面，我联想到米兰·昆德拉笔下的特蕾莎，她对卡列宁的爱在某种程度上超越了对她先生的爱，当陪伴多年的卡列宁走路无法平衡的时候，她知道它已时日无多，她忍住泪水，不想让周围的人发觉她对一条狗的爱是那么深。在我频繁出差的日子里，June 把对我的爱转移到小猫身上，小猫不会让她觉得孤单，小猫甚至可以依赖她的爱。

第三章 鱼

（一）

从罗红摄影艺术馆出来，正好是晚高峰，又飘起雪花来。看来没有一两个小时是到不了家的，一个人开车很容易出神，特别是我这种跳跃性思维的人。此时的高速路好像是停车场，我把暖风调大，脱下羽绒服放在副驾驶座位上。雪越下越大，加上汽车尾气，能见度变得更差。我的思绪回到了刚刚欣赏的一幅摄影作品上，那是动物大迁徙时数不清的斑马奔跑的背影。“斑马生性胆小，全年都在奔跑，罗红先生当时是在直升机上航拍的这幅作品，很难拍到正面。动物生存法则如此，斑马担心被凶猛的动物吃掉，一年里要跑三千至四千公里。”解说员如是说。我当时还想着好辛苦的斑马，又想到我的先生邱天，他一年里60%以上的时间都在世界各地出差，难得不用工作的周末，还不时飞去不同的城市参加马拉松赛事。

半个小时了，才挪了不到一公里。我看着交通瘫痪中的雪景，用唱歌来充实时间。“北京的冬天，飘着白雪，这纷飞的季节，让我无法拒绝……”我唱着老狼的歌，歌词只记得这些，于是反复唱着。没日没夜的投资银行工作，家中的另一半要有强大的内心，才能习惯这样的生活，因为大多数时候要独自一人，我总觉得自己活得像是一支队伍，扮演着不同的角色，让自己拥有快乐的能力。投资银行的初级员工更可怜，没时间谈恋爱，有人到了三十多岁还过着与喵星人共处一室的日子，偶尔请假也是为了不得不去宠物医院。

还是没有动静，我随手拆开刚刚买的手工巧克力，吃了一颗，又一颗。我最近迷上了在健身房举铁，身材明显好了不少，动静相结合，以前我喜欢跳南美舞蹈，现在又爱上了打太极拳。好了，总算是能开起来了，在魔幻般的雪景中，油门总算是起到了应有的作用。

十几公里的路程开了近两个小时，我浑身僵硬地从车里钻出来。电梯门开了，我发现家门口的灯又坏了。这是一梯两户的户型，借着邻居家门口昏暗的灯光，我摸出钥匙准备开门，但是，我整个人突然僵住了，眼前发黑，我惊叫一声把手中的东西扔了一地，想打开楼道门逃走。“蛇，怎么会有蛇！”一条粗壮的东西挡住了我的房门，它就在我的脚下！“不要怕，是长鱼。”一个低沉的声音在说。我的视线模糊，看着一个影子抓起地上扭动着的蛇。关上房门，我好像虚脱了，靠着门坐在地上。等恢复意识后，我发现自己浑身上下都被汗水浸透了，忽然想起刚刚那家伙所在的位置与我此时只有一门之隔，我立刻跳起来，担心有小只的钻进来，于是把家里巡视了一番。邻居在家里养蛇！我应该报警吗？

薰衣草精油的香气总算是让我镇静下来，躺在浴缸里，我享受着泡泡浴带来的舒适。那个影子好像伏地魔啊！他会蛇语吗？很显然，这户邻居我没有见过，就算我的名字“夏一”多数时候被“吓一跳”取代，这样的惊吓也未免太过分了吧！我决定暂时不想这些，太晚了，会做噩梦的。

（二）

清晨，我神清气爽，决定吃好早餐就去拜访邻居，即使报警，我也要先采集证据。我换上战靴，一双过膝长靴，身临险境，一定要全副武装。

开门的正是伏地魔："小姑娘，有事吗？"他看上去五六十岁，因为太瘦，脸上棱角分明，身高与我相近。我也是练过几天功夫的人，我给自己打气。

"您在家里养蛇吗？您知道北京城里不允许养蛇吗？"我尽量让自己的声音听上去理直气壮。

"小姑娘，我没有养蛇，是长鱼，我昨晚同你讲过的。"他说，听口音，他应该是江浙人。

"我可以进您家里看看吗？"我不相信自己连鱼和蛇都不分，毕竟我如今也是职业煮妇。

"可以呀！进来吧，小姑娘。"

他带着我穿过客厅，他家的户型与我们家正好是对称的，所以我知道他是要带我去主卧室。我会功夫，不怕伏地魔！我在心里再次为自己打气。

"小姑娘,你看,真的只是几十条长鱼,我把它们养在浴缸里了。"

我定睛一看，原本洁白如玉的大浴缸里，黑漆漆的一片，蛇头涌动。我有一种想吐的感觉，只觉得双腿发软。

"小姑娘，你看看，是长鱼啊！你们北方人说的黄鳝，这些都是野生的，味道和非野生的不同的。我老婆前几天开刀，现在人还在医院里，我请了护工，自己回淮安老家两天，昨天你回来的时候我也刚到家，我坐火车回来的，一路上都没事，没想到回到家里跑掉了一条。野生长鱼很补的，这里买不到的。"他看着我，一脸真诚。我再看看那一浴缸的黄鳝，一脸无奈。

没想到我的新邻居是以做黄鳝闻名天下的淮安人。我定定神，说："它们颜色黑青，不会是笔杆青吧！"

"小姑娘，你还真懂呢！它们的确是笔杆青，在我们那里，一年四季都是很养生的，对手术后提高免疫力蛮有效果的。"此时的大叔不再适合以伏地魔来形容了，倒是一位体贴太太的好先生。

"淮安全鳝宴108道，淮安软兜是活氽水、以竹刀剔骨取其净肉，而且只用鳝背，腹部不用；不氽水生炒是脆鳝；红烧鳝段叫作红烧马鞍桥；最粗的鳝段称为闷张飞。"

"你还懂得不少呢，小姑娘。"大叔看着我。

"我不过是想起了某一本书中对黄鳝的描述。"我试图让自己的脸色不那么难看，虽然我对本帮菜响油鳝糊很是喜欢，但是受到这样的惊吓，我估计相当一段时间里都不会吃黄鳝了。

"小姑娘，你晚上在家吃饭吗？我想做一道淮安软兜给你尝尝。"大叔猜出了我的心思，我也不好直接拒绝。

"叔叔，您还是照顾太太吧，我……"

还没有等我说完，大叔说："我要去医院接老婆回家了。"

（三）

从健身房回到家，我决定做最简单的小米南瓜红枣粥配鸡蛋豆腐，晚餐用小米来养胃不会有负担。拿出养生壶，放入南瓜丁、小米、三颗和田雪枣，注入纯净水；炖盅内放入切块韧豆腐、打去浮沫的蛋液。设置好后，只等养生壶发出悦耳的叮咚声，就可以稍加调味后享用了。

"叮咚"，这声音明显不是养生壶发出的，"叮咚"……原来是门铃在响。我没有在网上订货啊，会不会是快递小哥按错门铃了？

“小姑娘，我是隔壁邻居。”

我打开房门，一阵香气扑鼻。油还在滚、刺刺作响，蒜香、醋香、白胡椒的香气，隐约还有猪油香。

“忘记了吗？我说过要做淮安软兜给你尝。”大叔脸上的笑纹挤在了一起。

“叔叔，您太太接回家了吗？”我笑着接过大叔手中的餐盘。

“她回家了。”大叔说。

“谢谢您，我都忘记了。如果没猜错，您这道淮安软兜是用猪油炝锅的，对吗？”

“小姑娘，你还真懂呢！一定要用自己熬制的猪油来烧才会香，还有，只有野生长鱼才可以放在冷水里养。你趁热吃吧！”

黄鳝处理得很好，大叔用浴缸来养，为的是去掉黄鳝的泥土味。淮安软兜，顾名思义是用布袋兜住黄鳝汆水，吃的时候用筷子夹起鳝背，两端自然下垂成孩童的兜肚形状，会吃的人懂得用汤匙兜住，防止汤汁滴落。我以为受了惊吓后，短时间内不会碰黄鳝了，没想到此时可以静下心来享受其中的滋味。如果不是昨晚的意外，我们邻里之间也会如多数大城市里的人一样互无交集。

在香港，黄鳝煲仔饭也很美味，只是很难吃到野生黄鳝。我很快吃光了这盘淮安软兜，连同之前的恐惧，一起吞下肚。大叔为了太太术后恢复健康，竟然两日内往返家乡，想来一路上并不轻松。如此舟车劳顿，不怕麻烦，这样的小日子着实令人羡慕呢！

第四章　Paella

（一）

告别了骄阳似火的安达卢西亚，连续开了五百公里，我驶入西班牙第三大城市瓦伦西亚，把车停在酒店停车场，卸下行李，准备办理入住后去沙滩走走。今天一直在赶路，晚餐要在 Paella（西班牙海鲜饭）的故乡好好地犒劳自己。

我来西班牙已经一个星期了，无法想象这是一个多么热爱美食的国家。从早餐开始，不同的城市有不同的饮食文化，无论多晚都不会饿肚子。夏日的晚餐要九点才开始，午夜十二点街上到处都游荡着举着冰激凌的孩童。我没有学过西班牙语，当我拖着行李到达首都机场的时候，我甚至不知道自己要去哪里。我查到刚好可以赶上飞往巴塞罗那的航班，毫不犹豫地买票登机，候机时预订酒店和租车。

我换了一条白色长裙，说是白色，其实织物中有细微的亮丝，看上去很像珍珠的光泽，特别是在落霞缤纷的时候，产生一种梦幻的色彩。这条裙子我穿了好几年了，第一次穿它时，遇到了我以为是命中注定的人，谁知也不过是有缘无分。半年多前我离开了他，我对自己很绝望。我曾经躲在他的公寓门口，从树枝的间隙注视着熟悉的灯光。那一夜，我难以入眠，很想回到他的身边，正当我准备叩响他的房门时，里面传来碰杯的声音，我听到几个熟悉的声音在交谈，也听到了他的声音。我看着他下楼送朋友，潜入屋里抱走了我的小猫咪。我从来没有给小猫起过名字，好像早就知道我终将和他走散似的。

那天夜里，我怀里抱着小猫咪，它的体温给过我片刻安慰，我记起他下班后不仅为我做晚餐，也亲手给小猫准备食物，他觉得比超市买来的猫粮有营养。他会笑着说："吃吧！小毛孩。"我苦笑着，现在想这些有何意义。

我换上白色人字拖鞋，把手机和钱包放进一个浅蓝色小包里，临出门时，才想起没有涂口红，于是又折回去。失恋简直是扒了我三层皮，我变得丢三落四的，还常常幻听，总觉得陈可在叫我。幻听和健忘，我简直是不可救药了。

几天前我在百年老店 La Pepcia 预订了海边的座位，现在离晚餐时间还有一个小时。我坐在沙滩上，任海风吹拂。很久没有开这么长时间的车了，我索性躺下来仰望天空。躺下来看到的天空与平日里很不同，它变得宽阔，好像可以包容更多，心里也敞亮了。一个念头冒出来：地球是圆的，天空是圆的，无论我走多远，还会回到起点。

两个小孩子在不远处堆沙堡，她们的父亲在一旁协助着。如果结婚，他也会是一个很有耐心的父亲，也许孩子会喜欢他胜过喜欢我。我闭上双眼，还是躲不过他的影子，他从海里走过来，浑身上下都是水滴，我看着他，满心欢喜，他却像鱼一样游走了。前一秒我觉得爱无处不在，后一秒我的爱人触不可及。我茫然地望着大海，不知怎的，我的眼前出现了《海上钢琴师》的片段，那个从来没有踏上陆地的钢琴师，音乐从他的指尖流淌。

我站在人生的拐点，眼前的海浪起起伏伏，我没有想到会如此漂泊、无助。他的爱是一张无形的保护网，他的初衷也许并不是想控制我，而我也曾毫不犹豫地依靠他。我们的相处是平等的吗？他习惯性地接纳着顺从的我。直到有一天，我才发现我们的关系越是亲密，我越是想找回迷失的自己，找到曾经的梦想，然后实现它。我庆幸自己开始思考人生，与自己独处。

眼前的海变得虚幻，不知哪里是起点，没有目标。我压抑着自己的情感，哪怕是自作自受，也没有退路了。

我往餐厅走去，门是开着的，我走进去，这里是后厨，一排排炊具，上面放着大小不一的平底锅。厨师们在忙着做各式各样的Paella，场面颇为壮观。我的心脏猛烈地跳动起来，这种久违的心动令我不知所措。世界上会有这么离奇的事情，眼前的厨师简直就是年轻的木村拓哉！而这里毕竟不是《东京大饭店》，这位年轻的亚裔厨师眉宇间有一种令人不可抗拒的魅力，虽然他很专注地做着手里的工作，我依稀觉得他骨子里有一种玩世不恭的味道。我忐忑地步入餐厅，面对如丝绸般涌动的地中海，好像帷幕正缓缓拉开。

Paella，通常是两人份以上的，甚至可以做到十人份。“Paella”的意思是平底锅，Paella 并不一定是海鲜饭，也有用兔子肉、鸡肉等做成的。瓦伦西亚濒临地中海，所以这里的 Paella 通常选择海鲜。其实 Paella 的主角是米饭，“Bomba”是 Paella 专用大米，是当年阿拉伯人带进瓦伦西亚的农作物。

服务员在给邻桌呈上十人份的海鲜饭，这么大份的海鲜饭我还真是第一次见到。呈花瓣状散开的超大只红虾，简直是太奔放了！我的脸突然红了，恐怕像极了这些大红虾的颜色，我竟然用“奔放”来形容海鲜，我猛地饮了一口 Sangría（桑格里亚酒），头好像炸裂般痛起来。此时我的海鲜饭也端上来了，服务生左右手各拿起一个餐勺，在海鲜饭上画了一个十字，他先把一只大红虾放在我的餐盘里，然后搅拌整锅海鲜饭，最后骄傲地向我展示 Socarrat（锅巴）。海鲜饭在平底锅里的厚度大约两厘米，Paella 的制作是一个慢工出细活的过程，藏红花是Paella的灵魂，在煎制鱼、虾、带子等海鲜之后，加入未经淘洗的Bomba大米，注入鱼虾等熬制的海鲜高汤，有相当一段时间不能再去搅动，而是相对静止，以阻止大米中淀粉的释放，如果是煲粥，则需要在清洗大米时用双手搓洗，以及在烹煮时搅动，以达到黏稠绵密的口感，此时的静止是使大米中所含的淀粉沉淀到底部形成锅巴，这才是这一大锅Paella最香的部分，颗颗米粒带着海鲜的咸鲜和焦香，这道理与香港的煲仔饭大同小异。

我一个人吃完整份海鲜饭，也没放过最后一滴桑格里亚酒，头不痛了，反而觉得水果酒入喉时越来越舒服，余味清甜。

La Pepcia，很多名人光顾过的餐厅，店里有不少名人用餐时拍摄的照片。墙上有国王胡安·卡洛斯和王后用餐时的赠言，西班牙餐厅也是很讲究名人效应的。

（二）

第一缕晨光不偏不倚照在百年老店Santa Catalina，这里是Churros（吉拿棒）、Horchata（大米露）与Fartons（霜糖软面包）的专门店，选择在这里用早餐是最好不过的了。我对甜食很热衷，心无旁骛地享受着新一天的开始。

吉拿棒原本是山地牧羊人的早餐，“吉拿”是伊比利亚绵羊的一个品种。吉拿棒成分简单，面粉、水和盐揉成面团，丢进油锅里高温油炸。吉拿棒的外形如金手指，表面有褶皱，趁热吃，外酥内软，蘸着浓浓的热巧克力汁，味道实在是妙不可言。我没有浪费粘在手指上的巧克力酱汁，如孩童般吸吮着手指，没有觉得不好意思，反而觉得这是吉拿棒正确的吃法。也许，蘸黑咖啡也不错，苦中有甜。想到这里，我站起来，去柜台点了一杯咖啡。

我不确定他是什么时候坐在邻桌的。

“你好！讲国语吗？”该死的，他也有浅浅的酒窝。他看着我，微笑着，笑意是那么自然。

“是的。”我看着他，点点头。

“昨晚的 Paella 还好吗？”他的声音充满了磁性，更可怕的是，他的双眸明亮，明明他并没有眨眼睛，我却觉得他眨了，而且是那种充满魅力的眼神。

“很美味，我很喜欢吃海鲜饭。”我想起昨晚他在灶台前的一幕，没想到他的目光也曾划过我的脸庞。

“我是台湾人，来西班牙学习料理两年多了。”他呷了一口咖啡，“你来自北京，上海？”

“就算是北京吧！”我说。

“我去过北京，你喜欢北京哪间西班牙餐厅？”

“北京三里屯有一家西班牙餐厅 Niajo，老板来自瓦伦西亚，墨鱼汁 Paella、Tapas（西班牙小食）、西班牙火腿丸子、橄榄油香蒜煎虾、土豆饼都很不错，西班牙葡萄酒也有不少选择。”我说。

“这间餐厅在那里花园，我和朋友去过一次。”他说，“我准备在台北开间西班牙餐厅。”

“已经在筹备阶段了吗？”

“是的，在中山北路，晶华酒店附近。”

“我对那一区域还挺熟悉的，从大仓久和酒店过马路，对面的巷子里有一对老夫妻，日落后……”我还没有讲完，他兴奋地打断我说：“烤串路边摊，我常去耶！我很小的时候阿嬷带我去的。”

“他们从 1983 年开始在那个角落摆摊，坚持古早味。”我也奇怪自己的记忆突然变得清晰起来，“为什么想到来西班牙，而不是法国或者意大利呢？同样都是美食国度。”

“西班牙料理的食材是那么鲜活、色彩热烈，同事之间蛮容易相处，我在这里工作的每一天都满怀热情。”

“你工作到很晚吧！还会来吃早餐？”

“我住在附近，其实我的睡眠很少，四五个小时足矣，有很多事情要忙。你来几天呢？”

“两天吧，后天继续出发。”

“也许我们还会见面哦！世界很小的。”他站起来，我也条件反射般站起来，我们的身体无意间碰撞，又弹开。

餐盘中还有最后一个吉拿棒，我看着它漂亮的颜色，觉得它的褶皱很像手风琴，在一开一合之间，发出好听的声音；又像有风吹过的水面，欲皱还休。不知为何，我还想到了白色窗纱的褶皱、笑容的褶皱、生活的褶皱、时间的褶皱。

他不会知道，我的心中因为他泛起片刻涟漪，不是像漩涡那样，而是自由的、有点俏皮的、灵动的、不可复制的弧线。

（三）

你给我快乐，你给我悲伤。

迂回曲折，我还是要前行。

阳光亲吻我，我感恩。

还有月，有星辰，有大海。

你蒙着我的双眼，我只觉得深一脚浅一脚的，身体摇晃。没有海浪声，高跟鞋里没有进沙子，不是在海边，那么我们在草坪上对不对？

我又想起那个不明所以的梦，爱如潮水般来来去去。我踢着脚下的石子，步行去小剧院欣赏弗拉明戈，穿过一个又一个小巷子，有时阳光被建筑物挡住，浮动的尘埃在转角处格外明显。

下午场的观众已经入座，舞台就在正前方。弗拉明戈的剧场都是这么小小的，这样才能让每位观众欣赏舞者的一举一动，感受到弗拉明戈的穿透力。

一位如木雕般棱角分明的消瘦男人演奏西班牙吉他，在陌生的曲调中，我又找到了他的影子——那是他用吉他演绎过的《阿尔汗布拉宫的回忆》。的确，我对西班牙并不陌生，我们曾经一起从南到北穿越这个国度。昨晚的餐厅我们一起去过，我正是坐在他的座位上，好像他在陪着我。

我尽量不去想这些，佯作第一次踏上这片土地。无奈他总是以不同的样子出现在我的面前，昨晚的瓦伦西亚，他是一条行走的鱼，而我此时如鲠在喉般难受，尽力克制着不让眼泪掉下来。也许我来错了地方，这是两个陌生人遇到都有可能聊几个小时的地方，一个从邂逅到艳遇一分钟都嫌长的地方，一个无法安放孤独的地方。

台上的舞者明显不年轻了，厚重的粉底压住的并不是年轮的忧伤。她的目光、她的舞姿，她的举手投足，都在给我传递两个字：坚毅！这是我读出来的弗拉明戈。

我沉浸在舞者动人的舞步里。演出结束后，我毫不犹豫地去报名参加明天下午的弗拉明戈培训课，尽管如此一来会打乱我的行程。现在是旅游旺季，我预订了未来两天的酒店。没有关系，没有人在乎我的时间，我是自由的。

“Olé（好）！”我走出小剧院，舞者不时喊出的这个词在我耳际挥之不去。我好像看到了希望的微光零星闪烁。

第五章　十一慢

（一）

我走进电梯，空气中有蓝风铃淡淡的香气。十五层到了，电梯门打开的瞬间，我看到一位身着藕荷色套装的女孩站在那里。“柯总，您好，我是田园，刚刚我去楼下接您了呢！”蓝风铃的香气清晰了许多，虽说清新淡雅，不失为一款令人舒服的香水，我还是皱了一下眉——段总提到会请我品饮几款清酒，今天还要协商“十一慢”的外包装——如此专业的团队，居然有人擦香水？“十一慢”是我与日本三重县名藏之一“青山酒造”的联名限定款，我为此去了五次日本，与青山酒造杜氏，也是第七代传人青山原达成了共识，冬季正是酿造期。

这是我初次尝试与酒造合作联名款清酒，青山酒造所处的风土气候很适合酿造清酒。无论时代的更替，他们始终恪守着家族传统，坚持小规模纯手工酿造。他们自己种植稻米，而且是比较难种植的伊势锦，手工插秧，在收割时，更是顺应自然，等待稻穗饱满成熟后自然垂下。清澈的伏流水与自己培育的酒米，酿造出伊势特有的清酒。更难得的是，他们遵循古法，在制造酒母的过程中，用天然乳酸菌有效排除杂菌培育酵母，并用木杵搅拌、捣碎酒米，即“生酛”。一桶需要人工搅拌一千二百次，他们有五个桶，总共搅拌六千次，我体验了这个过程，几乎彻夜不眠地工作。古法酿造比普通酿造时间多出来一倍。因为耗时耗力，目前仅有极少数的酒造能够坚持下来。

温度、湿度、微生物、时间、技巧……诸多要素决定清酒出品的口感和质量，酿造的过程既烦琐又辛苦。精米过后是洗米，比如发酵槽用一千公斤酒米，以十公斤为单位洗米，洗米环节注重吸水率，洗米、静置、吸水。根据天气不同，下雨或是晴天，湿度也不同，微生物与大自然都是不可控的要素。不同的精米与天气，洗米和吸水的时间都会不同。吸水率是在前期原料处理时唯一可以控制的，必须把风险降到最低。接下来是蒸米、制曲、制酒母、制醪、上槽，发酵完成的液体通过棉质酒袋压榨，液体为清酒，余渣为酒粕，保持全年5摄氏度保存。火入，58摄氏度低温杀菌，冷却机三十秒降温，直接装瓶时的温度为11摄氏度，同时停止微生物作业，到冷藏室熟成，出货时再在瓶身贴标，以保持最好的风味。

几年来我在日本寻访了近百家酒造，我被青山酒造的精神打动，他们在平凡中不平凡，无怨无悔地传承着古老的技艺，正所谓“常行一直心”，这是三重县名店“割烹西村”店内正中的匾额题字。“直心”意为没有杂念。“心”右边有两个点，被包裹在内的是一个人的“内心”；另一点则是对外界的向往之心。这两个点力道不同，内心这一点更为遒劲有力。

心中盛得下美好，沁香自来。

我走进会议室，只见会议桌上空空荡荡，对面却坐满了一排人。

“柯总，您请坐啊！”段芮说。

“段总今天是动用了全部人马吗？”我坐下来心中有些不解。

段总没有说话，而是露出了她招牌式的笑容，其中有企业家的自信与坚定，又有为人的随和与温暖。

段芮说："在看您的定制款外包装设计前，我有一事相求，很快就是圣诞节、新年了，我们为客户设计了一款盲盒，想请您提提建议。"

此时，电动窗帘缓缓地将阳光阻挡在外，室内的光线暗了下来。

"麻烦您闭上双眼。"音乐轻柔地响起……

我睁开眼睛，一座不大不小的雪山呈现在眼前。我伸手去摸，果然是冰凉的。仔细一看，雪山的一侧有消融的迹象。我看到晶莹剔透的水滴，好像噙在眼中的泪正在涌出。我想用指尖轻轻地拂去泪痕，却不想触碰了一个隐藏的机关。一个约戒指盒大小的格子里竟然盛着清酒，我轻轻地把冰格抽出来，浅酌一口，清冽的酒体，令我瞬间感觉神清气爽。

我屏住呼吸，又打开另一个小格，酒体中竟有木桶的香气。

"雪山的设计灵感源自川端康成的《雪国》，我好像看到了雪花纷飞的新潟，清冽的雪融水流入高山、小河、梯田，提供了纯净的酿酒水。第一款精米步合 35% 纯米大吟酿，使用 100% 越淡丽酒米，香气优雅圆润；第二款纯米酒，有新潟用吉野杉为材料制作木桶的独特韵味，入喉时口感厚实，余韵持久。如果有酒渍鲑鱼作为下酒菜就更符合新潟的气质了。"

"太厉害了！柯总，您再找找，还有其他的盲盒呢！"

不得不说，我还是第一次看到如此精致的清酒盲盒呢！摸着黑寻宝似的打开盲盒，有种小时候拆生日礼物的幸福感。

"我们就不耽误柯总的时间了。"段总把窗帘拉开，"怎么样，这款盲盒的设计您还喜欢吗？"

"我喜欢啊！请问盲盒的设计师是哪位，我很想会会他！"

"我稍后请她过来，她此时正在我的办公室呢！不过在此之前，我想请您品饮一款酒。"

我接过酒杯，入喉时纤细清雅的口感令我有种奇妙的感觉，好像会有好事发生似的喜悦。我看向段总，她不语，只是回以微笑。这一小杯清酒，我喝得很慢很慢，我想记住它的味道，因为没有人知道下次遇见会是何年何月。会议室静得出奇，每一个人的目光都聚焦在我手中的清酒杯上。

“纯米大吟酿原酒，使用兵库县东条产山田锦酒米 100%，酒精度 17 度。”我停顿了一下，这是我第二次有幸遇见它，重逢的喜悦让我有点语无伦次，“太难得了，这款酒出品一年不过十余瓶，雫酒的产量本来就很低，而这款，我猜是梦幻酒造黑龙的巅峰之作‘无二’系列 2013 年或者是 2015 年酒款。”

“我就知道瞒不过您，的确是非常难得的 2013 年黑龙无二。”段总说，“得来不易，刚好今天您来了，我也刚好与懂它的人分享。”

“雫酒”之所以难得，因为在酿造时，酒是从酒袋里一滴一滴地自然滴落，你可以想象它滴落时的优雅，不急不缓。没有人知道一瓶 720 毫升的清酒是由多少滴汇成，只知道它酿制于大寒时节。

此时，四款完全不同的酒器一字排开，“谢谢柯总今天给我们上了一堂很好的示范课，这四款酒就当作一份特别的礼物了。”

我拿起一个喇叭杯型的木质酒杯，只是闻了一下，又放回原处。看着众人不解的目光，我从随身包里拿出一只开口杯型的青森县“津轻金山烧”。

“段总，这是同一款清酒，只是用了不同的酒器、变换了温度。品饮温度正是日本酒的魅力体现，不同的温度，带来的感觉会很不同。日本酒的适饮温度从雪冷 5 摄氏度到极烫 55 摄氏度共有十个品饮温度带。我之所以更换了其中的一款酒器，正是因为我这款青森县‘津轻金山烧’更能诠释你想给我的变化。春、夏、秋、冬，这是你想告诉我的四季。”

“好神奇啊！柯总竟然能猜到是同一款酒！”有人说。

“我怎么可以这么不负责任，我没有猜。”我拿起我的“津轻金山烧”，抿了一口，又放回到桌面，杯中有手工绘制的小金鱼，随着清酒的轻微晃动而鲜活起来。

“您的酒杯好美啊！”

“‘津轻金山烧’使用青森本地黏土，以生长在周边森林的赤松为燃料，1350摄氏度高温烧制，木材燃烧时产生的灰与陶土产生化学反应，形成自然釉，陶器本身也因此有不同的光泽，所以每一件手工作品都是独一无二的。这个小清酒杯，杯壁很薄，内壁有漆绘金鱼，酒器的手感舒服，令人有慢慢品饮的想法。”

我转而又说：“这是能登杜氏四大天王之一，农口尚彦老先生的一款无过滤生原酒，我之所以如此熟悉这款酒，是因为我有幸拜访老先生时，正是品饮的这款酒，而且也是用四款杯型，当时老先生还问过我不同酒器中的味道表现。这款酒一般来说只能在酒造饮用，因为对保存的温度要求很高，经不起运输的折腾，所以在此处能喝到，的确可以说是很特别的礼物了。”

“请教柯总，单凭杯中清酒的颜色，就可以判定品质吗？”有人问。

“在白光下，如果这杯酒无色透明，即添加了活性炭，是大批量酿造的；若色泽微黄，则没有加入活性炭，我们会很期待其丰富的口感。我们摇一下杯子看泪滴的浓稠度，越黏稠，表示越甜或者酒感比较重。闻香，每个人的感官不同，闻到的香气也会不一样。品酒，感受酒的味道风格表现。它的甜味、苦味、酸味、厚实感，每一种米，酿造的酒造风格不一样，味道也会不同。”

“我们感谢柯总的讲解！很抱歉啊，柯总，今天您不会看到十一慢的外包装设计稿了，我已经与上一位设计师解约了，我认为他不可能设计出您想要看到的东西。我今天请您来，就是想向您推荐一位并不出名，甚至没有代表作品的设计师，正是您看到的盲盒设计师，给不给她这次机会，您来定。”

十一慢的酒标是我设计的，采用伊势型纸和铃鹿墨。三重县铃鹿市曾经是手工制墨重镇，如今传承者寥寥无几。借由墨色传递对传统文化的守护与敬意，邀请书法家挥毫泼墨为酒标平添了一分深情。

“我去请设计师过来。”段总在打开房门时又补充了一句，“对了，我最近多了一个调香的小爱好，觉得很符合我们田园的气质，一时开心，在她的手腕试了试，我想您也许注意到了，是我的错哦！”她爽朗的笑声在关门的瞬间并没有戛然而止。

笑容是有感染力的，我们无一例外地笑了起来。段总的团队积极向上有活力，是一群专注做事、靠谱的人，也是我选择与他们合作的原因。

（二）

“我带设计师去餐厅。”离开会议室，还没等众人反应过来，我已趁她步入电梯时按下关门键。

车子驶出繁华的街道，我甚至没有播放车上的音乐。我想听到自己心跳的声音，幸福来得太突然。

我将车停在路旁，向她倾身而去。

“不好意思！”她躲过了我的吻，“我们是去餐厅吗？”她回避我炽热的眼神。

“虽然我们在瓦伦西亚只有短暂的邂逅，我却决定来北京等你。看到盲盒的时候，我已经感应到你的气息。”

“是冰冷的寒意吗？”

“不，是你才懂的晶莹剔透。”

我用手指撩起她的发梢：“你自带光芒，好像是珍珠的色泽……”

“不要提‘珍珠’这个词。”

"他也这么说吗？"我看着她。

"柯总，我们直接去餐厅吧？"

"好哦！既然如此，我们参观一下也好。"

我牵着她的手，北京的冬天真的好冷，连日的雾霾总算消散，白天时间总是短得可怜，刚到五点，天空已经暗下来，我想抓住转瞬即逝的阳光，为她呈现这里最美的样子。

"我们餐厅主推日餐与西班牙料理。我不想笼统地称为融合菜，美食不应该有国界，好吃才是最重要的，你看这一大片菜地，种植有机蔬菜和香草，那边是鱼塘，再往前走，我猜你会很喜欢。"

方琼并没有松开我的手，她现在应该是放松下来了。

"小木村拓哉，我看到你的第一眼，觉得你好像那个会做菜的木村拓哉。"

我笑了，她看着我，用手指轻触着我浅浅的酒窝。

"那天我并没有离开瓦伦西亚，我在那里学习弗拉明戈，只是我没有再去那家餐厅。"

"为什么没有来找我呢？"

"我还在想他，以前想、现在想，以后，我不知道，也许还会继续想着他。"

"看着我，你想逃跑吗？你觉得还跑得了吗？"我想吻她，她却再一次逃开我。

"我知道他一直在找我，过去我不满意他工作太忙，上周他竟然辞去工作，准备去大理双廊开客栈，他给我留言，说他会亲自设计客栈，把我喜欢的样子呈现出来。他等我一起枕浪而眠。"

"你为什么没有去找他呢？"

"我想先找回迷失的自己。"她笑着，"一个人生活没有很酷，也不会很糟。"

"你看，这里是花园，你喜欢什么花，我们还有一大片空地可以种。”

她的手突然颤抖了一下，我顺势把她拥入怀中。“你不是要帮我设计‘十一慢’的外包装吗？你先融入此景，才会知道咱们需要什么。”

“那边有什么？听起来好热闹啊！”她好像孩子般跑去看。

“动物乐园，你看它们在果树下自由自在地生活，是不是很幸福？”我笑着，我知道她会喜欢这里。

“太美了！你怎么找到这片宝地的？”

“餐厅在那边，我们还有十几间空房，准备做民宿，你想不想住在这里？”

“我还是想先聊聊我对十一慢外包装的想法。”

“天太冷了，工人们正在餐厅做收尾工作，过几天就好了，先去我家坐坐吧！”

（三）

我的住处是一栋两层小楼，一层是客厅、书房和厨房，二层有两间卧室。这栋小楼是原先的主人留下的，连同我正在改造的餐厅，我一起租了下来，代价是我放弃了最初准备做的台北餐厅。

方琼走进客厅，笑着对我说：“我突然很想吃客家煎堆。”

“这有何难？”我走向厨房，顺手为她倒了一杯热水，加了一勺桂花蜜。

方琼坐在厨房岛台的高脚凳上，捧着水杯捂手。

“你真的会做客家人春节才做的煎堆吗？”

“当然，你确定只吃这一道甜品吗？”

“我十分确定，我只想吃煎堆。”

我系上围裙，首先把红糖用水煮融，然后和在糯米粉里，和好面后，搓成长条再切分，分别揉成圆形；将花生和芝麻碾碎，包入糯米团中，热油下锅炸成金黄偏棕色后捞出。

“炸好后要上锅蒸透，这样吃起来更香，而且不会上火。”方琼说。

热气腾腾的客家煎堆上桌了，方琼一连吃了六颗。

“完全是我记忆里的味道。”

“你是广东客家人？听口音不像啊！解乡愁了吗？”我问她，见她不语，我随手给自己切了几片鱼生。

“Otoro（上腹）！”她的眼睛瞪圆了，我觉得着实可爱，决定逗逗她。我磨了新鲜的山葵，她看着粉红色的金枪鱼直咽口水。

“你吃两片就可以了吧！不腻吗？”她目不转睛。

我笑笑，“这条黑鲔鱼在日本近海出生，年少之时开启了伟大的探险，畅游太平洋，抵达加州时已是壮年，它决定秋末游抵日本海域。于是，它在水深三十米处继续潜行，时速可达一百六十公里，它没有放过任何一次补充营养的机会，体重达到一百多公斤。冬季正是本鲔最肥腴的季节，口感确实鲜美。你看这片鱼，我切的是标准厚度 0.8 厘米，长度 7.5 厘米，入口即化，带着油脂的芳香与山葵的味觉冲击，完美！”

她看着空空如也的餐盘，又看看我。

“你想尝尝吗？”我有点不忍心。

“这鱼之所以鲜美不过是因为其体内的谷氨酸。”

“哦，有理论表明所谓的旨味不过是一种咸味。你看金枪鱼，它的美味与咸味和厚度有关。你知道人的味蕾有多少个吗？”

“真有人数过？”

她的眼睛忽闪忽闪的，一本正经地等着答案。

我又切了几片金枪鱼，边吃边说：“平均来讲，人的舌头上大约有一万个味蕾，只有约二十五个苦味感受器。有人的味觉很敏感，比如对苦味，这些人被称为超级味觉者（Super Tasters）；还有些人的味蕾相对少，他们对超辣的食物完全没有问题。”

她默默地点点头，“听说味蕾一个月重组一次。我还是比较喜欢高糖高碳水。”

“对碳水的需求是来自我们基因里的，糖源是大脑营养的重要来源，戒糖会影响记忆力，戒碳水更加不可取。”

“所以说高糖高碳水会让我更健康和聪明吗？”

“任何食物过量都是不好的。”

“谢谢柯总，我们现在可以聊十一慢的外包装了吗？”

“不要叫我柯总，我有名字的。”

“叫你小木村拓哉太长了，还是柯总顺口。段总说十一慢有四季酒款。”

“春季生酒，植物草本的香气，有粗犷感，精米步合60%～65%；夏季气泡酒，可以加入冰块饮用，口感淡丽优雅；秋季冷卸酒；冬季下雪天温热的纯米酒最好不过了。”

“我记得每年十月是大多日本酒开始酿造的时间，十月酿造日常酒款，入冬酿造吟酿酒。听上去你并不追求低精米步合的酒款。”

“我希望是饮酒之人没有任何顾虑，搭配美食尽情享用的酒款。”

“我想在十一慢的瓶口设计一个类似根付的东西。用草绳系着，根付的材质根据春夏秋冬四季不同，也就是说有四款根付，它们不仅仅代表日本传统文化，还可以兼作筷架，饮酒时必然搭配小菜，根付设计既美观又实用，喜欢收藏的人，可以集齐四款。”

“筷架，快嫁，我喜欢。”我笑着。

方琼明显没有听出我在说什么，继续说：“根付是日本江户时期的一种微雕艺术品，传统和服没有口袋，以绳线穿根付固定，把钱袋等挂在腰带上，明治时期日本用根付换回不少外汇，所以有不少欧美藏家。”

“《琥珀眼睛的兔子》，你的灵感和这本书有关吗？”

“是的，我喜欢这位英国陶瓷艺术家写的两本书，一本《白瓷之路》，引导我走访了几大瓷城，而读完《琥珀眼睛的兔子》，我很想亲手设计一款根付。”

“春有百花秋有月，夏有凉风冬有雪。”这就是你想表达的意境吧！

“我知道如何呈现我心中的琥珀眼睛的兔子，这只小兔子的形象在我心中根深蒂固了。”

“你是想做动物根付吗？”

“蜡梅寒冬开花，代表冬尽春来，花香沁人心脾，可用竹制；夏日里，小荷才露尖尖角，早有蜻蜓立上头，我觉得可以用木雕；秋的意境与满月有关，琥珀眼睛的兔子则用陶瓷来呈现，有光滑圆润的质感；我想把最美的留在最后，我养过一只小猫，我给过它爱和温暖，给过它家。你能想象这样的画面吗？你听到雪落的声音，白茫茫一片，留下一串它的足迹，很凄美不是吗？”

“我好像已经看到了这一幕，你想如何体现呢？”

“我不想用冰冷的材质，而是让人想到温暖的、愿意捧在手心里的毛线编织。”

“我很喜欢你的想法，那么外包装呢？”

“外包装采用不同色阶的灰色与酒标的墨色呼应，总体的色调是克制的，甚至淡去色泽，保留类似朦胧质感的光润。在细节处体现季节的变化和酒款的不同特点。

“具体来说，在大面积的灰色运用中，我们可以看到一抹不一样的颜色。

“春季：细节之处可见若竹色，即嫩竹的颜色，突出酒体植物草本香气表现，竹质根付也用若竹色草绳系在瓶口处。

“夏季：冰蓝色的江户切子最适合冰爽的气泡酒了，冰蓝色草绳点缀木雕根付，让我们有一种在夏日蓝天下，荷塘碧波荡漾、微风拂面的惬意。

“秋季：柿色的出现表明已是晚秋，与冷卸酒饱满的酒体表现一致，搭配枯草绳将陶片根付系在瓶口处。

“冬季：没有一种颜色比银装素裹的银色更适合冬季，这也是四季酒款外包装中唯一闪亮的颜色，小猫根付由毛线编织，系绳也用同样的毛线，与温热的纯米酒搭配，给我们温暖的感觉。”

我把手中的香槟递给她：“合作愉快！”我们碰杯，更是为了重逢。

（四）

第二天，我把楼上的主卧室让给了方琼，并把楼上客卧的床搬到楼下书房，其实书房的空间足够大，把这里当成我的卧室未尝不可。我将一张长条桌搬到楼上客卧，这里便成了方琼的工作室。从这天开始，方琼每天清晨在鸟儿的欢鸣中醒来，她跑到动物乐园里，喂喂动物，然后享用我做的早餐，每天她都在图纸中忙忙碌碌。

她仍旧叫我“柯总”，我也不和她计较。有时她会改口叫我“柯老师”，而我却一直叫她“方琼”，我认定那个人一定不会连名带姓称呼她，我能想象，他一定是万般呵护她的。

“你看，它的光泽是那么迷人，手绘的花鸟惟妙惟肖，整体感觉内敛却光芒万丈。”她手中捧着一个英国骨瓷咖啡杯，“如何才能让器物在若干年后仍然令人着迷？柯老师，你说说，虽然老师傅已经将我的小兔子做出来了，我却怎么都觉得不够生动呢？”兼任根付和筷架的小兔子们占据了我们的餐桌，还放置了不同材质的筷子，她总是觉得欠缺什么。“眼神，柯老师，你觉得琥珀眼睛差了点睛之笔吗？”

“方琼，我只觉得每天吃饭时，这些小兔子都来抢胡萝卜了，怎么会不灵动可爱呢？”

“它们并不需要可爱啊，不用取悦任何人。”方琼说这句话时神情严肃，“我知道了，我马上改图纸。”

接下来的两个星期，方琼几乎都在工作室里不出来。有一天，她说：“把院子里的荷花池扩大一倍，我想在中间加一座小桥，就好像是莫奈那幅《日本桥》。你走在桥上，我在桥下画你。”在我看来，与其说她为艺术着迷，不如说她已经完全陷进了自己构建的四季里，在另一个时间与空间维度自由穿行。

距离新年餐厅开幕只有几天时间了，我没日没夜地为餐厅的各种琐事烦心，圣诞节前夜也没有和方琼一起度过。一日，正当我和采购部经理确认开业当日的食材时，几位服务生窃窃私语，“快看外面，雪下得好大啊！”我抬头一看，漫天飞雪。我突然有一种不好的预感，于是顾不得穿上外套，冲出餐厅。

我跑到方琼的工作室，凌乱的图纸不见了，取而代之的是一本装订成册的设计图，“春夏秋冬”根付设计图和十一慢外包装设计图。香熏散发着冷杉若隐若现的味道。

“你能想象这样的画面吗？你听到雪落的声音，看到白茫茫一片，留下一串它的足迹，很凄美不是吗？”她的声音好像就在耳畔。我翻到冬季那页，毛线编织的小猫咪根付，它甚至没有清晰的模样，好像是被风吹散了，去也不留痕。

我们的重逢太过短暂，彼此之间有意无意保持着距离。我打开窗，让雪花飘进来，打湿我单薄的衣衫。雪花好似打碎的白瓷，莹润轻薄、单纯美丽，缓缓地飘落，却扎心地痛。我们的爱情尚未开始，她却按下了急停键。

新的一年，因装修问题，我的餐厅也没能按时开业。本应身穿厨师服，置身于热火朝天的我，整日穿着工装裤在院子里修修剪剪。

第六章　鸡汤米线

时间不能治愈创伤，双廊可以。

双廊没有魔法，时间拥有。

（一）

“没想到一块提拉米苏竟让我彻夜无眠。”我晕乎乎地晃动着手中的酒杯，“我今晚要早点睡，可是又不想辜负你这一桌好菜。”

陈可并没有理会我说了些什么，只是帮我换成蜂蜜水。

“邱天还没有开完电话会议吗？我好困啊！”

我一口气喝光了一杯蜂蜜水，晃晃悠悠地站起来，走到露台上吹吹风，这里简直就是空中花园，各种好看的植物在月光下随风摇曳。“洱海又不是海。”耳畔响起了邱天在来大理之前说过的话。“当心着凉。”陈可递给我一件羊毛披肩。我这才意识到洱海的风不是闹着玩的，阵阵浪声总算是把我唤醒了。白色的露台，白色的帷幔，白色的沙发，还有一个白色的秋千。我把秋千荡得高高的，披肩此时化身为翅膀，我在洱海的上空飞翔。

“谢谢你邀请我们来洱海跨年，真希望方琼也在这儿。”

“既然找不到她，我索性辞去工作来这里等她。”

“守株待兔。”我笑着，“你呀，就是太宠她了，好像是宠女儿。”

陈可看着黑漆漆的洱海：“她的心思细如发丝。”

“她是个神秘的女孩，从来没有听她提过父母家人，她的话好少，每次见面都安静得像小猫咪。”

“是我考虑不周，她大学毕业后，我就带她来香港了，她和我提过几次要找工作，我都没有放在心上。我来这里经营客栈是想给她一个空间，做她想做的事情。”

“她如果看到你为她准备的工作室，一定很喜欢。”

“我想从新年开始把更多的当地传统文化融入客栈，你看这里位置得天独厚，四季气候宜人。少数民族文化多姿多彩，虽然这里属于旅游热点，但民风依然淳朴。走在街上会看到穿着民族服装的阿姨、奶奶们，她们在自家门口卖些自己做的乳扇、土豆饼之类的小吃。我想请阿姨们教客人学习扎染工艺，这样既能帮助到她们，也可以让更多人了解传统技艺。”

陈可将“六月阳光”客栈顶楼的一侧改为私人空间，大约有三百平方米。从客厅、餐厅到书房、工作室等区域最大限度地保证了通透性，270 度洱海景色尽收眼底。中西厨房是我最喜欢的区域，最里面是中厨，玻璃推拉门可以很好地隔音隔烟，中岛台上有隐藏式电源和圆形水池，很适合做些简单的早餐；木质餐桌线条流畅，打开餐边柜，里面收纳了不少风格各异的碗碟；简洁、明亮的客厅很符合陈可的审美，民族元素的织染布艺，恰到好处地点亮了边边角角。“这里的一切都在静候女主人了。”我自言自语。看得出来这里有点空荡荡的，明显是陈可把这些空间留给了女主人，只有她回来这里才有家的感觉。茶室的格调讲究东方美学，古筝、古朴的茶器给这里带来安谧的氛围；卧室不大不小，刚够枕浪而眠。主卫的一侧是落地窗，因为水面上不会有船只经过，所以完全不用把百叶窗拉上，落地窗下是按摩浴缸，躺在浴缸里不仅可以欣赏洱海的风景，仰起头透过玻璃顶窗还可以看到夜晚的星空，转角的梳妆台采用了复古设计，算得上点睛之笔。整体空间设计堪为一绝。

邱天总算是开完会了，我们重新回到餐桌前。

“你是打算全面接手客栈的厨房了吗？无论是中餐还是西餐，你的手艺算是洱海一哥了吧！”邱天说。

“我正在和厨师调整菜单，你们觉得早餐还不错吧？厨师是我请来的当地人，我还是想给当地人更多的就业机会。”

“我很喜欢早餐的云南米线，汤底的功夫够足，肉糜的咸香、炸黄豆的脆香、酱料的酱香，一碗米线都会让客人不舍得离开这里呢！”我说。

“你们住了一晚了，觉得还有什么需要改进的吗？”

“我喜欢白族建筑白墙青瓦的温润，谢谢你把三层最好的景观房留给我们，夜晚玻璃屋顶可以看到璀璨的繁星，我们的房间有180度洱海美景，即使不出门也能欣赏到最美的景色；细心周到的管家服务，我们还没到就建立联系；招待客人的下午茶甜点和入睡前的银耳羹，非常贴心；虽然定位是客栈，却提供了五星级酒店舒适度的床垫和床品；我喜欢为客人准备的化妆包，是你所说的扎染工艺吧！化妆包还可以带回家；房间内的用色太妙了，巧思不仅在家具和摆件上，还有触手可及的书籍，看得出选书的用心。这里最不缺诗情画意，惬意的小院、缤纷的花草、临海的秋千、壁炉边的吉他、暖色灯柱下的竖琴……一层的清风书屋有两千本书吧！我看到不少书是你从国外二手书店寻来的宝贝，设计类的书也不少，真是来了就想留下。”还没等陈可回答，我又继续说，“每位客人都有专用的亚麻拖鞋、木梳和浴巾，你的客人好幸福啊！”

“我把家里大部分书都运来了，还有一些在国内外网站上订的书在运输途中。床品我都换过了，室内装饰也是我重新做的，这里经营不过两年，硬件还算不错。原来的经营者也是北京人，我来大理不少次了，最后看上了这里，也算是缘分吧！你看到书屋里那些老物件了吧！这些都是我近几年收藏的，有大理的，也有其他地方的。另外，每位客人离开客栈前都会收到我们送出的伴手礼。”

“祝贺你啊，万事俱备，只欠东风了！”邱天和陈可碰杯，“只是你一走，我们还没有合适的人选接替你，这些日子真是焦头烂额啊！”

“对不住大家，我撤了。”陈可笑着说，“我还是比较适应现在的生活，我骨子里就是缺乏斗志吧！”

正聊着，陈可看了一眼手机，随后表情木讷地把手机放回桌上。

“方琼有消息了，这是她一年多来第一次和我联系。”他的双眸变得黯淡无光，“她刚到波士顿，准备继续学习设计……她有喜欢的人了。”

时间仿佛在一瞬间凝固了，只有音乐缓缓流淌，《闻香识女人》中的《一步之遥》，听上去格外忧伤。

影片中 Frank 对 Donna 说：“探戈里无所谓错步，不像人生。它简单，所以才棒。要是踩错步或者绊倒了，继续跳。你想试试吗？”

（二）

我用声控拉开了窗帘，还不到八点，正是“远山如黛，近水含烟”。冬日的双廊，清晨开始得正好，如果在北京，此时此刻，已经有不少人在去公司的路上了。

“早安！我准备了鸡汤米线，你们来吃吧！”陈可的留言。

我们还在为他担心，等了那么久，却没有等到好消息，马上就是新年了。谁知见到他时，他一脸阳光：“休息好了吗？尝尝我做的鸡汤米线。”

他为我们盛了两碗热气腾腾的米线，香气扑面而来：“还有饵丝，如果米线不够吃，换换口感。”

很久没有喝到如此鲜美的鸡汤了，漂亮的金黄色。“土鸡汤啊！农家的散养鸡就是不一样。”我偷偷地观察他有没有强颜欢笑。陈可穿着白色棉质衬衫、牛仔裤，看上去没有一丝疲惫。我把一碗米线全部吃光，浑身暖洋洋的。

“不用担心我，其实我早有心理准备。这锅鸡汤看似浓郁，其实我已经滤过了，所以多喝也不会长胖。你们今天去喜洲，那里有百年历史的白族屋舍一百余间，炭火烤制的喜洲粑粑也可以尝尝，香酥绵软、层次分明。我已经帮你们租了一辆跑车，沿海公路一直开，去小普陀那边看看。”

“跑车，会不会太夸张了？”我问他。

“跑车也算是双廊特色了，一会儿你们就知道了。”

“我原本想先沿海晨跑十公里的，听说有你亲手做的鸡汤米线，我闻着香味就来了。”邱天说，“我还要再尝尝饵丝。”

饵丝的口感比米线要软糯，我还是偏爱弹爽的米线，浸满了汤汁的米线。我知道陈可不想影响我们的心情，所以故作轻松。

一辆淡粉色的宝马 Z4 停在路边，邱天说：“我们出发了，给你带喜洲粑粑回来。”

“这一锅鸡汤，不知道他煲了几个小时，看来他昨晚未眠啊！虽然看似定局，我觉得他不会就这么放弃的。”我转动着方向盘，第一次开敞篷车，我心潮澎湃。

“你不知道他这一年多为了找到June付出了多少，何止昨夜无眠啊，幸亏他的身体素质好，坚持运动，不然这么大的工作量身体早就亮红灯了。红灯，停车啊！”我这才意识到，立刻踩刹车。

“日落后我们要回到客栈，陈可请纳西族老人来演绎洞经音乐，我们不要错过了。”停好车，我们向喜洲古镇走去。

第七章　Mille Crêpes

（一）

距离新年还有五分钟，陪伴我的是一角经典千层蛋糕。我把一根细长的蜡烛插上、点燃。烛光影影绰绰，我看着眼前的蛋糕，在一层层薄如纸的法式薄饼之间是光滑细腻的鲜奶油。我想起秋日里诱人的栗子口味千层蛋糕，而桂花千层是我的最爱。我真是味觉动物，对陈可的思念总是从味觉开始，他亲手做的千层蛋糕如雨过天晴般清新，浅浅的甜，淡淡的香。

新年的钟声敲响了，我许下心愿，吹灭了蜡烛，希望我的愿望能够实现。

窗外，鹅毛大雪将查尔斯河以及对面的哈佛商学院装饰一新，虽然此时不适合多愁善感，我还是不免为今后的日子担忧起来。刚刚交了半年的房租，陈可给我的存款已经所剩无几了。这一年多来，我还习惯性地过着衣食无忧的日子，现在看来真是荒唐可笑，明天必须开始找工作了。

这二十多天太不可思议了，陈可、柯晨，他们的名字是在和我开玩笑吗？我眼前出现了睡莲在水中的倒影，水上的分外迷人，水中的更多了几分诱惑。我以追寻梦想为由离开陈可，柯晨帮我实现了设计师的梦，而我却没有勇气和他一起分享成果，唯有不辞而别。

回到餐桌前，我倒了一杯葡萄酒。自从离开陈可，我只喝新世界的酒，因为瓶盖容易打开。再次端详千层蛋糕，我的思绪故意绕开在纽约第一次品尝这家蛋糕时的情景，忽而觉得那是多么遥远的事情啊！我与千层蛋糕会不会很相似？在迷人的外表下，我拼命地把如影随形的自卑感压在最下层，千层蛋糕不过二十几层，而我呢？我开始自嘲，凭什么这么矫情？我举起酒杯："妈妈，我离开他了，你开心了吗？"

我越来越想家了，那个我已经很久没有回过的家。妈妈还在跳广场舞吗？我记得上次她们跳的是"采蘑菇的小姑娘"。

采蘑菇的小姑娘
背着一个大箩筐
清早光着小脚丫
走遍群岭和山岗
她采的蘑菇最多
多得像那星星数不清
……

我很诧异竟然记住了歌词，而妈妈那句刺耳的话我至今无法释怀——"你不离开他就不要回家"——我无法理解妈妈为什么不同意我们在一起，她的理由那么牵强——"他比你大十二岁，你知道我二十岁生下你，他和我是一代人，我会被人笑的"——无论陈可如何努力，妈妈就是不同意和他见面，甚至不允许我回家。

我一向对妈妈逆来顺受，甚至处处讨好她。妈妈是古筝演奏员，也许是技不如人，在团里始终没有得到重视，她便回家迁怒于我，从小我就学会了谨小慎微地过日子。爸爸是家里存在感最弱的人，他在工厂做行政工作，默默无闻，回到家也很少说话。我五岁上小学，妈妈说小学比幼稚园性价比高，早毕业早赚钱。我从十一岁读初中时开始住校，妈妈送我去民乐学校学习古筝，希望我高中毕业后接替她去乐团，但我还是说服她让我念了普通高中，因为我想读大学。初中学校离家不远，我每周末回家，高中后寒暑假回家。高三时我偷偷申请了美国的大学，得到了洛杉矶一所艺术大学的全额奖学金，妈妈知道后非常生气，她说别指望她给我生活费。好在奖学金囊括了全部学费和住宿费，我平时花销很少，所以基本上够用。美国学校平日里有各种讲座或者活动都提供餐食，我完全没有为钱伤过脑筋。长期的住校生活，让我没有意识到自己对烹饪这类的基本生活技能完全缺失，直到大学三年级暑假遇到了陈可，他帮我打开了美食世界的大门，我再也不是那个弱不禁风的女孩。

我尝了一口蛋糕，发现已经不是记忆里的味道了，层次似乎变少了，甚至太甜太腻了。或许是蛋糕的品质下降了，更有可能是我的嘴巴变刁了。我又倒了一杯酒，然后躺在床上。认识陈可时我才十九岁，我无法忘记我们初识的情景。2015年6月10日13点25分，画面一帧帧播放着，我闭上眼睛，只有这样才不会错过任何一幕。

（二）

三年级结束了，我的一份设计图获得二百美元的奖金，我决定用它买条漂亮的裙子，然后租车去帕萨迪纳，我一直想去那里逛逛。

一条裙子跳入我的视线，没错，正是那条陈可和柯晨遇见我时我穿的裙子。我穿着它去了加州理工大学，我想看看这所闻名遐迩的大学。

逛了两个多小时，我有点累了，要命的是我突然内急，跑去两栋教学楼，都需要学生证才可以进去，无奈之下我开始四处张望，前方不远处喷泉旁边，有一个人刚好经过，我赶紧跑过去，不好意思直接问洗手间在哪里，我就问："请问现在还有餐厅开放吗？"他正好在看手机地图："看到前面的那栋楼吗？你在那里左转。我刚好要去买三明治，要不要一起去？"我实在没有方向感，此时我没有多想决定跟他一起走。我一路上没有说话，只是飞快地走着，在无比难熬的十分钟之后，我冲进洗手间。

我拿着三明治和一杯红茶走出餐厅时，看到他坐在阳光下，悠闲地喝着咖啡。我这才发现，他实在太帅了。我走过去征求他同意后坐下，没有想到我们以这样的方式相识了。

他是来帕萨迪纳看朋友的，今天顺路来参观校园。如释重负的我那时格外开心，不知不觉和他聊了一个多小时。后来发生的事，连我自己都不敢相信，我的初恋就这么开始了。

我觉得自己从来没有这么幸福过，我的世界开始了翻天覆地的变化。我 20 岁大学毕业，他来参加我的毕业典礼，然后我和他开始了如胶似漆的日子。

我想把我的幸福分享给父母，兴致勃勃地给妈妈打电话，没想到妈妈竟然对我说："他都三十二岁了，你晓得他有没有老婆、孩子？你不会一进门就当后妈了吧？"我气得说不出话来，陈可却在旁边安慰我："没事的，妈妈爱你才会这么担心你，我和她聊聊吧！"妈妈却拒绝和他通话……

我将杯中酒一饮而尽。此时此刻，陈可在双廊。我想起"四季云野"餐厅的野生菌火锅，每一种蘑菇都有一张名片，上面写着名称和功效，我还记得有老人头、黄牛肝菌。陈可教过我辨认松茸、鸡纵菌，他说菌类植物有些是有毒的，所以不可以采来就吃，再就是鱼啊，有些也是有毒的。

我把蛋糕三两口吃光，一种莫名的忐忑席卷而来。

第八章 千层蛋糕

（一）

没有时间自怨自艾，我开始找工作。三周时间内，我列表中的工作机会都和我无缘。设计师的职位都需要工作经验和代表作品，我不得不先找份临时工作应对眼前的困境。我穿着牛仔裤和羽绒服走在风雪中，看到一家美甲店在招人，便推门而入。

这家美甲店位于哈佛大学附近，店面在半地下一层，但阳光还是可以通过玻璃窗照射进来。五位美甲师正在为客人服务。我走向前台，一位看上去五十几岁的女士挤出一丝笑容和我打招呼："小姐第一次来我们店啊，如果没有提前预约的话，恐怕需要等半个多小时，我们的美甲师都在忙呢！"

"我是来应聘美甲师的。"我笑着说。她看看我，让我伸出手给她看。

"小姐，你没有做过美甲师吧！你这双手护理得真好。"她的笑容消失了，岁月的痕迹如刀刻般在她的脸上，深一道浅一道。她的头发漂染过，勉强的金色没有盖住原本的棕褐色。她目光犀利，鼻子过于高挺，带点男人的粗犷。

"的确如此，不过您可以让我给您做一次试试，您再决定是否拒绝我。"

她半信半疑地看着我，尽管我的心里直打鼓，我还是目光坚定地注视着她。

我把外套挂在入口处的衣架上，跟着她走向窗口。她坐在客人的位置上，我问她想做什么样式的，她说我来决定。

我的脑海里迅速闪过自己在美容院里享受美甲的全过程，我喜欢自己在指甲上手绘图案，练习过很多次了。看看她指甲的长度，我决定为她设计魔幻星空图案，应该正与她冷淡的性格相匹配。

“您的指甲本身状态很好，我想为您设计一款很酷的图案，您会喜欢的。”

你见过傍晚时分天空中特有的青黛色吗？无论落霞多么缤纷，在我眼中，青黛色的天空才是最美的。底色为青黛色的天空，被一抹黑色涂上去，覆盖着青黛色，然后又是一抹黑色。青黛色就是这样逐渐被黑色替代。我的手指灵巧地在她的指甲上涂色，她则很配合地保持着沉默。底色为青黛色的渐变色，还有珍珠的光泽，最后再描上抽象的星星图案。

一位刚刚做好美甲的年轻女士惊呼道：“天啊！你是怎么做到的，太梦幻了！我要做一模一样的。”

其他几位客人立刻凑过来看，都在激动地说：“我也要她来做。”

我不安地看着其他的美甲师——她们会不会吃了我？

老板满意地看了我一眼，然后和第一位客人说：“她可以现在给您做，不过手绘图案很费时间，这样的图案在波士顿也是独一无二的。”

女孩说：“今天对我来说非常重要，请她帮我做吧！”

我坐在女孩对面，宝蓝色羊绒裙把她的完美身材勾勒出来，看得出她马上要赴一场重要的约会。“您的身材真好，一定坚持运动吧！”我学着美容师为我服务时的客套话与她打破沉默。“我是瑜伽教练，你要是想练习瑜伽可以来找我。”

“谢谢您！您优雅的气质里有一种很自信的感觉，指甲的色彩和您的服饰很协调，简直就像是专门为您设计的。”

“你做美甲师多长时间了？”

“您想听实话吗？您是我的第一位客人。”我笑着说。

她不可思议地看着我：“你的手法很专业啊！怎么可能呢？”

“如果您喜欢，请多带朋友过来好吗？”

女孩临走之前和我拥抱，她的笑容很甜美，我祝愿她拥有美好的夜晚。

3 月 15 日，哈佛大学宣布因为流感的暴发，全部学生五日内离开校园。我们店的主要客人都是学校的教职员工和学生，生意一下子冷冷清清。我的收入有很大一部分来自小费，客人对我的服务满意就会介绍朋友来找我。我在不到两个月里，成为店里的明星美甲师，每天从早到晚没有时间休息。刚到波士顿的前三周，我每天以面包和麦片充饥，最多是用微波炉加热一个小南瓜改善生活。陈可把我保护成了一个小白痴，而我为现在的自己感到骄傲。

客人少了，我也有闲暇时间发呆了。半地下的好处是可以看着来来往往的裙角、裤腿、鞋子的样式揣测主人的容貌。没等我把这份闲情发扬光大，一周后，我们店也因为流感不得不停止营业。对我来说，比流感更可怕的是失业。我庆幸自己在口罩等防护用品被抢空之前购买了一些。

三月底了，大雪仍旧没有离开波士顿的意思。我每日戴着厚厚的口罩走在空空如也的哈佛大学校园。因为校园梦我来到了波士顿，那些和陈可在一起的日子现在看来仿佛是上个世纪的事。我苦笑着，现在想回国太难了，机票一票难求，而且价格高到令人难以置信。我只能在这里硬撑下去，七月一日我就要搬离现在的公寓了，我该如何是好呢！

连续几日的失眠令我苦不堪言，工作没有着落，我饿得心慌。回到住处，我连给自己倒一杯水的力气都没有了。我爬上床，没有换睡衣，就那么赤裸裸地钻进被窝。我又一次做了同样的梦，陈可在我耳边低语，他古铜色的肌肤紧紧地贴着我……

醒来已是黎明，脸上的泪痕已干。“你还在等我吗？”我听见自己的声音。我知道此时不仅我买不到机票，他同样也找不到来波士顿的机票。与其现在和他联系令他担心，不如先熬过流感再说吧！

至少我们在梦中相拥，不是吗？

（二）

愚人节这天我找到了一份工作——“兰”中餐外卖的外送员。当我开着一辆本田汽车送外卖的时候，我想如果陈可知道我的处境，会不会发疯？我把长发盘起藏在灰色毛线帽子里，这样我这个单薄的外卖“小哥”在晚上工作时才不会害怕。

在这里工作庆幸的是我可以填饱肚子了，虽然老板的手艺差强人意。我每天早上十点到店，把老板做好的饭菜按照订单打包，然后开车送餐。

我们的客户主要是哈佛大学的学生，这是我选择住在附近的原因，比很多区域要安全。老板做的菜和多数中餐馆的口味差不多，重油重盐，不过学生们还算是认可的。我想起有一次在西班牙南部旅行，我们吃了半个月的西班牙菜，突然很想吃中餐，走进一家“香港餐厅”，我以为会有港式茶点或者清淡些的菜品，没想到老板说：“国外的中餐馆都做着相似的菜，无论是香港餐厅、北京餐厅还是其他什么餐厅，只不过是名字而已。”

4月12日复活节，波切利在米兰大教堂举办了一场没有观众的音乐会，全球在线直播。他一共唱了五首歌，我听了一遍又一遍。他的歌声有一种强大的穿透力，在一座座空城中回响，如一股暖流慰藉人心、给人希望。我想起马尔克斯在《霍乱时期的爱情》里写道："哪里有恐惧，哪里就有爱。"

我开始在外卖的水单上画一些暖心的简笔画，在电子菜单中不时发一些我拍摄的菜品图片。我将菜品的本来面目旁边附加了我重新摆盘的图片——"米其林餐厅摆盘"，再加上大董意境菜的诗情画意，比如招牌菜咖喱猪排饭，我的摆盘是将卷心菜丝铺垫呈波浪状，让猪排如一叶扁舟，用咖喱酱汁描绘老翁戴着斗笠坐在船头。我这么做只想让学生们感到温暖。

老板每日一个人采购并准备午餐和晚餐。他的年龄比我大不了几岁，很少有时间与我交流。直到有一天即将收工的时候，他放下手中的工作，端着一盘红烧带鱼向我走来。

"June，你尝尝这道菜，我稍微改进了一点，你提提意见。"

我观察了一下外观，红烧的颜色偏黑，尝一口，发现糖醋的比例没有掌握好。虽然我不会烹饪，但陈可在厨房忙碌的时候，我经常站在旁边观察。

"谢老板，您做得真好吃。"

"June，我们也算是同龄人。我发现你一直努力想把我们的生意做好，不少客人给你好评。平时太忙没时间交流，今天稍微耽误你几分钟可以吗？一会儿我开车送你回家。"

"如果让我鸡蛋里挑骨头，我觉得糖醋比例也许可以调整。山西有一款精酿老醋特别适合红烧，我知道中国超市里就买得到。还有就是带鱼最好在收拾干净后撒些盐，然后在冰箱里冷藏后再做后续工作，这样出品才能完整美观。"

谢老板频频点头："你说得有道理，我下次试试看。咱们收拾完我送你回家吧！”

路上，谢老板问我：“你这样的女孩怎么会愿意做这种工作？”

我看着他，把收音机的音量调低，然后说：“我是什么样的女孩？我只是想做好自己的工作，认真生活的人。”

他马上说：“我词不达意，我是说你看上去也就是大学刚毕业吧？流感这么严重，你每天送外卖不担心吗？”

我无奈地回答：“当然担心，好在是大学校区，无接触送餐，有时候虽然也会碰到学生取餐，我们也就点头算是打招呼了。”

“June，你知道吗？因为你的加入，我们又多了一些顾客。学生们把朋友介绍过来，我们的生意越来越好了。明明是要多付你一份工资，却感觉赚得比我一个人时还多了呢！我其实并没有打算招人，你那天进店里问我需要人吗？我看你在流感期间还要出来找工作，就把你留下了。”

我看着他小而有神的眼睛，说：“谢谢，我会认真工作的。”

我租住的公寓楼到了，谢老板笑着说：“你住在这里还需要送外卖吗？”

我在关车门之前对他说：“年幼无知，我错了，马上就要流浪街头了。七月一号开始，我可以住在店里吗？”

“住在店里太不安全了，我帮你找住处吧，如果你要求不太高。”他抬头看看我的公寓。

我挥手向他告别，心里有一丝温暖。看来我的好运气并没有完全用光。

（三）

我在一张白色小卡片上画了一朵兰花，写上一行小字：祝你生日快乐！然后放进打包盒。谢老板绕过灶台看着我做好这些。

“这家店名是我前女友的名字。”他怅然若失地看着打包盒，“我们的计划是攒足了钱，买一辆餐车，走遍美国所有的州，把我们的美食传递给更多的人。”

我这才知道，这位貌不惊人的年轻老板有这样的梦想。“June，不如你和房东商量退租吧，住到我那里，我不收你的房租，不过你要睡沙发。”

我的确为自己的愚蠢后悔不已。那么贵的房租，我要攒够回国机票不知要到何时了。我答应了他，并在两日后搬进了他的公寓。

他的公寓是厨房、客厅、卧室一体的，这让我非常尴尬，怪自己没有问清楚。

他把沙发床打开，然后去拿被子。

“June，浴室在那边，你忙了一天早点休息吧！你放心，我睡沙发，把床让给你。”

我觉得脸上烧得厉害，我完全没有思想准备与他共处一室。我走进浴室，锁好门，陈可帅气的脸又出现在眼前，我该怎么办？流感期间酒店都停业了，我现在只能将就了。

我穿着严实的睡衣裤，走到沙发边：“我睡这里就好了。”

谢老板笑着说：“我把床上用品都换过了，洗干净的，我不可能让女孩睡沙发。”

我惴惴不安地躺在床上，盯着天花板。

“June，我看到你写生日卡才想到，不如我们也做些蛋糕吧，女孩子们都喜欢吃甜食吧！我做过千层蛋糕，明天做给你尝尝。”

第二天，谢老板给我们放了一天假，这是我工作一个多月来第一次放假。

“明天开始，我把你的工资提高到一小时十五块，你帮我开发新菜。你以后不要叫我谢老板，我们住在同一屋檐下，这么称呼很奇怪，你叫我谢飞吧！”

“好的，谢老板。”我还是感觉怪怪的，除了陈可，我从来没有和其他男人共处一室，连柯晨都没有过。昨天夜里听到他的呼吸声，我浑身不自在，觉得做了对不起陈可的事。

谢老板在厨房做千层蛋糕，我坐在窗口想陈可。他有一双很迷人的眼睛，总是带着笑意；高高的鼻梁，我喜欢把手指放在上面轻轻地挠；我最喜欢他的嘴唇，喜欢它们触碰我时的湿软。他的身材高大挺拔，运动让他更加有魅力。

“June，来吃千层蛋糕。虽然样子丑了点，你来尝第一口。”

我走过去一看，胃里一阵翻腾。这是千层蛋糕吗？颜色好像是月经不调的姨妈色。

“你尝尝，这是咖啡千层蛋糕。”

我很不情愿地尝了一小口，然后尽力咽下去。

“谢飞，你多吃点。”

他切了一大块放进嘴里，不好意思地说：“忘记过滤咖啡了，好久不做生疏了。”

陈可做的 Mille Crêpes（千层蛋糕）浮现在我的眼前，那才是千层蛋糕，带着淡淡的桂花香……

我猛地从床上跳起来，一看时间已经是上午十点半了，半小时前我就应该在店里工作了。我匆忙开始洗漱，不经意间我看到了微型摄像头，洗手间里有摄像头！我顿时头皮发麻。我恢复意识，迅速收拾好行李，跳上我叫来的车，关闭手机，以防谢飞追踪。我欲哭无泪，没想到他竟然是一个如此猥琐的人。他的小眼睛好像还在盯着我，他的瘦弱是病态的，连他脚上穿的那双运动鞋都是灵魂出窍的，鞋底被他踩得薄薄的、倾斜着，整个鞋面瘫着，想必脚趾长久以来也被压迫得变了形。

车子停在了市中心，我拖着行李走到了教堂外。因为流感，教堂也关闭了。我有些茫然地看着匆匆走过的行人。

第九章　海胆和鲑鱼子

（一）

新年钟声敲响的时候，我和邱天按照惯例交换了彼此的新年愿望。我写得浩浩荡荡的一排，他只写了两个字：抱娃。

一场始料未及的全球流感暴发，我的旅行计划搁浅，在家远程工作的邱天却实现了他的心愿。我的妊娠反应与众不同，从来没有食欲不佳的时候，我的食欲在梦境中尤其猛烈，以至于半夜三更醒来时，眼前仍旧是那五光十色的海鲜丼，晶莹剔透的米粒，上面堆叠着小山般的鱼生、带子、蟹腿肉、甜虾，顶层是海胆，鲑鱼子如瀑布般地散落开来，盖住了白色的米粒儿。我咽着口水，告诉自己不能吃鱼生，然后在床上躺平，继续浮想联翩。我的思绪来到了北海道那家炭火烧鸟店。店内只有一位厨师，没有服务员，同时只能容纳十位以内的客人。这种小店很有意思，陌生人围坐在一起，看着烤串师傅的表演。点单、制作、洗碗、消毒、结账。炭烤师傅，严肃认真、有条不紊，虽然白色的围裙被炭火熏黑了，却仍显得店内拥挤而不凌乱，食物简单，却令人直呼过瘾。

我陷入了失眠的困境，因为我的眼前飞舞着备长炭上焦香的烤物。我看到了木扦穿在鸡卵管和卵巢上，那金色的卵黄挂在下面，好像提着灯笼，这烤物就称为“提灯”，咬上一口，瞬间爆浆，第一次吃时真的很惊艳。鲑鱼子在口腔里是一点点绽放开来的，而提灯不同，它在口中的爆裂是瞬间的，很突然，有一种从内向外的力量，好像在弥补着本应破壳而出的那一秒。想一想在日本烧鸟店里吃过的烤物，有一些我真是不太好意思说出来。一家烧鸟店里，可以吃到十几个部位。无论是酱烤还是盐烤，都令人心满意足。

我翻来覆去睡不着，总算是把邱天吵醒了。他迷迷糊糊地说："又梦见什么好吃的了？"

我说："炭火烧鸟，每一串都好像是凤凰涅槃，浴火重生啊！今天无论如何我要吃到烤串。"

"流感期间，我们要注意安全，乖乖在家啊！想吃什么我给你做。"

"我今天不想吃你的农家乐，带我出门好吗？你看四月中旬了，花都开了呢！"

"乖啊，我今天有几个视频电话会议，估计出不了门。"

邱天在家中工作快三个月，如今成了我的御用厨师。虽然有时我也会露一手，比如葱油拌面、葱油三文鱼、葱油焖鸡、葱油饼——有时候味蕾特别想触碰有关葱油的一切。抓一把鲜嫩无比的香葱，看着它在油锅里历练，一定要用小火，不急不躁，鲜绿色渐渐变深，香气越发迷人起来。要紧盯着火，不然香葱变得一身黝黑就不好了。待火候到了，随意将它丢进面里，一边拌面，一边感叹着好东西啊！

早餐邱天帮我烤好了花生香蕉三明治，我捧着一杯鲜豆浆，坐在阳光下享用着。午餐，邱天说他太忙了，没有时间做复杂的，于是用西红柿炒鸡蛋拌米饭。我心里还在惦记着凤凰涅槃，于是在美食专用名片夹里找新年里刚刚开业的一家餐厅，我记得那家餐厅有炭火烤串。我翻来翻去，总算是找到了，那是流感开始前我们最后一次在外用餐的地方，每次发现喜欢的餐厅，我都会请店家给我一张名片。当我兴致勃勃地准备拨打名片上的电话订餐时，我的心脏猛地跳了一下。

（二）

店名“十一慢”，英文名“June”，名片上的水印是一个女孩的侧影。天啊！我大叫一声，跑去找邱天，他毫无意外地在接听电话。我手舞足蹈地示意着，我必须马上和他说话。

中英文完全没有关联，怎么看都像是寻人启事。我拿起手机给肥猫打电话，铃声响了很久他也没有接听，我正准备挂电话，他总算是接了。

“一一，不好意思，没来得及和你们说我刚刚到波士顿，现在是凌晨四点多。”陈可的声音很含糊，我打扰他休息了。

我立刻把自己的新发现告诉他，他瞬间清醒了。

“餐厅电话有人接听吗？”

“没有，只有语音信息，看来餐厅还没有营业。你怎么去了波士顿？听说机票一票难求呢！”

“是啊，我买不到机票，在机场等了几天，三次中转才到波士顿。”

“你有方琼的地址吗？现在波士顿居民都很少出门，你怎么找她？”

“我必须找到她，现在美国流感很严重，餐厅都关门了，她连煎鸡蛋都不会。”

“我现在去这家餐厅看看吧，也许会有线索。”

“拜托了！一一。”

我示意邱天要出门，他把电话调到静音模式。

我简单说明情况，他说不能陪我一起去，工作的事情比较棘手。

街上空荡荡的，不过二十分钟，我已经到了十一慢的大门口。一扇铁栅栏门挡住了我的去路，我下车和门内的大叔打招呼。

“大叔，我要找你们老板。”我举着名片大声说。

大叔慢吞吞地走过来：“我们店还没有营业。”

“大叔，请把名片给你们老板，就说和名片上的女孩有关。十万火急，拜托了！”

大叔疑惑地看着我，想不通这张名片和女孩有什么关联。

十分钟后，一位穿着运动装的年轻男子跑了过来。

我给他看了我们与June的合影。

“你知道June在哪里吗？”他边说边帮我把铁门打开。

我把车开进院子，他钻进车里，坐在副驾驶的座位上。

“她在波士顿，不过具体在什么地方我们也不知道。”我开车驶过一片果树林，他示意我停车。

“她一个人吗？她连煎鸡蛋都不会！”他的反应竟然和陈可一模一样，“餐厅还没有开门营业，请您到寒舍坐坐吧！”

我走进一栋二层小楼，此时已是黄昏，天色暗沉。

“喝点什么？”他请我坐在靠窗的沙发上。

“玫瑰花茶。”我说。

他帮我把玫瑰花茶倒入一个玻璃茶杯中，然后将茶壶放在我面前的茶几上。我看着一朵漂亮的玫瑰花在茶壶里缓缓展开，粉红色的液体轻轻晃动。我这才意识到，孕妇似乎不可以喝玫瑰花茶。

“我是夏一，方琼的男朋友请我过来找您。”

“我是柯晨。”

我愣在那里。他不解地问道：“夏小姐，你还好吗？”

电话铃声此时响起，原来是陈可的电话。

“一一，你到餐厅了吗？”陈可迫不及待地说。

（三）

轻动黄金碾，飞起绿尘埃。

——［宋］苏轼

“难怪方琼不称呼我的名字，陈可，我是柯晨。”他接过我递给他的电话，把扬声器打开后放在茶几上。

天色更暗了，他没有开灯，我只能看到他模糊的轮廓。

“请问您最后一次见到June是什么时候？”

“新年前，她把设计图放在工作台上就不辞而别了。”

“设计图？她为餐厅工作吗？”

柯晨的声音很低沉，被心爱之人当成了别人的影子，他一定难过极了。他把与June短暂的重逢大致说了几句，然后说：“夏小姐现在坐的位置，是June在这里时最喜欢的。”我好像看到了June悠闲地坐在沙发上。

“希望你尽快找到她。”

屋里漆黑一片，安静得可以听到肚子不争气的叫声。

“柯先生，我就不打扰了，有什么消息我会第一时间和你联系。”

屋子里慢慢有了光，他站起来说：“你今天突然找名片，有想吃什么吗？”

“我想吃你们的炭火烤串，新年时来吃过，新鲜的食材和烧烤的技艺令人难忘。”

“今天恐怕没办法用炭火，刚刚听陈先生说起你怀孕了，我做些简单的吧！”

他走向厨房，我给邱天发信息说晚餐后回家。

他的动作太麻利了，帅气的主厨很像年轻的木村拓哉。

一碗香气四溢的亲子饭出现了，我用木勺搅拌着金黄色的蛋黄，借着米饭的热度，蛋清与蛋黄的液态很快凝结，与白色的米粒缠绵在一起。我尝了一口，天啊！神仙鸡下凡了吗？我惊讶得不得了，这鸡肉鲜嫩极了！浸满了神奇的汤汁，洋葱丝增加了鲜甜的口感，香脆的海苔散发着海的气息。

紫苏和鲜虾天妇罗，面衣轻薄，水分控制得堪称完美，酥脆可口。我猜他用的是山茶花油，白色山茶花是可可·香奈儿女士的最爱，因其香清雅。山茶油燃点高，油烟少，没有菜籽油不讨喜的味道，不会影响食材的本味。经山茶油炸过的天妇罗，香得令人忘却烦恼。日本食评家山本益博先生说过，只有早乙女哲哉先生的出品才被称为天妇罗，而其他厨师做的只能称为“炸物”。如果此时早乙女哲哉先生尝过柯晨做的天妇罗，也一定会笑笑说：“年轻人，不错啊！”

我大口吃着，主厨的敬业精神令我佩服，即使是在情绪低落的时候，也要做出令人满意的菜品。

当我吃得完全空盘时，一碗红豆麻薯汤静候着。我拿起汤勺，吹了吹才放进嘴里，麻薯太糯了，如果用网烤会不会更美味？我为自己在不恰当的时候暴露爱吃的本能而自责。

“夏小姐，看到你吃东西的样子，我的心情好多了。”他为我解围。

“不好意思！我好像不应该留下来用晚餐，你都没有吃。”

“我没有口是心非，餐厅休息一段时间了，我好久没有看到客人满意的笑容了。”

“花园里好美，你一定费了很多心思吧！”

“你看出来了，我还蛮喜欢照顾花草的。”他的脸颊露出了浅浅的酒窝，“你愿意的话，可以叫我 Vincent。”

“凡·高，不是莫奈啊！”我想让此时的气氛轻松些，“我进来时看到院子里的小桥，很像莫奈笔下的《日本桥》。”

他沉默片刻，喃喃低语：“方琼的性格内敛。”他看向一只茶盏：“世间难得的汝窑，看上去很简单的线条，却让人着迷。”

“的确，汝窑的天青色是那么纯粹、稀有。”我说，“June 沉静少言、端庄、精致，又有一种莫名的神秘。你很难想象一个经常见面的人，却始终保持着距离。”

他把目光收回来：“宋代点茶有了解吗？当我看着方琼遵循古法，也就是宋徽宗的七汤法为我点茶时，我才知道她柔弱纤细的外表下，充满了力量。她说宋代茶汤的温度需要按照时节的变化调整，建盏胎厚，包容性强，保温性好，很适合点茶繁复的步骤。圆筅在她的手中，随着手腕的动作，茶汤的颜色产生变化，直到最后出现绵密的泡沫，看似积雪，轻盈又厚重。她在上面作画，递给我品饮时，我好像喝下去了整个江南。细想起来，很像她为我们设计的根付，漫天飞雪，足迹被风吹散了，无影无踪。”

“我试过日式抹茶，也是用茶筅，通过控制手腕的力度，形成大小不一的泡沫。宋代有斗茶的传统，咬盏者赢得比赛。日式抹茶遵循了点茶的古法加以简化。”

“点茶的手法将茶的味道更好地激发出来，有苦有回甘。”

空气里飘着淡淡的茶香，他为自己沏了一杯龙井，茶叶在玻璃杯中慢慢地下沉。

“刚刚的每一道料理都很治愈。一碗亲子饭，久违了的走地鸡，超乎想象的美味！颗粒饱满的大米应该是新潟鱼沼的越光米吧，太香了！”

“我店里也使用同样的越光米。你看窗外已经漆黑一片了，这只鸡早上还在院子里晒太阳呢！我每日在院子里照顾它们……有时想想也蛮难过的。”他停了一下继续说，“冰箱里还有鸡肉和鸡蛋，我一会儿帮你放到车上。你和先生有空一起来吧，我给你们做台菜。”他为自己盛了一碗甜汤。

“你想家了吧！这段时间让很多人的生活轨迹发生了变化，家人期盼团圆，朋友等待团聚。”伤感的情绪再次席卷而来，这时候不吃点甜的怎么行呢！

“我母亲的老家在宜兰，父亲退休后，他们喜欢回去小住。一片片水稻围绕着屋舍，自己做农务。我自幼受家人的影响，所以开餐厅也坚持尽量使用自己种植的蔬果和香草。”

“从农场到餐桌的理念虽然听起来没有很难，但我知道坚持下去不容易，在利润上不得不做出让步，只有对料理有相当执念之人才能做到吧！”

第十章　駅弁

谁在思念
谁人惆怅
旧月盈盈
独自茫茫

（一）

送完午餐已经是下午两点了，大雨滂沱。我开车来到查尔斯河，站在雨里，看着大雨敲击着水面，查尔斯河好像是一锅咕嘟咕嘟冒泡的汤，眼看着就要沸腾了却不能熄火，只有等着汤水溢出。这是三年前小兰溺水的地方，那天我们发生了无谓的争吵，也下着大雨，她哭着离开家后再也没有回来。从那天开始，我想象着她回了北京，把我一个人留在了波士顿。

初识小兰是在东京开往大阪的新干线上，我们的座位刚好相邻。东京火车站里的駅弁琳琅满目，我们竟然选了相同的駅弁带上火车。“駅弁”即火车便当，日本各个地区都会把地域美食做成駅弁在火车站里售卖。我的眼前又浮现出当时的画面：小兰打开红黑相间的饭盒，十字隔板将几道料理分开，浸满了汤汁的白米饭上，是猪肉生姜烧；还有鸡蛋卷、切成花瓣的胡萝卜片、梅子汁浸藕片、蔬菜沙拉。一小盒饭，竟然搭配得如此精致、五光十色。每一次将食物放入口中，她的脸上都会露出幸福的笑容。吃完了便当，她又拿出鸡蛋布丁。我看着她用小勺挖着布丁，最终露出底层深色的焦糖，我舔了一下发干的嘴唇。我的这一举动逗得她笑得停不下来，我们就这样相识了。在大阪停留三天后，我们一路往南去了鹿儿岛。火车便当是我们相识的开端，于是我们约定了“火车便当之旅”，只要有时间，就要沿着铁轨，在移动的风景里，享用集合了当地美食精华的铁路便当。最令我们难忘的是京都一家百年老店出品的便当，蛋卷、竹节虾、晶莹剔透的米饭、几片刺身、煮物和烤鱼，它们和谐共处、错落有致，摆放在一个薄木餐盒里。虽然駅弁不一定都是佳肴，却承载着他人对故乡的情怀。駅弁好像是移动的乡愁，带着他乡的味道，奔向更远的远方。

彼时我还是波士顿建筑学院的学生，暑假结束后我不得不返回校园。小兰在国内办出国手续，我们重逢是在半年后，她来波士顿陪读。

“谢飞，我想在这里开间小店，只卖便当，服务对象是周边的学生。”

“会不会很辛苦？”

“我每天只做固定的菜单，像我们喜欢的铁路便当一样，让我做的美食成为这座大学城的一道风景线。”

她看着我，圆圆的眼睛闪动着兴奋的光芒。我用手指掐她的脸颊：“你看看，你的小圆脸粉嘟嘟的，我怎么舍得你这么辛苦呢！”

“做自己喜欢的事情就不觉得辛苦了，你明年毕业后就是建筑师了，只要不看低我的工作就好了。”

“你也知道我的工作收入足够我们的生活了。”

“兰。”她看着我说，“这是小店的名字。”小兰露出很认真的神情，“我喜欢兰花，我想做兰花一样的女子。”

“我觉得你比较适合开间茶室，兰花一样的女子。”

接下来，我忙着准备毕业论文，她则不厌其烦地试菜，最终选定将“咖喱猪排饭”作为招牌菜。那些日子里，我们家不大的空间里弥漫着咖喱的味道，在我吃下去数不清多少个版本的咖喱猪排饭后，她的小店开张了。

（二）

“咖喱猪排饭，咖喱猪排饭”……它们是几片厚切猪排，裹着奇妙的外衣，被炸至松脆，咬一口就会“咔嚓，咔嚓”地叫出声来。猪排外酥里嫩且多汁，关键在于火候，炸至九分熟即可，从油锅里捞出猪排后控油，余温会使猪肉全熟，等到了切猪排的时候，在刀起刀落间，那香气实在撩人。

她的咖喱酱汁到底用了什么魔法？我知道她加了苹果和蜂蜜，使辣味中带有一丝淡淡的清甜；还有几种起司的混合味道，它们奇妙地互补，刺激着味蕾；还有黄油与某种日本酱油的介入，带来无法替代的香气。

小兰离开后，我用尽一切可以想到的方法复制这道菜，却始终不得要领。起司和日本酱油的种类繁多，我想这就是令我兜兜转转的原因。

咖喱猪排饭成为我思念她的一部分，确切地说，是构成她气息的一部分。有时候她工作一天太累了，回到家倒头便睡，发丝里满是这道菜的味道。一开始我很心疼，后来我开始讨厌这种味道，甚至要求她放弃这份工作。我们的争吵也是从这道菜引发的矛盾开始的，没想到这道菜的味道有一天会让我产生一种叫作“安全感”的心理，我发疯似的复制这道菜，房间里充斥着令人窒息的味道。我想找回家里曾经熟悉的气息，曾经让我踏实的感觉。

小兰就像是我这栋建筑的地基，如今她被抽离，只剩下空壳摇摇欲坠。我把自己剥离于建筑师的工作之外，并把自己归类为有残疾的人。生命原本脆弱，人生的意义犹如空山，遥远而虚幻。当June出现的瞬间，我莫名地后退了一小步，万念俱灰的心脏出现了不规则的悸动。

窗外仍旧下着大雨，我狠狠地将一块猪肉摔在案板上。我们迷上这道菜是在鹿儿岛，鹿儿岛黑豚是日本最出名的猪肉，据说为了使其肉质更加鲜美，饲料中加入了红薯。将黑猪肉切成薄片，在炭火上烤，油脂滴落，肉香四溢。鹿儿岛黑猪肉与烧酒更是绝配，鹿儿岛特有的烧酒，是以甘薯为原料制作的。日本人为了舌尖上的欢愉，真是煞费苦心。在鹿儿岛的一间洋食店里，咖喱黑豚猪排饭的美妙令我们难以置信，小兰一人吃了两份，她说要把这神奇的滋味记在心里。

我用刀将猪肉断筋，然后撒盐和黑胡椒。她走了，却用一道菜困住了我，食物是如此奇妙，有时像太阳温暖你，有时又像繁星碎落一地。

我打开手机，画面里是June熟睡的样子。我不是想偷拍你，而是怕忘了你。我的记忆太不可靠，我只能用这种方式啊！我用手指轻触着屏幕，然后用牙齿狠狠地把手指咬出血来。

自从小兰走后，我的世界里始终飘着雨，如泣如诉的风中夹杂着细细的沙。“一春梦雨常飘瓦”，我常常念起李商隐的这句诗。渐渐地，我居然迷恋起雨来，苦雨凄风，美得令人落泪。屋檐下的雨帘，只是想让屋里的人有时间喝完一盏茶；绵绵春雨，像是诉说着缠绵的情话；夏日晴空里的骤雨狂风，不是吹散了郁闷吗？而那秋雨呢，则是畏惧冬将至吧！

那年小兰刚刚到波士顿，原本灰色调的家里渐渐有了生机。有一次我们沿着查尔斯河畔漫步，她捡回了一块宛如T骨牛排大小的木头，她说可以用来做壶承，搭配她的素色茶具。我看着餐桌上的花瓶，里面仍旧插着小兰修剪的树枝，简洁流畅的线条，点缀着不大的空间。她的素色茶器有着润泽的肌理，细腻、沉静，和她这个人一样，带着自然的光辉。日本美学四大概念的其中一个是“侘寂”，“侘”是在简洁安静中融入质朴的美，“寂”则指时间的光泽。

我与June短暂的相处，好像是从哪个时空偷来的，我感觉自己是年轻的。我的思绪越来越混乱，一会儿是小兰，一会儿又是June，我有一种预感，June是那个能破解咖喱猪排饭密码的人。

浴帘拉开，June洁白无瑕的身体上水珠亮闪闪的，我看着她用浴巾擦拭身体，动作是那么轻柔，她从浴室走出来时，发梢上还滴着水珠。小兰不像June那般纤细，她的小肚腩经常圆圆的，确切地说，她完全不是兰花一样的女子，更像是太阳花，她总是自嘲，说找不到腰了，然后哈哈大笑。但是，可爱并不是永恒的，就像是她们飘逸的长发，无论是June细软的发丝，还是小兰乌黑茂密的长发，堵住浴室的下水道时，都像鞋底的口香糖，令人生厌。

我用料理机把面包片粉碎，做成面包糠；把腌好的猪肉先沾一层面粉，然后裹一层蛋液，再裹一层面包糠。可恶的咖喱酱汁，我还是调不出那种味道。

我仿佛跌入残垣断壁，连野草都不想依附的瓦砾缝隙。

突然，门锁被钥匙打开了，June回来了！我向她走去。

“外面还在下雨吗？快点换去湿衣服，不要着凉了。”我听见自己的声音怯怯地说。

June没有回答。

明天呢？雨停了呢？或者……

我望着房门，June，你一定会回来的。

此时此刻，我忽然觉得June如《消失的地平线》中描绘的香格里拉，我愿意跌进她宛若仙境的深渊，俯首称臣。因为求之不得，所以内心安宁。

我把猪排丢进油锅的瞬间，手臂被溅起的热油烫了一下，我没有皱眉，反而有种愉悦之感。猪排在油锅里刺刺作响，不一会儿，它们披上了金灿灿的外衣，像极了雨后的阳光，穿过层层叠叠的群山，绽放着光芒。

（三）

雨停了，取而代之的是漫长的黑夜。我听不到雨声了，四周静谧。

我摸着黑，小心翼翼地前行，生怕又迷失在哪个岔路口。

前面的路却是向上延伸的，好像是树枝越向上蔓延越杂乱，我不是应该匍匐前行吗？

我一定又选错了岔路口，这条路怎么走也无法和你重逢。

我一定又选错了岔路口，这条路上没有丝毫你的气息。你浑身上下充满了厨房里那些调料的味道，而不是丁香、百合的香气，在这条落花纷纷的路上，没有你的影子。

我在一亩三分地里坚守着，等着岔路口自己消失，然后，雨会滴答滴答地落下，街灯会亮，照在那条笔直的路上。

我把那些不好的记忆都丢进垃圾桶了，我还按了“永久删除”

的按键，争吵声、关煤气的声音、啜泣声都消失了，你的笑声呢？我怎么也听不到了呢？

也许，你又去找最适合的餐盒了。你用心地烹制每一餐，希望餐盒在最大程度保温的同时，不会令食物失去颜色和口感。“明明是很美味的餐点，在餐盒关上再打开的时候却多了一股沉闷的味道，餐盒不是美食的棺木啊！”

你说过这句话吗？你会说出“棺木”吗？我有点记不清了。

眼皮沉重，我费了不少力气才睁开双眼。June迷人的眼睛失去了光彩，红红的血丝充盈着眼眶。我又在做梦了，不然雨不会停，她也不会回来。

“谢飞，你为什么自杀？我要听实话。”是June的声音。

“我没有自杀。”的确如此，我从来没有想过结束自己的生命。

“你还真不想做饿死鬼啊！人的胃容量是有限的，你不会那么糊涂吧？”

我这才想起来，为了找到小兰秘制咖喱酱汁的配方，我尝试了不下二十种起司，想必是我对奶制品过敏导致的昏厥。奇怪的是，原本我连牛奶都不能喝，自从小兰掌控厨房以来，我的过敏症状似乎消失了，以至于我忘记了自己对奶制品过敏之事。看来为了救赎自己，我还真够执着的。

“你还知道打急救电话，你已经昏迷三天三夜了，昨天医院才联系到我。”我从来没有看到June这样的表情，看来是被我激怒了。

June请来医生为我检查，我完全听不清楚她们在说什么，只是觉得心里好难过。

“我没有自杀，我只是在琢磨咖喱酱汁的配方。”我看着June。

“你这是什么借口啊？我都不晓得学生们为什么还会订餐。”

“我确实不是好厨师，我没有小兰的手艺，却还在苦苦支撑。我研究咖喱酱汁的配方也不是为了提高厨艺，而是自我救赎。”我不知道如何解释才能让她相信，一个大活人竟然被一道菜困住了。

“学生们不忍心让小兰的店在波士顿消失，等这批学生毕业了，除非我的厨艺还有救，否则……”我突然说不下去了，眼泪夺眶而出，我想拭去泪水，才发现两只手上都插着管子。过了一会儿，我继续说：“小兰不是我的女朋友，她是我太太，她也没有回北京，而是去了另一个世界。她是一个很普通的女孩，每天在小店里忙忙碌碌，她会为研究出一道新菜而欢呼雀跃。”

“我看到你家有几件很独特的陶器，是小兰寻来的吧？”

“小兰很喜欢那种浑厚的陶器，质朴、原始，随着时间流逝有一种独特的美感，好像是心里的花火，它的美丽只有懂得的人才能理解。小兰没有婀娜多姿的身材，也不会刻意打扮。她是那种很朴实的女孩，就像她喜欢的素器那样，温润柔和。但是，陶器只有经常使用才有温度啊！”

“没想到你会和我说这些，小兰那么年轻，太遗憾了！”June的声音沙哑。

“June，我很抱歉。”我指着自己的太阳穴说，“这里太混乱了。”我觉得好累，很快又昏睡过去了。

（四）

自在飞花轻似梦，无边丝雨细如愁。

——［宋］秦观

从医院出来，我的眼泪不知道流了多久。从接到医院的电话到现在，我不知道自己在为谁、为什么哭泣。今天是六一儿童节，我苦笑了一下，波士顿的气温和北京的暮春差不多吧！我觉得自己好像是北京春日里恼人的柳絮一般，飞舞在一个不知何时醒来的梦里。

下雨了，我快走几步，总算是在淋成落汤鸡前到了公寓。我从包里取出钥匙，才发现又回到了谢飞的家。打开房门，我被屋子里刺鼻的气味熏得喘不过气来，只好冲到窗前打开窗。我走进洗手间，那个隐形摄像头已经被拆除了，我的浴巾还在原位。我洗了一个热水澡，裹着浴巾打开衣橱，我那几件没来得及拿走的衣服还在那里，我穿好衣服，在厨房里愣了好一会儿。

厨房里一片狼藉，残羹冷炙散发着令人窒息的气味。我用一个大垃圾袋把不下二十种起司丢进去，锅里那些黏糊糊的咖喱酱汁很难彻底清除，只好先泡着。当我把厨房清理干净时，一本厚厚的软皮速写本出现了，它好像是埋在湿润泥土里的一小截树干，被我不小心翻出来，上面还带着泥土的气息。

无意窥探他人隐私，我还是不自觉地翻开。前面几十页画着非黑即白的瓷片，多数瓷片上釉汁缓缓流淌，形成无意拭去的泪。我惊叹于白瓷的断面，残片轻薄却有硬度，表面如玻璃般柔滑，瓷胎通透如雪。仔细看，还有散落的碎瓷，细碎如沙，无法归位。有的瓷片只是素色，有的瓷片有纹饰。我的手指在微微地颤抖，我抚摸着这些瓷片，它们是那么生动，如泣如诉。我看到了暗淡的瓷片，是的，瓷片开始有颜色了。我的目光停留在了一块影青瓷片上，上面绘有几道流动的线条，如心潮暗涌的波纹，如风吹过草木摇曳着的身姿，再往后翻是一页页字迹遒劲的文字：

“我喜欢你现在的样子。

“我老了，你却一点都没有变。

“你忘了，我的生命没有那么长。

“我找到你了，奇怪的是我不记得来时的路了。

“我们在火车上相遇，没有浪费一秒，我们相爱了。火车轰隆隆地驶过一站又一站，人间任何美好的事物都是限时的，沿途的风景再美，列车还是会到达终点站。我比你先下车，然后我在海里沉浮，漂了许久。

“你走了，我的黑夜变得漫长，雨水也多。天还是会亮，即使阳光不是每天都出现。日落的时候，我更想你。你那边也会有日出的，对吗？

“这里和过去的世界很不同，春夏秋冬没有明显的界限，东西半球也不过咫尺而已。

“这么神奇吗？

“时间和空间交错着，一年、两年、十年、二十年……我会不紧不慢地等着你，不用着急牵我的手……

“梦支离破碎，我的潜意识在强撑着，我喜欢夜变得漫长，长到足以支撑像气球般渐渐膨胀的梦，那薄薄的一层突然间撑破了，天就亮了。

“半梦半醒时我极力拼凑着梦境里那些残缺的画面，只是没有在梦中看得清晰。

“火车车窗上你的脸庞、海水的颜色。Busselton（巴瑟尔顿）？我记得那里，Geographe Bay（地理学家湾），白色沙滩。南半球最长的古老木板栈桥。那天的海风很大，我们一起乘坐延伸至海中的小火车，鲜红色的火车驶入站台，单程 1.8 公里，距离很短，我们在印度洋的中央。接下来，火车回到原点，我们下车，看着车头脱离车身独自缓缓前行、掉头，再与车身相连，然后重新驶向印度洋。

“醒来后，她的脸、她的表情、她穿着什么衣衫？我是没有看清还是记不得了？或者，我是刻意没有端详她，出于礼貌、谨慎、胆怯、羞涩、久别重逢的不知所措？

“我们之间的关系什么时候开始出现裂痕？自从我的设计作品被业内认可，我对成功的欲望越来越强烈，渐渐地从安稳的小日子里剥离，而她却始终保持内心的平静。‘我在海里沉浮，漂了许久。’我的耳畔又出现她的这句话。我们一个在陆地，一个在海洋。她在海里越漂越远，直到看不到地平线，我们之间的那一线希望也随之沦陷。

“小兰，兰花，唇瓣。有光在房间里跃动，刺眼。

“我必须停止想她。

“我在街上急走，树木花草纷纷退后。走到一家餐厅门口，我推门而入。

“中英文对照的菜单，一道甜品的名字成功地吸引了我。

“‘沉鱼落雁’，我指着菜单上对应的图片，用中文和服务生说。中国古代四大美女‘沉鱼落雁、闭月羞花’的典故无人不晓，想必主厨有中国情结。

“‘这道甜品中红白相间的小鱼惟妙惟肖，我们主厨用糯米粉揉入椰子汁制成，鱼尾的染色取自红菜头；杧果布丁为底，以植物雪燕点缀，请您慢用。’

“荷叶边黑釉瓷盅厚实稳重，我盯着那条小鱼出了神。黑釉，如最深的夜、浩瀚无垠的海，深不见底。‘我在海里沉浮，漂了许久。’我觉得喉咙哽咽，没有办法用调羹去破坏海面的平静，更不会去品尝那条无依无靠的小鱼，于是把餐费放在桌上，转身离开。”

我没有想到他的感情如此细腻，每一个人的生活都是那么不容易。

“她的出现，好像是一个橡皮擦，将小兰在我记忆里的样子一点点抹去。她看着窗外的风景，好像风景里有她的爱人那样；她时而眉头微蹙，时而嘴角带着笑意；她在家和在店里一样，似乎没有一刻是放松的；她的美那么精致，我不由得处处小心，就像是对待瓷器那样，小心翼翼。

“三年前，如果不是小兰的离开，我也不会走进厨房。我的味觉天生愚钝，和我这个人一样。厨房里仍旧有小兰的身影，我剥洋葱的时候，眼睛还是觉得刺痛，只是小兰不会再说‘让我来吧’。

“我的记忆越来越不可靠，小兰你真的走了吗？还是你躲在房间里？有的时候，我觉得你和June是同一个人。”

他的每一段文字下面都有一幅画，每一幅画里都下着雨，也许这些雨丝可以代替他流泪，也许他的世界里，自从小兰离开，雨一直没有停。

“今天，我给她做了千层蛋糕。她很勉强地吃了一小口，好像是不小心咬到了生姜。”

这一页，被雨打湿的长椅上，一块沮丧的咖啡千层蛋糕勉强地留在陶碗里。为什么是碗而不是碟呢？也许他是想挽留什么？这么想着，我又仔细地观察这个陶碗。它像是手工塑形的黑色陶碗，是“乐烧”！我几乎说出声来，乐烧最初是千利休定型，京都陶工长次郎手捏低温烧制，而非拉坯，只有红、黑两色，简朴淡然。是的，他的瓷片开始出现了生命力之美。

“她笑了！我好像身处‘雨过天晴泛红霞，夕阳紫翠忽成岚’的意境。”

这一页是一只钧窑瓷瓶，也是这本日记里色彩最不可思议的一幅。他将“入窑一色，出窑万彩”的乳浊窑变表现出来，我忽然想到凡尔纳的《地心游记》，教授和侄子阿克塞、向导三人从冰岛的一个火山口往地心探险，他们沿着黑漆漆的熔岩通道前行，在地底发现了大海以及活着的古生物，他们经历了迷路、走散、受伤、缺水、没有食物等困境后，被火山的气流喷回地面。

自从小兰离开，他好像一个人摸着黑走了很久，直到心底的岩浆涌动，迸发出势不可当的力量，他禁锢已久的感情终于释放出来。他停止挣扎，他的心是自由的、他的笔是自由的，钧窑的色彩是自由的、斑斓夺目的。雨后天空的霁青为底色，又有暮山紫、海棠红……

第十一章 猪肚鸡

梨花院落溶溶月，柳絮池塘淡淡风。

——［宋］晏殊

一周过后，我接到柯晨的电话：“夏小姐，食材已经备好了，请你和先生来尝尝台菜吧！”

傍晚时分，我们坐在池塘边的阳光房里，透过落地窗看着柳絮如雪花般飘落。

“主厨还在忙呢！你们先喝点茶，前菜很快来了，他请我先招呼你们，他会在菜品全部完成后过来。”服务生的声音轻柔。

邱天看着窗外的景色，笑着说：“荷花开满的时候，这里就是西子湖畔了。”

“你看，柳絮好淘气啊！弄得人脸上痒痒的。它们好自由啊！想往哪里飞就往哪里飞。”自从我怀孕以来，感觉身边的很多事物都不一样了，变得更可爱了。“你看蒲公英，它们就很安静，等着风来。”我打了一个喷嚏，是柳絮惹的祸。“我小时候喜欢吹蒲公英许愿，是不是小孩子都喜欢吹蒲公英呢？”

“在我看来，柳絮和蒲公英没有什么不同。”

“它们很不一样，如果你分不清柳絮和杨絮还情有可原，柳絮比较轻盈，杨絮则如棉花般，喜欢一团一团地飞舞。”

正说着，服务生上了第一道卤味拼盘，卤猪脚、卤麻辣鸡脚和卤大肠，卤麻辣鸡脚的味道太特别了，麻辣咸鲜，余味竟然有一丝丝的甜。邱天喜欢卤猪脚和卤大肠：“太好吃了！一一，你也多吃点猪脚，你不是喜欢补充胶原蛋白吗？”我们干脆利落地用手抓起猪脚和鸡脚，几分钟后一盘卤味连卤汁也没有剩下。

柯晨走过来和我们打招呼：“邱先生，你好，初次见面！夏小姐，这道卤味还好吗？”

柯晨比我们预期的提早出现，我们两人都有些狼狈，连忙用纸巾把手擦干净：“柯晨，你好！你可不可以告诉我，卤麻辣鸡脚是怎么做的？还有请叫我一一就好。”

柯晨笑了笑：“这道卤麻辣鸡脚经历了三温暖，川烫、过油、浸卤，卤味拼盘是我将三种食材分别卤好后再装盘的，所以你们可以尝到不同的味道。邱先生，你想试试台湾啤酒吗？”

“好啊！柯晨，你也称呼我名字吧！”

“你们一个秋天，一个夏天，宝宝的名字想好了吗？还是想凑齐四季？”

“还真的让你说对了！”邱天开心地说，“我们想要两个孩子。”还没等邱天说完，我打断他：“我没有同意要两个小孩啊！你那么忙，我怎么可能带两个宝宝！一年四季，一日三餐，一家三口，其乐融融。”想着自己不能喝酒，我的眼睛直勾勾地盯着眼前的台湾啤酒。

“一一，你的特制饮料马上就来了，我将刚刚在院子里摘的蔬果榨汁，你尝尝鲜吧！我先去忙一下。”

我看着窗外的景色，荷花池、日本桥和中式凉亭。如果不是漫天飞絮，我们在凉亭里用餐会更惬意。风景如画不如此时入画，我站起来，推开玻璃门，走在日本桥上，池中的锦鲤游来游去，欢快又艳丽。我冲着屋内的邱天招手，示意他也过来，邱天摆摆手让我回来，我看了一眼斜前方的秋千，想着一会儿再来荡秋千。

第二道是烫地瓜叶，春日里最嫩的地瓜叶，氽烫后上面撒了一些红葱酥，新鲜的食材只用盐调味即可，一道清爽的料理，是主菜上场前最好不过的铺垫。红葱酥是将红葱切片，用鸡油炸过，比罐装红葱酥香太多了。

第三道福建炒饭，说是炒饭，却是一道镬气满满、见证厨师真功夫的料理。福建并没有如此豪华阵容的炒饭。乌鱼子切丁与米饭同炒，海参、鲍鱼、鲜虾、干贝，加上熬制整天的鲍鱼汁和鸡汤。我一连吃了两大碗炒饭，看到柯晨隆重地捧着一个砂锅向我们走来。

我立刻站起来迎接这道菜，锅盖掀开的瞬间，一阵浓郁的醇香扑面而来，原来是一煲色泽金黄的鸡汤。

“这是我准备了一整天的猪肚鸡，我煲了足足五个小时哦！我切开给你们看。”柯晨剪开猪肚，里面是一整只鸡，它的肚子鼓鼓的。

我笑着说：“难道它也怀孕了？”

柯晨大笑说：“这道菜还真有一个很贴切的名字——‘凤凰投胎’。”我这才发现，原来鸡肚子里还藏着猪尾，我先尝了猪尾，软糯Q弹，简直令人无法抗拒。

邱天说：“我们太幸运了，专享你的私厨料理。神仙鸡太美味了！”

柯晨坐下来，帮我又盛了一碗鸡汤。他脸上挂着笑意，眼圈却微微泛红。

“这些都是我哥的拿手菜，其实是我嘴馋了，想念大哥的料理。你们满意的笑容，让我更想家了。我们家的餐厅已经经营七十几年了，爷爷开创，父亲又传给了哥哥，招牌菜的味道几十年不变，客人被菜品的深情俘虏。我哥说，爱一个人都不见得爱一辈子，可以让一家三代人都爱我们的料理，是多难的事情。”

“我可以想象，三代料理人对食物的热爱，就好像一封长长的情书，信纸斑驳，记忆穿透笔尖，流淌着岁月。好想认识你哥哥啊！”我说。

“只要他出现在你的面前，你就会发现他的气场非常强大，有一种不可一世的英雄气概。他的霸气里有一种沉稳、一种力量，还有一种让员工心服口服的凝聚力。他对厨房里的每一个细节都苛求完美，除了店休，每日在厨房工作十个小时，日复一日，年复一年。他站在主炉的位置，面前是一口烧得正旺的大铁锅，行云流水般十秒爆香、翻炒、出锅。菜里带着镬气，多一秒会老，少一秒欠火候。带着镬气的菜，有一种特殊的魅力，如昙花一现的瞬间，就像是一秒定情的心上人，错过了瞬间，也就没有了缘分。镬气，就是在火力十足的条件下翻动沉重的大铁锅，将食材抛向空中，再快速翻炒，最重要的是以澎湃的气势成就一道菜，既保留了食物的精华，又将食材的色香味升华，让你的味蕾乖乖地被他的料理征服，心无旁骛地体会着他料理的纯粹。从一道简单的炒青菜，到手工复杂的佛跳墙，即使是初来乍到的客人，都有可能吃到他掌勺的料理。”

“我正想说，你们餐厅的厨房里居然有大铁锅啊！不是日餐和西班牙菜餐厅吗？”

“我把家里的铁锅拿过来用的，有温度才是台菜啊！”

“我想向你学习翻炒的本领。”

“你用拌的就好了。”柯晨看着我细细的手臂说。

“看得出来，你很崇拜你哥哥。”

“在传承这条路上，他付出得太多了。当年，他辞去高薪工作，接手餐厅。几年前因为准备年菜，他连续二十四小时在厨房备料。他在被诊断出再生不良性贫血，需要立即入院接受骨髓移植手术的时候，竟然和医生商量，可不可以等我准备好年菜再来做手术？”

当一个人专注于某一个领域，真的可以放弃很多，比如相对舒适的生活和闲暇时间，甚至无暇顾及自己的身体，超负荷地运转、运转，直到不得不停下来。

邱天帮柯晨盛了一碗鸡汤，他一勺一勺细细地品味着，好像这是哥哥亲手做的料理。从小在厨房长大，唯有熟悉的味道才能抚平他的心绪。

“那时我在国外，我得知消息的时候正在厨房工作，切胡萝卜、芹菜、洋葱，准备做牛肉清汤。我的手机前一晚忘记带回家了，手机充电后，我看到一条短信，顿时浑身发麻，整个人像是灵魂出窍了一般，但我很快恢复了理智，继续专心做着手里的工作，我不能出错，我不可以给自己任何理由不尊重职业。待一切就绪，我才重读那条短信。短信是我这边时间凌晨发出的，一定是嫂子不想影响我的工作，特意在休息时间发出。她说让我放心，小妹与哥哥的骨髓配对成功，手术很顺利。”

我想象着，他一边切胡萝卜、芹菜、洋葱，一边稳住情绪，食客们不会知道厨师在准备那锅牛肉清汤时的不易，我知道牛肉清汤的口感一定是分毫不差的。这是家族传承中最难能可贵的一部分，敬畏自然，尊重食材，恪守厨师的本分。

“那天的情景历历在目，我的眼眶一次次湿润，又一次次逼迫自己忍住泪水、坚持住。那天的客人特别多，厨房的工作最不能开小差，可是那天，平日里司空见惯的厨房，在我眼里却是刀光剑影，火光冲天，好像一切的一切都在放大，同事们忙碌的身影、狭小的空间，分神必将酿成大错。”

他的眼眶湿润了，我紧张得心都快跳出来了。

“那一天格外漫长，长到每每回忆，都觉得像是跑了一场马拉松，我终于毫无差错地熬了过去。我仍旧是最后一个做好了厨房的清洁工作才下班的人。临近午夜，我拖着疲惫的身体回到家，没有开灯。电话是嫂子接的，她说，你哥要我转告你，专心工作，不要胡思乱想，哥哥没事的。我后悔没有留在店里帮哥哥，只想着干些与家人不同的事情，如果有我在，哥哥不会这么辛苦。我终于不用忍住泪水，但是我完全无法组织语言。哥哥支持我追求梦想，是我太不懂事了。

嫂子的声音很温柔，一直安慰我，不要担心，家人们都在哥哥身边。我蜷缩在房间的一角，哭了很久。”

他没有继续说，看得出来，这种愧疚始终伴随着他。邱天轻轻地拍了拍他的肩膀，安慰他。

“你当年决定从零开始，在异国他乡做学徒工，一点一滴积累经验，这个过程很辛苦，你能坚持下来，有现在的成就，家人一定会为你骄傲的。”我说。

他的双眸清亮，带着些许惆怅，他把鸡腿放在我的碗里，又添了一勺鸡汤。邱天赶忙从锅里捞出猪尾，又把他的碗里盛满食材。

“几个月后我放假回家，才知道哥哥经历了难以想象的折磨。嫂子和我通话的时候，哥哥还没有完全脱离危险，她更需要支持和安慰。那时的她好强大，因为她对哥哥有信心。你们没有见过我嫂子，她是我认识的女性中最美的，一双漂亮的大眼睛好像会说话，她为人善良，对待每一个人都很友好，店里不能少了她，有她在，哥哥才能安心在厨房工作。”

柯晨换了口气，有点面露赧色：“不好意思，说了这么多家事，你们放心吧，哥哥身体健康，几年来仍旧每日在店里忙碌，只是缺工很长时间了，这是餐饮业的大问题。你们有机会去尝尝他亲手做的菜。”

“太不容易了，家族传承的使命感，不容易啊！”邱天连着说了两次不容易。

“我哥说，把自己锁在料理的轮回中。餐饮业不是单纯的服务业。一道料理的完成，既费体力又耗时的是在食材备料处理的前置流程，这正是料理精神所在。我们厨房里的职业匠人，不把赚取利润视为第一，我们是料理界最富足的老板。做料理有两种人，一种是疯子，一种是傻子，他们把不可能加上不可能，加起来之后就变成了可能，要有疯子般的勇气，傻子般的坚持，才是快乐的。”

“真是字字珠玑！你很幸运，有这样的家人。疯子般的勇气，厨房里那么多细节，追求尽善尽美，只有被视为疯子才会这么做。如果这个疯子日复一日，不厌其烦地坚持下去，确实是傻子般的坚持了。”

“我准备好了手工面线，鸡汤面线，差点忘记了。”柯晨转身去了厨房。

我想起在云南，陈可做的那一锅鸡汤米线，心中不免感伤。“等陈可找到方琼，我们要去双廊好好庆祝一下。”

当柯晨把一盘面线放在我的面前时，我竟然舍不得将它们丢进鸡汤里了。它们带着好闻的面香，被卷成了好看的模样，加上些许香葱点缀。我夹起几根面线来尝，口感筋道，只吃面线已经很满足了。台湾人将做工复杂的菜称为手路菜，食材备料的前置流程需要耗费大量的精力，有些食材甚至需要提前几日做好准备。从粗细均匀的面线，到考验技艺的福建炒饭，再到细火慢炖的猪肚鸡，每一道料理都不简单。我想，对于柯晨来说，厨房就好像是避风港，给他庇护、让他心安。不知道方琼吃过他做的哪道料理？我开始理解方琼为什么离开了，她是不想厨房里有太多关于她的记忆，她不想这位天才厨师走进他最喜欢的厨房时心有杂念。她甚至不会请他烹饪经常做的料理，她不想看到他伤心。

“你从欧洲回来，原本就是想在北京发展吗？”我问他。

“我从来没有想过来北京，我哥已经在台北帮我找好店面了，我就在那个时候与方琼邂逅，再次因为我的一个闪念，我把哥哥前期准备都给浪费了，他工作那么辛苦，还要操心我的事，我太自私了。我告诉哥哥，我终于找到了像嫂子那样的女孩，虽说人海茫茫，我也要去北京等她。哥哥没有生气，而是鼓励我追求幸福，然后托北京的朋友帮我找到了这里。他说，一定要坚持下去，爱情和事业双丰收。我答应他，无论爱情何去何从，我一定会把餐厅经营好。”

“你做到了，你的厨艺出神入化，家族传承的基因强大，暖心的美食会感动更多人。”邱天和柯晨聊起流感对全球餐饮业的影响，“我原先工作的西班牙餐厅也停业了，我的好兄弟家里比较困难，我想帮助他，他却说你也不容易，平平安安就好！”

他们越聊话题越沉重，我只好插话说：“最近，邱天居然学会了揉面团，我们一起做鲜肉包！其实揉面是一件很治愈的工作，以前我心烦的时候，找来食谱，按照步骤做些饼干啊、面包啊，看着面团发生变化，直到香气弥漫，心情也会平静下来。”

“这段时间，我对院子里的北方农作物有了不少了解，学到蛮多知识。”柯晨说，“我们在院子里散散步，然后去我家吃甜品吧！”

春风拂面，我荡着秋千，目光投向那个中式凉亭。

“荷花盛开的时候，我们可以在凉亭里用餐。”柯晨笑着说。

“中式凉亭、日本桥，这样的设计还挺特别的。”我说。

“原本只有凉亭，日本桥是近期才建好的，是方琼的提议，也许她只是随口说说吧，我不太会区分。”柯晨说，“你们喜欢 Mirror Glaze Cake（镜面蛋糕）吗？今晚的月色很美，我做了一款应景的低糖甜品。”

走进柯晨家，他请我们在茶室稍坐片刻。我端详着茶席上那只天青色茶盏，它的色泽与那天我看到时似乎不同。柯晨不无伤感地说：“汝窑以玛瑙为釉，它呈现的天青色是流动的、变幻莫测的。有点像她的心情，她冲我笑的时候，我并不知道她已经决定离开。”

柯晨从冰箱里取出甜品，又去准备餐具。我睁大眼睛：“天呀！简直是美轮美奂啊！镜面是凡·高的 *The Starry Night*（《星月夜》），色彩如此梦幻。”

我不舍得吃，又端详起来。邱天逗我：“一一，用不用我帮你吃啊？”

“一一，你放心吃吧！这些食用色素都是我自制的，中间的草莓果酱也是我做的。”柯晨说。

“以黑芝麻慕斯为基础，夹层是开心果口味戚风蛋糕，草莓果酱还有吗？好想带回家抹吐司啊！镜面蛋糕层次分明，层层柔软。”我边吃边点头，“太不可思议了！制作这款蛋糕很费时的，柯晨，今天的晚餐太完美了！你说，究竟是前菜还是主菜更值得我们期待？也许配菜在不知不觉中抢了主菜的风头，或许甜品才是一餐中的点睛之笔呢？”

回家的路上，我暗自思忖，往事沉沉浮浮，五味杂陈。食客进进出出，五湖四海。传统就好像是一棵古树，根扎得越深，才会越茂密。尊重传统，才能将除了酸甜苦辣咸之外的“人情味”添加进来，这特别的一味，随着时间的流淌，越煮越浓。

第十二章　肉夹馍 vs Meat Fruit

今天是儿童节，也是美国一部分中小学开学日。邱天和一一邀请柯晨与远在波士顿的陈可视频连线，举办首次线上“夏日赏花小聚”。

虽说只是户外野餐模式，一一还是提前一天做足了准备。藤编野餐篮已经在储物间里闲置许久，她拿出来收拾干净，还准备了帐篷和餐桌餐椅。柯晨和陈可将准备部分同款菜品，一一则想用自己的隐藏菜单带给他们惊喜。

邱天和柯晨在一条清澈的小河边搭好帐篷，周围是一片月季田。

“你们看月季多美啊！红、黄、淡紫、粉白，曼妙多姿。此时正是北京市花最美的时候。”一一坐在餐椅上，看着他们把桌布铺好。

“我以为是玫瑰呢！”邱天把食物从保温包里拿出来。

“一一，你看我们院子里的黑美人。”柯晨像变戏法似的把两枝月季插进花瓶里。

“天啊！如红丝绒般厚重，黑红色的花瓣层层叠叠，这颜色太迷人了！”

正说着，邱天拨通了陈可的电话，视频小聚开始了。

“你在什么地方啊？”

“我在哈佛大学校园。”陈可坐在草坪上，“你们对这里肯定不陌生，原本有不少椅子的，因为流感都被搬走了。你们的酒呢？

你们知道美国法律规定不可以在露天场所饮酒，这杯是葡萄汁。”

“我们才早上十点啊！”一一笑着说，“我没有准备酒啊！”

“我们用波尔多的长相思开场好吗？”柯晨边说边把酒具准备好，又拿出一个长方形木盒，上面刻有冷杉图案。

“好精致的木盒啊！和你餐厅的陶器餐具是一个系列的。”一一欣赏着堪称艺术品的木盒。

“这是我特别定制的木质盛器，一一你不是喜欢我特调的冷杉酒精喷雾吗？我带了几只新调制的送给你。”

“太好了！我也很喜欢酒精喷雾的小瓶子，简约大气，是夜幕降临前天空奇妙的青黛色，喷嘴设计也很用心，即使用到最后雾状喷雾还是那么细密。”

“听起来我好像有强迫症啊！”柯晨笑着，“现在可以打开木盒了吗？”

“等一下，我先猜猜看，一定是为儿童节特别设计的小可爱前菜。”一一说。

木盒被打开——“哇！居然是甜品开场呢！”一一开心得无以言表。

“这款粉米色的慕斯蛋糕很有趣，严格来说并不是甜品，外层是梅子果冻，里面的慕斯是什么呢？我还没猜出来，口感轻柔细腻；橘色的橙子果冻外层，里面也是相同口味的慕斯。”

“一一，你慢慢猜啊！我知道答案，也想试做一下。”陈可说。

“绵密、柔滑，容易接受的味道。”一一还是猜不出来。

“很好吃啊！”邱天说。

“我说了哦！”柯晨看一一没反应，接着说，“这其实是一款两种水果味道的鹅肝慕斯。”

“怎么可能呀？我对鹅肝慕斯的重口味很敏感啊！记得有一次我们去了一家很出名的法餐厅，点了三道菜的午间套餐。前菜部分我点了鹅肝，以至于我在品尝牛排、巧克力起司蛋糕时都觉得有鹅肝的味道，一道前菜的厚重感影响了整体感受。你是如何完全去除鹅肝不友好的气味的呢？如此清爽、轻盈，用清晨的露珠形容都不过分。”

“有这么别具一格的露珠吗？”

“我就是想夸张一下不行呀？我的味觉难道出问题了吗？”

“不是你的味觉出差了，是他的技巧太厉害了。”陈可安慰一一。

“什么？我的味觉出差了？我看是出国了吧！”一一笑了，“怎么做到的啊？厨神，你为我指点一二吧！”

“一一，你要是有兴趣，下次来我家我教你。现在尝尝这杯特调果汁吧！”

他将果汁倒入玻璃杯中，又取出两个小盒子，一个是长条形状，一个是圆形。打开盒子，原来是吸管，他请一一自己取一根吸管插入果汁里，又打开另一个盒子，里面是几朵玫瑰花。

果汁带着淡雅的香气，是青苹果汁，颜色还是刚刚榨出来的样子。

“你用什么方法阻断苹果氧化的呢？”

“苹果洗净后切块放在盐水中，榨汁时挤点柠檬汁，不会氧化而且更清甜。”

“青苹果汁，神奇的是带着某种淡淡的花香，让我想起曾经试过的一款白葡萄酒，只是一小口，口腔里充满了花香。吸管竟然是用苹果干做的！”一一像发现新大陆般兴奋地说，她尝了一朵玫瑰花，居然也是用苹果干做的，“苹果汁喝光了，吸管也可以吃掉，太有趣了吧！”

“我们共同举杯，希望你尽快找到方琼，流感早日结束，我们也好相聚！”

“下一道开始前，我们换赤霞珠吧？”柯晨换了葡萄酒杯，“搭配这款葡萄酒，请尝尝我做的牵丝三明治。”

“你做的三明治也太神奇了吧！牛肉特别香，起司拉丝好厉害，我要学一下，告诉我秘诀吧！”一一觉得，但凡大众美食，想有过人之处并不容易。外层又香又酥，牛肉部分锁住了肉汁，肉质紧实且细腻，起司的拉丝又增添了香气，看似矛盾却格外协调。

“这是用牛绞肉为主角做成的三明治，洋葱、大蒜煎香，直到洋葱呈透明状；煸炒牛绞肉，用盐和黑胡椒调味，加些香草；鲜西红柿打成泥，与煎过的洋葱和大蒜一起加进牛绞肉中，加入刚刚我们喝的赤霞珠，一一，你不是馋葡萄酒吗？酒精加热后已经挥发了，只留住了那份甘醇，这也是我选这款葡萄酒的原因。牛绞肉加工好后，夹在两片吐司之间，加入马苏里拉干酪，用三明治机烤制而成。”

“我也在品尝同款啊！”陈可说，“第一款三明治只是给你们打开味蕾，后面还有更厉害的呢！”

“在你们拿出撒手锏之前，先尝尝我做的肉夹馍吧！”此时，一一还是很有信心的，“我班门弄斧，不过我的实力也不要小瞧了！”

“虽然我吃不到，不过可以给我一个特写，我相信一一的手艺。”陈可说。

邱天把一一做好的肉夹馍放在“老镇玫瑰”餐盘上递给柯晨：“一一昨天忙了大半天呢！”

“冰糖元蹄和山西馍馍，好厉害啊！”柯晨对一一刮目相看，“味道特别棒！肉夹馍 VS 牵丝三明治，肉夹馍胜出！一一，我也要学一下。”

“我用三个小时文火慢炖元蹄，不时把元蹄翻转，这个白花花的家伙最终达到咸香四溢、肉皮软糯且色泽透亮。操作中因为元蹄太重，于是倍加谨慎。第一步：在清水中洗净并浸泡三十分钟，以渗出血水；第二步：焯水并再次洗净，用镊子去除猪毛；第三步：调酱汁，生抽两汤匙、老抽四汤匙、香醋一汤匙、蚝油一汤匙；第四步：铸铁锅中水烧热后加入酱汁、葱姜和香料包，香料包里有花椒、大料、桂皮和肉蔻等，煮沸后放入元蹄；第五步：小火慢炖三个小时，其中不时翻转元蹄，同时浇上汤汁；第六步：两小时左右放入香葱和冰糖，最后收汁；第七步：加盐调味后关火静置，让元蹄充分利用锅内的高温达到肉质酥烂且上色均匀。”一一把步骤详细讲来，想听听柯晨的优化建议。

见他并没有想要补充的意思，一一继续说：“面粉多么有趣啊！好像会变戏法儿呢！鸡蛋饼不用发酵，包子要发酵到两倍大才能达到白白胖胖的样子，而坨坨馍属于半发酵。用中筋面粉、室温水、酵母、小苏打和玉米油，先揉一个偏硬的面团，二十分钟后再次揉面，用保鲜袋轻轻包住面团，以防水分流失；四十分钟后用擀面杖给面团排气，然后分割、整形；热锅后小火烙饼，无须再放油，约六分钟后坨坨馍就做好了。将馍从中间切开且底部不切断做成口袋，将肘子肉剁碎后嵌入、浇汁。老上海冰糖元蹄与山西坨坨馍，香不香啊！”

柯晨已经在吃第二个肉夹馍了，听一一介绍完毕，他把没吃完的馍馍放在盘子里，腾出手来给一一鼓掌。

“昨天刚做好的时候香气扑鼻，一一把肉汁浇在白米饭上，给我切了一块连皮肘子肉。我眼睛直勾勾地盯着锅里，好想大快朵颐啊！”邱天打趣着。

“陈可，刚好你在看着我们吃肉夹馍，这个环节你讲个故事吧！”一一说。

“好啊！我应朋友之邀参加了哈佛大学的线上毕业典礼。5 月 28 日，哈佛大学举办了第 369 届毕业典礼，这是哈佛大学自 1636 年建校以来第一个线上毕业典礼。十一点毕业典礼正式开始，之前有半小时的预热，大约持续了一个小时十五分钟。校长 Larry Bacow 讲话后是两位毕业生代表演讲，本科毕业生 Michael Philips，以及在本校取得本科和医学博士学位的毕业生 Sana Raoof。哈佛大学校友马友友演奏了两支曲子，其中 *Simple Gifts*（《简单的礼物》）是我很喜欢的曲目。毕业典礼演讲嘉宾是《华盛顿邮报》执行编辑 Martin Baron。本应一片欢腾的哈佛大学校园无比寂静。毕业典礼有一个很精彩的环节，通过 Zoom（多人云视频会议软件）来实现大合唱校歌 *Fair Harvard*（《光辉哈佛》），镜头切换自如，从某一个学生的特写镜头到不同学院百人合唱，同时航拍整个哈佛大学。查尔斯河水静静地流淌，河的那端是商学院；三名学生动情地歌唱，背景为法学院图书馆……学生乐队的同学们都穿着哈佛的深红色制服，为大合唱伴奏。在这个艰难的时刻，齐声合唱令人振奋不已。我第一次听哈佛校歌，在深情款款的歌声中毕业生们向学生时代告别，这场面无比震撼。还有一个镜头令人感慨，本应高潮迭起的时刻，不得不切换前几届毕业典礼时人们溢于言表的幸福画面。”

柯晨轻声唱起 *Simple Gifts*，大家也情不自禁地一起哼唱：

> *'Tis the gift to be simple,*
> 这是简单的礼物，
> *'tis the gift to be free,*
> 这是无偿的礼物，
> *'tis the gift to come down where you ought to be;*
> 这是天赐于你的礼物；
> *and when we find ourselves in the place just right,*
> 当我们找到自己的归宿，
> *'twill be in the valley of love and delight...*
> 就如同置身于爱与欢乐的山谷……

“如孩童般，且行且歌！”一一晃动着手中的果汁，“今天是儿童节，之所以选这个日子小聚，我只想说大家今年都太不容易了，至少今天我们简单并快乐吧！”

大家隔着屏幕干杯，陈可说：“小朋友们，咱们的第二款三明治是不是该登场了？”

柯晨准备了一款三角形三明治。

“好迷你啊！有什么特别吗？”一一问他。

“一一，你尝一口，然后告诉我们是何种风味。”陈可说。

“风味，你用了这个词，看来是考我奶酪的风味吧！”一一笑着说，“刚刚的三明治除了用马苏里拉干酪，吐司上还涂了黄油，这款三明治并没有用黄油，而且也不是用三明治机烤的，全麦吐司用面包机烤至酥脆，我猜是微菌发酵的布里吧！你们只用一点点松露，目的就是品尝布里带来的风味。”

“一一，你想不想尝一口重量级的三明治？”陈可问道。

“看来我答对了！重量级？是卡路里超标的三明治吧！你们还嫌我的腰不够粗吗？”

大家笑着，柯晨又把一小角三明治递给一一。

“天啊！太罪恶了！柯晨，这一定是陈可逼着你做的，不然你不会这么没原则。”一一故作生气，看着他们。

“什么意思啊？不就是三明治吗？哪里会吃出罪恶感呢？我就说你们对吃太讲究了，风味对我来说太故弄玄虚了！”邱天接过三明治放进口中，“天啊！这才对嘛！太好吃了！还有没有？都给我吃！我一个人罪恶好了！”

“我其实很喜欢吃，三种风味迥异的起司，互相牵制又互补，带来的味觉冲击力太震撼了！不过你们居然还用黄油先在吐司上涂了一层，又用橄榄油和黄油煎过，连吐司的边边都没放过，酥、香、脆，加上起司或牵丝或爆浆，这款三明治肯定是为邱天设计的。”

“明天我绕着二环路跑一圈，今天我就尽情享受爆浆三明治了。”邱天继续说，“一一，你学会做这款三明治，爆浆比牵丝还厉害！”

“我猜这里除了负责牵丝的马苏里拉干酪，还有熟成切达和帕玛森奶酪吧？”一一问柯晨。

“一一，你猜对了，尝尝今天最后一款三明治吧！”

“我好像听到了面包机叮当一声，面包新鲜出炉了！柯晨，我很喜欢这款超级简单的三明治，酥、香、脆，还多了一层甜，仍旧是布里，只是你在香脆的吐司表面涂了蜂蜜。”

一个粉红色的餐盒，上面系着粉红色的丝带。

“猜猜看会是什么？”

“小朋友最喜欢的甜点？”

柯晨笑笑，轻轻地打开餐盒，里面有六支雪糕。

一一开心极了，正准备伸手，柯晨却把餐盒拿开了。

“雪糕融化你就白辛苦了。”一一想知道手工雪糕里藏着什么秘籍。

柯晨说：“一一，你用手感觉一下餐盒的温度。”

一一大吃一惊：“热的巧克力雪糕？不会融化的雪糕？”

“想不想试试？”

此时，镜头给雪糕一个大特写。

一一把热热的雪糕放进口中，天啊！哪里是雪糕啊！他把牛排修成雪糕的模样，浓郁的红酒酱汁包裹着牛排，外形酷似巧克力脆皮。

“我还是第一次吃牛排雪糕呢！温度控制得很妙啊！应该是用了炸、煎、烤三道工序，太难以置信了，即使不在餐厅里，也可以吃到如此美妙的牛排。”

邱天看着一一欢天喜地的模样，也尝了一支雪糕。

“这是牛排雪糕？我怎么尝不出牛排的味道？倒像是……”

“一一，你尝尝，告诉我答案。”

“外皮使用烟熏培根包裹，里面是去骨鸡翅。”一一面露陶醉的表情。

“一一，你的味觉很适合做厨师啊！”柯晨说，“还有最后一道冰激凌收尾，想尝尝吗？”

“清甜，这是儿时不懂的味道，却和童年很契合。不是水果，味道不复杂，好像在哪里吃过的一种蔬菜？不常见，水嫩水嫩的、口感清脆的……我的味觉真的出国了。”

“我还是揭开谜底吧！”柯晨取出一张小卡片，“儿童节盲盒菜单”。

“居然是白芦笋，我太幸运了！吃到了这个季节的礼物白芦笋，难怪有如此水嫩的清爽感。我还是第一次尝试白芦笋冰激凌呢！今天真是受益匪浅啊！”

“我想做一些适合外卖的餐点。今天的野餐刚好验证一下可行性。”

“这是我吃过的最有创意的野餐啊！有一位天才主厨朋友我们太幸福了！邱天对牛排雪糕的认可令我意外，因为他向来只喜欢美式牛排。”

“牛排太绝了！虽然没有刺刺作响的声音，期待值丝毫没有降低。我想第一个下单好吗？”邱天说。

“感谢你们的支持！”柯晨说。

“真的很神奇，牛排的表层焦香完全没有因为温度的降低而减弱。你是如何做到的？”

“干式熟成的时间够了，牛排的表皮够干，才能在高温下产生美拉德反应。”柯晨变出几支棒棒糖，“我做了两种口味，你们带回家品尝吧！”

“你今天的儿童节盲盒菜单太妙了！把我儿时的好奇心都激发出来了！”一一说。

“盲盒菜单，有意思！”邱天说。

“你们选的地方好美啊！小朋友们好好享受吧！”陈可先下线了。

大家又唱起那首歌：

'Tis the gift to be simple,
'tis the gift to be free...

回家路上，一一和邱天说：“咱们以后叫柯晨的英文名字 Vincent 吧！我今天好几次险些叫错。”

“好主意！我还想问你呢，很久没有听你称呼陈可‘肥猫’了。”

“我还记得当年是方琼领养的小猫，刚到他们家时，小猫又瘦又小，是陈可一点点把它喂肥的，他们也不给小猫起名字，有一次我逗猫，叫它肥猫，小猫不理我，陈可倒是应了一声，在场的人都笑得前仰后合，我从那时候开始叫他肥猫的，后来小猫走失了，陈可请朋友们都叫他肥猫，大家反而叫不出口了，我的潜意识也故意绕开了，那只肥猫已经走失了，何必揭人家的伤疤呢！虽说今天陈可的脸上始终挂着笑容，但还是觉得有点难为他了。”

一一回想着今天 Vincent 准备的盲盒菜单，原来餐具也是影响味道的因素之一。用手指代替刀叉，举着三明治，不在乎别人的看法，这种随意性以及过瘾的感觉是餐厅无法实现的。

一支小木棒穿起修好的牛排，做成了雪糕的模样，好像也穿起了童年的快乐，无疑是这个儿童节菜单的最佳设计了。

Finger Food（手指食物）和穿起来的食物缩短了与大自然的距离感，吃完后还不忘舔舔手指上的酱汁，比起高档餐厅里在菜品上淋酱汁，融合度似乎也提高了。

第十三章　雅宴

Cold Appetizers

冷盘

Jamón Ibérico de Bellota Iberian Pork cold cut cured for 36 months

伊比利亚火腿

Pan Con Tomate

番茄面包

Salmorejo Soup

番茄冷汤

Hot Appetizers

热开胃菜

Potato and Onion Omelet

土豆洋葱蛋饼

Mushroom Croquettes

炸蘑菇丸子

Paella de Mariscos

西班牙海鲜饭

Desserts

甜品

Chocolate & Hazelnut mousse with Pistachio Gelato

巧克力榛子慕斯配开心果冰激凌

Artisan Cheese

手工奶酪盘

Petit Fours

花式小甜品

Sangría

桑格利亚酒

Fruit Punch

混合鲜果汁

儿童节过后，柯晨的餐厅开始营业。由于是试营业，餐厅只提供晚餐。为了保证客人的用餐体验，柯晨在环境卫生以及菜品供应上做足了准备。他拉宽桌与桌之间的距离，保证卫生间一客一清洁。他还以套餐的形式提供每日菜单，不仅可以减轻营业初期的备菜压力，也可以减少食物浪费，节约成本。

6 月 16 日是我和邱天的结婚纪念日，我提前两日和柯晨确定菜单。怀孕以后有很多东西不可以吃，就连海鲜饭里也不能用藏红花，我问柯晨："没有藏红花的海鲜饭还会有金灿灿的颜色吗？没有灵魂的样子是不是很可怜？要不然我们换一道吧？"柯晨笑着说："不仅仅藏红花不可以用，欧芹我也觉得不妥，不过我会想办法弥补的，放心吧！"

这一日，我已"衣带渐宽"，这是文雅的说法，具体表现为不能再穿美美的长裙赴宴了。我们的座位设在荷花池边的中式凉亭，此时正是“接天莲叶无穷碧，映日荷花别样红”之时。荷花池内有一条小船，可以接待两位客人用餐。

“菱叶萦波荷飐风，荷花深处小船通。逢郎欲语低头笑，碧玉搔头落水中。哎，我们要是在这叶小舟上赏荷岂不美哉！”

“你要是坐在船上，落水的就不知道是什么了。”邱天笑着说。

“你的意思是我超重还是那句‘逢郎欲语低头笑’？我没有含蓄之美是吗？”我用手指去弹他的脑门。

柯晨对用餐人数有严格的限制，餐厅重新开放才十天，电话订位已经排到一个月以后了。虽然餐厅才开业不久，但已经被不少老饕视为宝藏餐厅。此时多数餐厅还没有恢复运营，即使开业了，也只提供简单的几道菜品。

第一道：伊比利亚火腿配番茄面包。西班牙国宝级美味伊比利亚火腿，由“穿着高跟鞋，迈着优雅的步伐”的黑蹄猪制成。它们是世界上最珍贵的品种，被称为“世界上最美味的猪”。它们生活在伊比利亚半岛的西班牙西南部山区，每天沐浴在美丽的阳光下，玩耍于茵茵青草中。它们喜欢在草地上奔跑，而不是懒洋洋地晒太阳。它们的放养期为四个月，即橡果成熟的十月至来年一月，是小猪们一生中最快乐的时候。一头猪一天约吃七公斤的橡果，因而它们的肉质中含有一种特有的芳香。Cáceres（卡卡雷斯）在每年一月都有一个隆重的仪式，虽然我不想提，但这是猪们享福的一生终结之时。伊比利亚猪通常的饲养期为十八个月，比普通猪多出一倍。

Jamón 是伊比利亚猪的后腿，肉质肥美，做成 Jamón Ibérico，只有那些沐浴阳光的、以天然谷物和橡果为食的伊比利亚猪，才能制成顶级的 Jamón Ibérico de Bellota。火腿的腌制过程也很讲究，三十六个月至四十八个月的火腿为陈年火腿，陈年时间越久价格越高。

结婚纪念日最适合回忆，我看着这盘有着漂亮纹路的火腿说：“咱们开车途经 Extremadura（埃斯特雷马杜拉地区），是伊比利亚猪生活的地方，当时很后悔没有和养猪户预约，去看看这些可爱的小猪。后来经过 Cáceres，尽管要赶路，咱们还是在 Cáceres 老城漫步。有几家火腿专卖店，还有一家餐厅做烤乳猪，咱们点了一份烤乳猪腿和一份伊比利亚火腿。Cáceres 因地处高海拔，冬季十分寒冷，对风干火腿很有利。这家餐厅坐落在古城的广场上，美丽古城尽收眼底。走在古城里，无论是餐厅还是火腿店都画着可爱的小黑猪，它们怡然自得。咱们在萨拉曼卡大学附近的一家火腿店品尝了 2013 年腌制的顶级伊比利亚火腿，那漂亮的大理石纹路，让人能尝到一丝清甜的芳香。Cortador de Jamón（伺肉师）切火腿时态度很认真。火腿不同的部位风味有差异，切得薄厚不同、该留多少脂肪以及搭配的酒也不同。作为比较，咱们也尝试了萨拉曼卡当地的一种火腿，腌制时间是一年半，味道也很好，只是少了一些历练的厚度。”

邱天一边独享着火腿，一边喝着桑格利亚酒，他也回忆着：“除了伊比利亚火腿，伊比利亚肉肠也很美味。最经典的克里索香肠，将碎肉和脂肪用红辣椒粉调味，颜色为橙红色，微辣；萨尔齐琼香肠，将肉和脂肪加整颗胡椒粒调味，味道较为清淡，很像意大利的萨拉米香肠。西班牙人也喜欢吃猪的各个部位，比如猪耳朵。”

我此时不适合吃火腿，所以我抢着吃巴塞罗那特有的番茄面包。“一位法国历史学家说过，西班牙烹调各个省份都不同，这种情形是欧洲较大国家中唯一存在的。每一个地方都有特色美食，所以才要行万里路啊！”

第二道：西班牙番茄冷汤，很经典的一道西班牙餐前冷汤，能唤醒还在犹豫的味蕾。

今天的重头戏海鲜饭，虽然没有加入藏红花，海鲜饭仍旧色泽诱人。鱿鱼含有丰富的 DHA，有助于胎儿神经系统发育；青口，也就是海虹，含有丰富的锌元素，促进胎儿的大脑发育。每一种食材都考虑到了孕期的特殊性，营养均衡。

“我猜重点是海鲜高汤，除了鱼虾、鱼骨，他还用了什么呢？太鲜美了！”我说。

邱天的桑格利亚酒已经喝去大半了，我才想起来闻闻。邱天笑话我的样子：“你是小狗吗？”

我笑着说：“红葡萄酒、君度橙酒、新鲜苹果、橙子、柠檬，好像还有梨。”

奶酪拼盘则是五款法国手工起司，起司可以增强人体的抵抗力、补充钙质。我还是无法接受蓝纹起司，邱天却格外喜欢，他说：“太香了！只有懂得臭豆腐香的人才会欣赏啊！”

餐后甜品和花式小甜点款款精彩，特别是开心果口味冰激凌，我特别喜欢。

“结婚纪念日快乐！”柯晨走过来祝福我们。

“谢谢你今晚带给我们的味觉盛宴，每一道菜都太用心了，我们感激不尽！”我站起来感谢他。

“你们喜欢是我的荣幸！”

“一一简直太崇拜你了，一直在猜你用了什么魔法呢！”

“下次再来尝尝其他菜品吧！”柯晨向我们挥挥手，又去忙了。

第十四章　美拉德反应

一年过半，你我还在思念的两端。

——6 月 30 日

（一）

我走在清晨的小路上，阳光穿过树与树之间的缝隙。一只松鼠抱着松果忙不停地啃着，另外三只松鼠在同一棵树上张望着不同的方向。一只火鸡旁若无人地走过哈佛书店，接近查尔斯河时，二十五只加拿大鹅横穿马路。

我在哈佛商学院找到一处半露天的区域，坐下来欣赏周围的景色，陪伴我的是六只野兔，其中两只兔宝宝乖巧可爱。我想到了《爱丽丝梦游仙境》和英国著名瓷器品牌 Wedgwood 的彼得兔系列图案。哈佛大学自建校以来一直不乏来自世界各地的游客，白天校园里很少有安静的时候。此时此刻，童话般的场景、人与动物和谐共处的环境，带给这个不平凡的年份不寻常的养分。“魔幻”这个词通常是形容《魔戒》这类作品，却成为这一年的关键词。

“回不去的是故乡。”从谢飞家搬出来后，我在哈佛微信送餐群里发过一条合租信息，当晚搬进了一套公寓，与哈佛法学院的一个女孩合住，她的室友刚好回国了。5 月 28 日是哈佛大学的线上毕业典礼，室友还有一年毕业，她的学长学姐邀请她一起在线庆祝，我也受邀参加。毕业典礼结束后，我们两个人一起走在空荡荡的校园，各自想着心事。进入六月以来，我越来越想家，今天已经是7月1日了，“思念”的温度越来越高，好像一口灶台上火力全开的铁锅，眼看着冒起烟来。想到这里，我忽然感觉饿了，好想吃一盘陈可做的蛋炒饭，铁锅、猪油、颗粒饱满沾满金色蛋液的米粒，米粒在锅中起舞，富有弹性地跳跃，镬气满满，产生迷人的Maillard Reactions（美拉德反应），我的心怦怦直跳。

我站起来准备走回公寓，突然一个大大的拥抱令我几乎窒息，那么熟悉的感觉，我不会在做梦吧？我们在校园初遇，此刻在校园里重逢了吗？这样的幻觉不知道出现过多少次，现在的感觉却很真实。

他的拥抱，是我孤独无助日子里的奢望，我想象过他在繁花落尽时拥抱我，雪花飘在发梢时拥抱我，在有浪花的海岸线拥抱我……他的拥抱温暖、有力量，是我熟悉的依靠。他拥我入怀，我像一个孩子，在他强有力的支撑下，感觉到安全，又像是迷失的水手在绝望之际看到了灯塔。“百年卢因角灯塔，位于印度洋和南太平洋交汇处，孤独地屹立在西澳陆地的尽头。”我的脑海里忽然出现谢飞日记本中的句子，“卢因角灯塔正是孤独本来的样子，它在清晨的海风中挣扎着醒来，夜幕低垂，海浪更加强劲，狂风骤雨，天气喜怒无常……”我不敢相信在久别重逢之时，我居然在他的怀抱里走神了。

他牵着我的手，说：“June，我四月份就来了，一直在附近找你，今天总算是找到你了！”我不知道该说些什么，只是偎依在他的怀里。

爱情从来都是奢侈品，女人渴望得到完美的爱情，一旦拥有又感觉太不真实，然后怀疑自己，特别是面对陈可这样的男人，我的逃避是不自信的表现。陈可说过："从来都没有谁配不上谁，只有适合不适合。"

我们穿过查尔斯河，在河边一栋公寓楼前停下脚步。

"命运真是捉弄我们啊！我们曾在同一时间住在同一栋楼！"我说。

"你也住过这里？"陈可很吃惊。

"你四月来的时候，我还没有搬走呢！"

陈可一把抱住我。"我们不要再分开了。"我感觉到他急促的呼吸，"宝贝，我不可以再把你弄丢了。"他把我搂得更紧了。

我感受到了幸福，爱情是实实在在的，我感觉到灵魂的自足。这种感觉真好，如果时间可以静止，我希望是此时此刻。

他的肌肤紧致、光滑，臀部有完美的弧度，腹部没有一丝赘肉。他的汗珠在阳光里像一颗颗璀璨的钻石，他的呼吸声和节奏都是我熟悉的，我也沉浸在这欢愉里。他躺在我的身侧，温柔地亲吻我，我有一种莫名的怜惜之感，这是我对于他从来没有过的情绪。我为这样的感觉而不安，不由得浑身颤抖了一下，为自己在温情中的再度走神而内疚，不由得紧紧地抱住他。

挪威鲑鱼，用 43 摄氏度油焖的方法，全程不盖锅盖，约 20 分钟将鲑鱼焖熟。既保留了鲑鱼鲜亮的色泽，又没有丧失鲑鱼鲜美的口感，酱汁搭配得也很妙。舌尖上的满足，却有一种偷情之感。我看着眼前的空盘发呆，他出神入化的厨艺又把我拽到食物链的顶端。

"不够吃吗？"他笑着说，"要不要我这份？你吃得太快了，有这么饿吗？"

他切下一小块放入我的口中，我看着他，就像是仰望寒冬里第一朵蜡梅，它的香沁是可遇不可求的，在许多的盼望里开出花来。

沉沉浮浮的心绪啊，你可以暂时停下来吗？我希望你停下来，让我的心境如同溪水般清澈，让我有心情为他煮一壶清茶。

他轻轻地拭去我脸上的泪痕，我眼里的薄雾也散了。

（二）

“你瘦了好多，一人在外吃了不少苦吧！我给你的信用卡你也不用，你这段时间是怎么过的？”他温柔地看着我。

我还不想告诉他这段时间的经历，他听了会难过的。“好饿啊！我想吃你做的蛋炒饭呢！”

“还想吃什么？我这里厨具齐全，冰箱里塞满了食物。我相信会找到你的！”

“那种糖类遇到氨基酸和蛋白质，相互作用产生的褐变反应，美拉德反应，那样的香气太迷人了！”我咽着口水说着。

陈可轻轻地抚摸着我的头发，听我这么说笑了起来。

“我的宝贝想吃牛排了，我现在去准备。”

他原先不会称我为“宝贝”，他觉得那样的称呼太肉麻、难以启齿。

陈可又在厨房里忙起来了，我走过去看看有什么可以帮忙的。此前他在厨房时，我从来没有去帮忙的想法。厨房里，一个铜锅吸引了我的注意。

“这个铜锅好特别啊！”

“铜器上镀锡，能防止铜锅生锈、变乌。你先喝点茶休息一会儿吧！”

我坐在餐桌前环视四周，屋里的一切都井井有条，一尘不染。我喝了一口茶，发现茶盏用金缮修补过，竟然比完整的瓷器更有韵味。

“金缮技艺在于不掩盖缺失、呈现残缺之美。金线优美的线条给这只洒蓝釉瓷器以新的生命，深沉、知性且独一无二。”

“修复得还可以吗？是我和老艺人学来的。”

“这只修复的茶盏是你的作品？”我睁大眼睛。

“是啊！”陈可说，“惜物、补缀的过程也是领悟的过程，重新赋予它鲜活的生命，每次使用的时候，看着茶汤在茶盏里晃动，金线又呈现出不一样的线条。”

“我可以用‘难以置信’这四个字吗？我不知道你还有如此了不起的艺术天赋呢！”

“艺术源于生活啊！说实话，没有这个新爱好，我都不知道如何度过那些艰难的日子呢！”陈可笑着说，“肋眼牛排配松露红薯条，美国牛以玉米为食，所以肉质甜美多汁，这块牛肉是 USDA Prime Beef（美国极佳级牛肉），四十五天干式熟成，尝尝吧！”

牛排在滚烫的餐盘中刺刺作响，底部少量的肉汁更是咕嘟咕嘟地冒泡。干式熟成的牛肉，外层的水分蒸发后风干，同时锁住了牛肉内部的水分，使肉香更加迷人。“太香了！外层酥脆，里层的肉质则鲜嫩多汁，你的手艺又精进了！”

“厨师的心情决定食物的味道。如果我头顶乌云，牛排也会难过；现在我心情晴朗，牛排自然乖乖地变好吃了。”

“厨师的视野决定食物的心情，如果你没有海纳百川，它又怎能乖乖地变好吃！”我附和着。

我不得不承认，这块牛排曾经不止一次地出现在梦中。它们有着落霞的缤纷，是比世上任何生灵的歌唱还要动听的声音，它经过火的洗礼，我想起儿时家中放烟花时，总会给孩子们一支手持小烟花，点燃后我们高举着，直到漂亮的火花彻底消失，我想象中的牛排正是带着这样的火花，咬上一口，肉汁的香气令人满足。

舌尖上为何有那么多味蕾，左右我的思想。

（三）

重逢是思念的终点。

我从睡梦中醒来，发现陈可不在身边。我打开床头灯，披上一件衣服去客厅寻他。客厅里只有微弱的灯光，书房的灯亮着。

陈可微笑着走过来拥抱我，轻声说："你怎么醒了？才凌晨三点，继续睡吧！"

我娇嗔地说："你不抱着我睡吗？"

"我年龄大了，被电话铃声吵醒就睡不着了，在书房看书。"

"谁打的电话啊？"我问。

"我不知道啊，你的电话忘记开静音了吧？"陈可的声音里没有丝毫责备。

"没有人会在半夜找我啊！我不用开静音的。"我疑惑不解。

"你要不要看一下手机，会不会有什么急事？"陈可抱着我回到卧室。

手机铃声又响了，我接起电话。

"他是谁？June，你不要被他的外表迷惑了，我爱你，爱你的人是我。我在你的楼下，你现在下来，你留在那里太危险了！"

"谢飞？你跟踪我？你疯了吧！"我气得浑身发抖，眼前又出现了那个浴室里的微型摄像头，这个人太变态了。

"June，从你走进这栋公寓我就在楼下等你出来，他到底是谁？有没有对你怎么样？"

"他是我爱的人，我和他在一起很幸福，谢谢你的关心，你快回家吧！"

"June，他如果爱你，就不会让你一个人在异国他乡受苦了！你送外卖的时候他在哪里？June，如果说以前我更喜欢暗恋你的感觉，现在我可以告诉你，我会用生命保护你，你快下楼吧！”谢飞的声音越来越急促。

陈可接过我的手机，他的声音平和又有力量：“June 已经和你说得很清楚了，你请回吧！”

“你这个浑蛋，不要再碰她！”谢飞的声音充满了愤怒。

“谢飞是吧，我是陈可，如果你再骚扰她，我就报警了。”

“骚扰？太可笑了！她睡觉时喜欢朝着右边，只占床很小的位置，还要我继续说下去吗？”谢飞故意放低声音。

“你这么说并不会激怒我，谢飞你太可笑了！”陈可挂断电话，轻声说，“不用担心，我在呢！安心睡吧！”

我用被子蒙住自己，黑暗好像是可以包裹不安与难堪的遮羞布。谢飞竟然说出那种话，陈可会怎么想我？难道我们的爱情就像美拉德反应那样炙热却稍纵即逝？他为什么会给我一只金缮修复的茶盏喝茶？他想表达什么意思？我们的关系已经破裂了？再怎么修复裂痕也不会消失？也许是钻进被子里会缺氧，我很快又睡着了。

我醒来已经是早上八点了。我走进客厅，烤面包的香气让我紧张的神经放松下来。

“睡得好吗？喝点鲜榨果汁吧！面包我帮你涂你喜欢的草莓酱好吗？”

我默默地点点头。他的声音依旧温柔，只是他并没有坐下来陪我吃早餐，我开始不安起来。我吃完早餐，正想着把餐盘拿去厨房，陈可走过来坐在我对面，我看着他，心烦意乱。

“我和谢飞聊过了，我才回来没多久。”

“你去他家了？”我顿时觉得头皮发麻，感觉自己像是一丝不挂地走在大街上。

“June，我有点累了，我只想说无论你如何选择，留在美国读书、回国找工作，或者是帮柯晨设计民宿，我都会支持你！我把家搬到双廊是想给你一个宽松的创作环境。我辞去了投资银行的工作，最近在帮一家公司做点事，如果你需要独处的空间，我会尊重你的。”

我觉得自己已经无法呼吸了，他居然认识柯晨！我用对陈可的思念填满了独来独往的日子，我甚至想象着我们在双廊的家，晚风轻抚琴弦、竹影摇曳、檐水滴答。

“你不用担心谢飞，他不会再找你麻烦了。”

“陈可，我不知道该说些什么，突然觉得我妈妈是对的，我们年龄差距太大了，也许我应该找一个同龄人，一起解决所有的问题，一起努力生活。”

“June，我虽然和柯晨接触不多，但他的确是一个可以依靠的人。”

“你在说什么？我越来越不懂你了！我们快有两年没见面了，我没有一天不在想你，你是想和我分手吗？”

“June，我可以原谅你的任性，就算是这段时间我瞎忙了吧！”他转身准备离开，我一把抓住他的手臂。殷红的鲜血从他洁白的衬衫上渗出来，他立刻用另一只手去遮挡。

“让我看看，你怎么受伤了？疼不疼？”我带着哭腔问他。

“我没事，不用担心。”他试图走开。

“你和谢飞打架了？到底发生什么了？”我抽泣着，“让我看看伤口好吗？他是一个危险的人，你不应该去找他。”

“他只是一个悲伤的人，三年来，守护着太太的小厨房。昨天是他太太的生日，所以他的心情特别糟糕。”

“你好像可以看穿人心。”

“谢飞还记得你喜欢康熙五彩十二月花神杯。十二只薄如蝉翼的花神杯，每一只都有诗文和花卉，一月水仙花、二月迎春花、三月桃花……七月兰花。小兰的名字就是兰花，谢飞说她想做兰花一样的女子，当时他不明白其中的含义，直到遇见你。他说他爱小兰，而你是小兰生命的延续。兰花代表纯洁的爱情，他很想好好爱你，和你相处时，发觉你很敏感，他必须小心翼翼，就像是对待花神杯那样。”

“你好像在为他说话，你的伤是怎么回事？”

“他一度情绪崩溃，不小心伤到了我，他当时吓坏了。June，我可以理解他的心情，曾经美好的生活，却只能用一生来回忆。对不起，我实在是太累了，说了些言不由衷的话。”他把我拥入怀中。

看着他疲惫不堪的样子，我哭着说：“该说对不起的人是我，我先帮你处理伤口吧！”

这是一道很长的伤口，很明显是刀伤，好在伤口不深，不需要去医院缝合，急救箱里的药品已经足够应付。他总是未雨绸缪，很少看到他有措手不及的时候。他已经靠在椅背上睡着了，我贴近他的胸口，想听听他的心跳声，想与他合而为一。

第十五章　桃花醉

芍药花开春将尽
桃花带泪锁千愁

残月如霜，落花满径。我们一路无语，直到谢飞拿钥匙开门，有气无力地说：“进来吧！”

他拿来两只日式冰川玻璃一口杯、一个桃红色玻璃罐子。

“你想喝点吗？这是桃花酿，只取当年最新鲜的花瓣酿制而成，你要是不怕中毒就尝尝吧！”谢飞说。

我接过他递过来的酒罐，酒标上有三个字“桃花醉”，还有两行毛笔小楷“芍药花开春将尽，桃花带泪锁千愁”。谢飞给自己倒了一杯酒：“这是我太太小兰留下的最后一罐桃花醉，我一直舍不得喝，这两行小字是我一年前写上去的。”他深深地叹了一口气，继续说，“她三年前意外离世了。”

我看着他疲惫不堪的样子，竟然动了恻隐之心，倒觉得自己来势汹汹、咄咄逼人。

“这么怕死不敢喝吗？也对，一看就知道你是一个讲究的人，怎么会喝过了品饮期的酒。桃花醉收集了那么多美丽的花瓣，如今却像是桃花泪，诉说着那些不堪回首的往事。你和June已经整整二十个月没有见面了，时间不短啊！你不想知道这段时间里发生过什么吗？你们还回得去吗？那些光鲜亮丽的日子就像是这罐过了品饮期的酒，散发着一股说不出来的气味。我不像你那么玉树临风，却是最适合 June 的人。你想知道为什么吗？”他把一小杯酒一饮而尽，“你觉得她还是你心里那个冰清玉洁的女孩吗？”他不往下说了，就像是被电击似的蔫了。

我环顾四周，这里更像是学生宿舍，除了公寓配备的标准化厨房，家具尽可能地简单——一个小书柜，里面挤满了书，地上也堆砌成了一个书堡；餐桌兼书桌、两把餐椅、一个简易沙发、一张床。他看上去年龄不超过二十八岁，也许是从小到大一帆风顺，突然经历与心爱之人的生离死别，心智还没有成熟，仍旧延续着学生气。

“June 睡过那张床。”他仍旧自斟自饮。

我了解 June，她是一个矜持的女孩。我越是保持沉默，谢飞越是狂躁不安。借着酒精的作用，他又继续说：“你怎么舍得让这么好的女孩独自在异国流浪？如果愚人节那天我没有录用她，她真的会流落街头。她帮我送外卖，我看得出来她是走投无路了，我让她退掉昂贵的公寓搬进来和我一起住，她前几个晚上过得战战兢兢的，甚至不敢睡着，弄得我也屏息静气，我听到她低声啜泣，我心里也跟着难过，很想去抱抱她。我怕吓跑她，流感这么严重，她跑出去太危险了。她对你的思念压得她喘不过气。起先我觉得她是和我一样悲伤且无助的人。我想用食物温暖她，可惜我的厨艺太差了，她根本不喜欢吃我做的菜，虽然她从来没有说过。我以为我们会保持这样的状态，即使没有进一步的发展，至少可以维持现状。她离开的时候，我才知道自己爱上了她。”他说话的声音越来越低，直到完全听不见。

窗外漆黑一团，甚至连路灯都熄灭了。我忽而想到某位艺术家说：“中国画的留白就是伦勃朗的黑。”

“我喝了太多的桃花泪。”果真如此，他已经喝完了那罐桃花酿，

“你回来吧！我太害怕一个人了。”

他在流血。我吃了一惊，血如泉涌。

“急救箱在哪儿？”我问他。

“你看花瓣是鲜红的……”

“你疯了吧！”我真想揍醒他。

我找来急救箱准备帮他处理伤口，没想到他竟然想用刀再次伤害自己，为了阻止他，那把锋利的水果刀划伤了我的手臂，他看到我的手臂在流血，突然受到了惊吓一步步往后退。

“我没事，别怕！”我只好忍着痛安慰他。

他浑身颤抖地缩成了一团。

他还是一个没有长大的孩子啊！

“谢飞，你是不是饿了？一天都没有吃东西吧？我看看你的冰箱里有什么吧！”我把两个人的伤口都包扎好后，留他一个人坐在原地冷静下来。

十分钟后，我把一个火腿煎蛋三明治递给他。他咬着下嘴唇，吃力地说：“谢谢你，陈可。”

“喝点水吧！”

“谢谢！三年了，我第一次吃到这么好吃的三明治。”他感动得眼泪、鼻涕都流在了三明治上。

“怪不得June不喜欢吃我做的食物，我不会再打扰你们了。对不起！”

“一个三明治就让你改变心意了？”

“我不得不承认自己很失败。”谢飞低着头避开了我的目光，“怎么会这么好吃？你可以告诉我答案吗？我不想再猜了。”

“你冰箱里的火腿啊，煎蛋也是最简单的做法啊，你可能是太饿了，所以才觉得好吃。”

“不好意思，让你看笑话了，我这个年纪还这么幼稚太难为情了。

陈可，拜托你，再帮我做一个三明治好吗？”

碳水迅速有效地帮助他平复了心情，看着他狼吞虎咽的样子，我的心在隐隐作痛。June明明可以用我给她的信用卡，我想象着她送外卖的样子，她当时一定很害怕。

“陈可，你的手臂痛吗？对不起，我也不知道自己是怎么了，有时会情绪失控。我得了一种奇怪的病，一个月前险些丧命，我在医院醒来时，看到June哭得眼睛都肿了，我都不敢相信这个世界上还有一个女孩会为我哭泣。”

他坐在地上，背靠着沙发。

“陈可，也许你可以帮我找到解药，你会帮我吗？”他突然迫切地说，“我的病来势汹汹，好像是很久没有吃东西了一样，我只能吃一种食物，小兰的招牌菜咖喱猪排饭。如果吃不到，我会心慌意乱，甚至伤害自己。为了找到咖喱酱汁的配方，我尝试过很多种方法，都以失败而告终。我被一道菜困住了，你能想象这种可怕的感觉吗？”

天渐渐亮了，谢飞已经倒在地上睡着了。我回想这一整天发生的事情，想想自己也曾失态时的样子，那是太久以前的事情了，我从什么时候开始处事不惊的？

酒浸桃花、密封、启封、花香酒香。酿花为酒，酿酒之人又怎能想到此情此景呢！

第十六章　旨味

繁星满天，既美丽又有一种令人心碎的感觉。

（一）

陈可拎着两大袋食材走进来，我诧异地看着他。

“你描述一下咖喱酱汁的味道，越详细越好，小兰做这道菜有什么特别之处？”

我一股脑儿地把咖喱酱汁的口感和自己屡试屡败的过程讲了一遍，还觉得不够，于是画了一张草图。

“我来试一下，做没有起司的吧！我不想你再进医院。”他看着我的图说，“旨味（Umami），有了解吗？”他给我示范洋葱的切法，“做菜要讲究细节，虽然我没有尝过小兰做的菜，听你的描述，你应该是错在了细节上，每一种食材的处理和刀工都直接影响到成品的口感。”

“Umami，鲜味，比如三文鱼的鲜味。”我说。

“你是建筑师，我就用你容易理解的方式给你解释吧！旨味的核心元素是谷氨酸，鲜味来源是食材中的蛋白质，新鲜猪肉有优质蛋白质，含有人体必需的氨基酸，其中就包括基本鲜中的谷氨酸，而菌类含有核糖核酸，可以转化为鸟苷酸，即协作鲜，基本鲜与协作鲜相结合，产生数倍的鲜味。有些食材的鲜味在基因里，比如金枪鱼、鳌虾，做刺身即可，保持原始的状态，甜、鲜、咸都来自食材；有些食材的鲜味需要烹制才能释放。我们先炒洋葱丝，加点盐软化，这个过程不能着急，我们要把洋葱天然的甜香发挥出来，就这样小火翻炒到深褐色，加入我按比例调好的波特酒、白兰地和白葡萄酒，我们把炒好的洋葱在烤盘上平铺，再放入烤箱。”

大约二十分钟后，陈可将烤好的洋葱取出。

“太香了啊！”我简直惊呆了，我尝了一小口，原来洋葱可以如此美味，鲜味的产生如此玄妙。

他切了一小块法棍，把焦糖洋葱放在上面，递给我：“焦糖洋葱是很好的抹酱，当作餐前小食也不错。”

陈可将三种菌类分别炒至金黄色，然后将苹果磨成泥。

“我先将猪里脊的周边断筋，然后在两面撒盐和黑胡椒，在猪肉表面沾上薄薄的一层面粉，两面裹上蛋液。”他从一个纸袋里取出面包糠倒入碗里。

“面包糠大约裹三毫米厚，你帮我热油吧！”

我们就这样并肩作战，我觉得太不可思议了。思绪不由得回到了我和小兰刚刚在这里生活的时候，我也是这样站在小兰身边。我想起来了，那天小兰要挑战二次元美食，从动漫汲取灵感，将动漫中的美食呈现出来。我只是帮她洗菜，听着水流动的声音、小兰有条不紊的切菜声。

陈可用温度计试探油温：“130摄氏度，我们现在把肉放进油锅中，等温度升到160摄氏度至170摄氏度炸约七分钟，将猪排炸至金黄，想要口感鲜嫩，这样的熟度就可以了，我们现在将猪排取出静置，余温会将猪排热至全熟。”

金灿灿的猪排精神奕奕，它们似乎傲视着我，带着令人无法抗拒的香气，我馋得直咽口水。

“我现在开始做咖喱酱汁。菌类分别炒是为了避免出水量太多影响口感，加入刚刚做好的焦糖洋葱、炒过的胡萝卜、一点酱油、苹果泥，最后像我这样融化咖喱块，酱汁正在变得浓稠，小心不要粘锅了。”陈可将一个漏网贴在滚烫的汤汁上方，将咖喱块放在漏网上，咖喱块迅速融化，咖喱汁通过漏网滴入锅中，不用尝都知道，味道肯定错不了。

我把白米饭平铺在餐盘上，陈可将猪排切好码放在米饭上，最后浇上色泽亮丽的咖喱酱汁。

他取来一个玻璃杯，放入两片柠檬，然后倒入矿泉水。他把柠檬水递给我：“你摄入了过多的咖喱，不仅给你的肠胃带来了负担，也会影响到你的味觉。我在杯口沾了一点点海盐，柠檬与海盐的结合，会让你的舌头对食物的感觉更清晰。”

我的心跳加速，同时有一种“欲迎还拒”的复杂心情。自从陈可进门到现在，我一直特意避开他的目光。我拿起调羹，停留在空中，喝了一口柠檬水，然后才将调羹轻触酱汁，缓缓地送入口中。我觉得自己的样子一定木讷极了，然而，在那棕色的酱汁进入我的口腔时，我竟然感觉到了这味道的曼妙之处，难道我的味觉瞬间被唤醒了吗？就像一个沉睡百年的人，突然间耳聪目明起来！这种感觉能持续多久？我亲眼看见陈可操作的整个过程，深知自己是很难完全复制的。在我数不清的失败之后，这无疑是一次成功的尝试。原来咖喱酱汁的灵魂是鲜味。

“猪排的口感很扎实，完全没有油腻的感觉。”

“如果面包糠太厚了，自然会吸收过多的油分。”他言简意赅。

时隔仅三日，他果真给我带来了解药。事实上，当我看到他时，已经缴械投降了。他气定神闲，我心乱如麻，我拿什么和他较量呢！在他的面前，我只能看到自己的渺小与不堪。

我目送他离开，然后平躺在床上，用力地呼吸着，口腔里充盈着鲜味，在唇齿间久久没有散去，好像是一支荡气回肠的乐曲，在脑海里激荡。久违的“安全感”，真的可以是一种熟悉的味道啊！我有一种如释重负的感觉。我好像在风雨交加的深夜爬了一段很长的山路，突然间太阳蓬勃而出，照亮了整个世界。熟悉的味道里有我和小兰的青春，有我们以为还会长长久久的岁月，生命单纯如往昔，她的爱温柔如初。

我有一种被爱包裹的幸福感，每一个毛孔都张开了，吸收着空气里好闻的味道。

（二）

正午，我将昨晚的咖喱酱汁加热后浇在炸猪排饭上，敲门声响起，我打开房门。

“看样子不错嘛！”June 摘下口罩，看了一眼桌上的猪排饭。

“你怎么会来？”我错愕地看着她，以为这辈子都不会见到她了。

June 坐在餐桌前，我则坐在她对面，我们之间好像隔着太平洋，此岸与彼岸遥不可及。June 拿起调羹舀起一勺咖喱饭放进口中，她看了我一眼，把调羹放回餐盘。

“陈可昨晚又来了？你们怎么回事？两个人都受伤了，你竟然有本事伤到他，我要对你刮目相看了！”她的一双大眼睛盯着我，我不知道她为什么生气。

“他昨晚来给我解药，我在这道菜里挣扎三年，总算是活过来了。”我的心怦怦乱跳，“你只尝了一小口就知道不是我做的，我们的厨艺差距这么大吗？”

“你说呢？他昨晚到底为什么来？”她仍旧是一副咄咄逼人的

样子。

“他来教我做咖喱酱汁，教我如何才能将旨味释放出来。”我的声音很不自信，这个理由连我自己都觉得牵强。

June的胸脯因为生气而起起伏伏，我觉得自己快要喘不过气了。

“不是要吃午餐吗？吃完了我问你一些问题。”

我有些慌乱地站起来，June生气地说：“坐下吃饭！”

我冲进卫生间，我为自己的生理现象感到羞耻。我不明白，他们重逢不过几日，不是应该你侬我侬、如胶似漆吗？怎么都往我这跑？

“咖喱饭我已经替你吃完了，你现在可以回答我的问题了。先说你们的伤吧！”

“你在审犯人吗？”我对她说话的态度非常不满，“你们整天腻在一起，为什么不问他？”

“他太忙了，白天忙着喂我八大菜系、世界珍馐，夜晚还要和国内同步工作，下午抽出时间做义工。说来有趣，他竟然和我做的工作差不多，他也当上了外卖小哥，去超市采买，为我们公寓里不方便外出购物的人提供无偿服务。”

“他太完美了，我觉得自己无地自容。”我说。

“完美？世上就没有完美的人，你怎么弄伤他的？”

“你是来报仇的吗？”我不想回忆那晚发生的事，“你去问他吧！我们话不投机半句多，你走吧！”

“你能伤到跆拳道黑带大师级别的人，不谈谈获奖感言吗？”

“我那晚喝多了神志不清，回忆不起来了，你去问他吧！”我回避她的目光。

她也不再与我多言，只是静静地坐在沙发上。

有人在敲门，我纹丝不动。

“开门啊，陈可来接我了，我出门时留了字条。”

陈可进来时，我和他同时看到了June头发凌乱，眼神空洞。我只觉得双腿发软，百口莫辩。

“June，我马上有一个重要的电话会，现在回家还来得及。”陈可伸手想把她拉起来。

“我不走。”她态度强硬。

陈可看着她的坐姿，好像在自己家中那般懒散，又说：“回家啦！我真的快来不及了。”

方琼则不去看他。

（三）

千根池里藕，一朵火中花。

——［唐］贾岛

我愣在那里，不敢去看陈可的表情。

“陈可，你一定要这样吗？纵使心里波涛汹涌，看上去仍旧没有一丝涟漪。你的淡定让我觉得自己可有可无。你把食材装满了冰箱，你说你相信可以找到我，你的运筹帷幄、大将之才用在我身上太浪费了！你知道吗？我希望看到的你也会有不知所措的时候，一个有血有肉的正常人而并非超人。前不久我给家人打电话才知道你不声不响地做了很多事，自从当年你和我在一起，你一直以我的名义给我父母生活费，流感期间你给他们寄防疫用品，比我这个做女儿的还要周到。”June泣不成声。

我的眼前又出现了那个怯生生的女孩，问我可以留下来工作吗？我的心头一紧，竟然坐在她身边低声地说：“除了生死离别，其他事情都没有那么严重。如果三年前我有陈可一半的冷静，小兰就不会离开我，那天雨下得那么大，我却没有拦住她。”

June哭着靠近我，我心疼地抱住她。她散发着沁人心脾的体香，身体因为抽泣而抖动着，像一个无助的小孩子。而我，此刻的我，竟然没有觉得是一种诱惑。这是我们的第一次肌肤之亲，我想的却不是占有，而是守护。

June停止哭泣，她看着陈可，声音发抖地说：“我一度很讨厌谢飞，后来想想他对亡妻念念不忘，为了她放弃建筑师的工作，每日做着自己不擅长的事情，却是一个难得的有心人。他是一个可以让我大声说出自己想法的人，我可以找回久违的自信心。我们都有各自的缺点，好在我们都还年轻，犯错不可怕，我们可以一起修正它。陈可，你的完美主义太折磨人了，我宁可活在人间烟火里，也不想再回到你为我安排的世外桃源了。旨味太可笑了，比不上我此时活色生香吧！”

我仍旧无法在陈可的脸上找到喜怒哀乐，他轻轻地捋顺June的长发，温柔地说：“知道了。”他示意我离开，我竟然顺从地、没有片刻迟疑地走了。

今天的气温很高，我站在树荫下看着那扇属于我的窗。汗水已经渗透了我的衣裳，溜进了我的眼里。时间过得异常缓慢，我就这么枯站着，就像是一根经年累月被海水冲击腐蚀的孤柱一般突兀地伫立着。

如果现在我有一支笔，我会画下这样的图案：

黑釉斗笠盏，如漆黑的夜空，它的美在于孤独。

白天相对于黑夜有太多无聊的色彩，而我偏爱单色，就像是回忆里看到的单色那样。

他们终于出现了，手牵着手。她明亮的双眸好像清澈见底的湖面，让我忍不住想一头栽进去，来一场畅快淋漓的洗礼。陈可的表情令我无法猜透，他总是有悬崖勒马的本事。June与生俱来的灵气仿佛又回来了。

我的精神开始游离，恍惚间回到了北京。七月的北京正是荷花盛开的时候，在那之前，五月初，我看到过一朵最早盛开的睡莲，在千百绿叶之中，它独自盛开，让人觉得仿佛只在天上有。June 就是这样独特的女孩，此时的她，白得好像是一个发光体。

（四）

江畔何人初见月？江月何年初照人？

——［唐］张若虚

我做了一个很长的梦，醒来后觉得梦境似乎比现实还要真切。

立春前的一日，江南的冻雨给人以冰冷刺骨之感。接近傍晚时分，雨越下越大。

“月到风来亭”里只剩下我们两个人。June 穿着粉白色露肩长裙，脚下是一双同色镂空高跟鞋。她脸上的表情似笑非笑。她将身体向前倾，脸颊贴近雨帘，闭上眼睛，享受着只有雨声的空寂。她的肩上有雨滴滑落，在雪白的肌肤上形成几道曲线。太冷了，我试图把自己的黑色棉衣拉锁再往上拉，可惜已经到顶部了。我再看她，完全沉浸在她的世界里。她睁开双眼，清泉般透亮。我把目光从她的脸庞往下移，她看上去清瘦，双乳却是丰满的。我转过身来，欣赏镜中映出对面的空亭。

“谢飞，你知道吗？这里是中秋赏月之地，月圆时，你可以看到五个月亮，天上的明月、池中的倒影、镜中月、月饼和赏月的圆桌，这是一个庆祝团圆的地方。”她的声音若隐若现，许是雨声比她的声音还要大些，“张爱玲是在月圆之日辞世的。”她的声音从温柔变为空洞，我的心也跟着往下沉。

“对面的引静桥，也被称为三步小拱桥，还有殿春簃小园里的半亭，让我觉得和这里刚好是鲜明的对比，半亭、三步桥，月到风来亭，月满易亏，半满生活。”她停顿了一下，接着说，“殿春簃的书房正是我梦想中的书房，每扇窗外都栽种着应季的植物。红木窗棂外有百年紫薇。春末为殿春，正是芍药花开的季节，夏天听雨打芭蕉，冬日则有松柏常青。如果拥有这样的书房，书不多不少，光线柔和，我每天写竹画石或者发呆。”

此时正是蜡梅盛开的季节，我的视线不由得看向池畔湖石假山上的一株蜡梅，花枝横斜，形态优美，孤独且骄傲。

“网师园里，竹影花木，一步一景，四季皆不同。你刚才也看到了，万卷堂厅前有棵玉兰树。哪怕只是不起眼的角落，也会有翠竹或者花杆毛竹。小小的古典园林，每一株植物都有它们存在的意义。假山在池畔延绵，湖石与水空呼应。”

“你好像在说人生四季。”我把她倾斜的身体扶正，雨丝绵密，她已然与眼前的亭台轩榭融为一体，好美的一幅画，灰色的天空刚好是这幅画的留白。

我欣赏着身边的女子，我要把她看仔细，我想让她的心里有我。我不由得紧张而激动起来，正因为如此，我的听觉好像退化了，像是坐在电影院里看着默片，只看到她的红唇在动，听不到她在说什么。影片的节奏也跟着迟钝起来，直到放映机停摆，画面也定格了。我的喉咙干干的，我开始担心，不知所措起来。

苏州园林之美，美在明明我们中间隔着一堵墙，偏偏墙上开了一扇漏窗；苏州园林之美，美在湖石叠山，湖石即被太湖冲蚀的灰色水石，有“瘦、皱、漏、透”的特点，最美的湖石叠山在环秀山庄，不过一亩之内，引泉叠石、峭壁险峰。

漏窗、湖石孔洞透出的光，依稀看到她的模样。我想绘一只色泽如玉的瓷瓶，借用石涛湖石的画法，用水墨留住琉璃般易碎的梦，挽住蜡梅的清香。

我记得梦中在大雨来临之前，是一场如杨花般的飘雪，只不过，雪花不是从空中落下，而是轻飘飘地往上浮，很多很多的雪花，就那么一起往上飞舞。

我何德何能，与她一起入画，还是在细雨绵绵的江南？如果可以选择，我宁愿还在梦中……

第十七章　蜜瓜火腿

我们的目光不小心撞个满怀
我读出的不是过去、现在或者未来

（一）

“‘知道了’，你这三个字掷地有声啊！什么意思？”回到家，June 突然板起了脸。

我看着她，过去的二十个月里到底发生了什么？好像一场森林大火，把一片美好化为乌有。原本清新的空气，随着火势蔓延而令人无法呼吸。我错在哪里？

“June，我不太舒服，你可以做点晚餐吗？”我看着她。

“你让我做晚餐？”June 吃惊地看着我。

“最好的关系不是应该相互滋养吗？只有我一个人填鸭似的准备三餐，你不是也厌倦了？”

“好啊，你能吃得下也行，冰箱里有帕尔玛火腿和蜜瓜，对了，蜜瓜要怎么切？”

“万事开头难，当心别切到手啊！晚餐后我把咱们双廊民宿的图纸发给你，很多地方需要调整，还有几个公益项目，我也想听听你的建议。”

“你是让我免费设计？”

“随你，如果你需要我支付设计费也可以。”

“你在质疑我的才华？还是你根本不相信我的能力？”

“你什么时候变成刺猬了？”

“不学会自我保护，我能活到现在吗？”

“June，我很想知道这段时间究竟发生了什么？你的变化令我心痛。”

“你不是觉得我自作自受吗？对这些不闻不问。”她的眼里噙满了泪水。

我一把抱住她：“别说了，我不喜欢吵架！”

她推开我：“你又想把我扔到床上去了吧？”

我错愕地看着她，她说话的方式与原先判若两人。

“我们的重逢也许就是一个错误，我更喜欢思念时你的样子。你可以是一棵枝叶茂密的大树、一条自由自在的鱼，你是空气、是大海、是宇宙、是我生存的勇气。”June失声痛哭，她理想中的我已经死了。

“一一给我发过很多信息，他们知道你找到我了吗？”也许是哭够了，她红着眼睛问我。

“我还没有说。”

“为什么？”

“我还没有确定是否找到你了。”

“你是说我已经变成陌生人？”

“June，也许是我们太久没有在一起生活了，需要时间彼此适应，只要你还爱我，多长时间我都愿意等你。”

“你还爱我吗？什么是爱？”

我抱着她，轻声地说：“一切都会好起来的，相信我！”

June 蜻蜓点水般吻了我，然后说："你休息一会儿，我去做晚餐了。"

我的胃部一阵痉挛，痛得直不起腰来。

"晚餐好了。"June 的表情很不自然。

我走到餐桌前，我不理解蜜瓜的果肉竟然如此模糊不清地出现在我的眼前，原本已经片好的帕尔玛火腿也被蹂躏得软塌塌的，我的胃又开始抽搐。

"你还好吗？脸色这么难看。"

我用手按着胃部，咬着牙说："我没事，你先吃吧！"

"你都痛成这样了还说没事。"她哭着说。

"别哭，你这样我更难受。"

"陈可，对不起。"

我知道她是被我的样子吓坏了，她理想中的我一定不是现在这样。她在谢飞家的样子又浮现出来，我当时真的快要气疯了，June 竟然说出那样一番话。我们重逢不过几日，她已经不止一次提醒我年轻才有犯错的资本。她是爱我的，一方面担心失去我，一方面又在试图逃离我。我让她如此纠结、难过甚至不惜伤害自己。我给她带来的痛苦会不会比爱更多？柯晨是不是更适合她？如果她先遇到的人不是我，她的人生会不会容易些？

"柯晨"这个名字突然冒出来，是我不自信的表现吗？

胃部的疼痛越来越剧烈，我看着那盘不可思议的蜜瓜火腿，简直就是翻车现场。

"你看，我连切水果都不会，火腿拿出来的时候掉地上了，我只好用水冲干净，所以变成了这样。我是不是和谢飞很般配？他在太太的小厨房里，把太多的不舍放进一个个餐盒，孤独成了每一道菜的调味料，无论酱料下得多猛，都让人觉得寡淡。我们都是俗人，虽然我一度觉得可以麻雀变凤凰。我和你原本就不是同一个世界的人。你痛成这样无非是被心中的怒火烧的。我们只是缺少一次正式的分手，不如就趁现在吧！”

“你还记得冬季的Portofino（波托菲诺）吗？那是一个五光十色的小渔村，有趣的是渔村沿海店铺都是精品店，冬季暂停营业了。淡黄色的迪奥店铺两侧邻里晒着被单、衣物”，我看她似乎试着让自己平静下来，继续说，“我们走了许久，肚子很饿，附近只有一家餐馆营业，不友好地标出了高价，我们只好饿着肚子先登城堡饱眼福了，我查到三公里外有一家海景餐厅，当地人评价颇高，于是驱车前往。我先下车探路，餐厅里空无一人，正准备离开时厨师看到了我，帮我开门，我选择相信他的厨艺。我们在离厨房最近的位置坐下，很快老板出现了，亲自为我们服务，我们点了一份蜜瓜配帕尔玛火腿，那是我吃过最棒的蜜瓜，它水灵灵的，咬一口清甜得夏日都要降临的感觉。西班牙伊比利亚火腿需要腌制三年，腌好后再存三年，火腿呈现晶莹透亮的琥珀色；帕尔玛火腿只需要腌制十至十四个月即可享用。一个是时间历练带来的厚重醇香，一个是阳光下如沐春风的淡淡清香。伊比利亚火腿的口感与职业火腿师的刀工密不可分，他们根据火腿不同的部位、油脂分布决定如何片火腿，油脂丰富带来的馥郁口感、肉质紧实带来的弹性和嚼头；帕尔玛火腿则不同，它的味道特别鲜美，与蜜瓜搭配，一口咬下来，蜜瓜的水嫩清甜，火腿的芳香咸鲜，让人觉得……”我的话突然停住了，她如蜜瓜般水嫩甜美，他的咸猪手却揽住了她的身体，就像是这盘面目全非的蜜瓜火腿，毫无章法地混在一起。

我们都沉默不语。

“我来尝尝吧！”我知道此时进食是不明智的，特别是眼前这一摊灾难。

“你胃痛就别吃了。”

帕尔玛火腿因为被她洗过，软塌塌、湿漉漉、颓废得像唱着哀歌；

蜜瓜大小不一，形状各异，很不情愿地躲避着对方。

June 走进卧室，从衣柜里拿出她的衣服。

“June，别这样好吗？你知道我爱你！”

“陈可，我累了，放手吧！”她觉得没有把话说清楚，一边叠衣服一边说，“你现在的猜疑远远超过了你对我的爱，你在想谢飞和我到底是什么关系，他过来抱我的时候，你眼中的怒火都快把房子点着了。我喜欢你阳光明媚的样子，我们回不到从前了，现在是时候说一声保重吧！”

她的声音越来越坚定，以至于我都觉得她是对的。二十个月足以改变一个人，足以重新爱上一个人了。

“谢飞不适合你，他太悲观了，这些负面情绪会影响你的。”

“他今天的行为让我对他刮目相看，他居然敢在你面前抱我，就在我刚刚告诉他你是跆拳道黑带之后。他抱我时整个人都在发抖，我觉得有一瞬间我们的心灵是相通的。我不需要爱上他，他也不必爱上我。爱情这个东西挺累人的，骗走我太多眼泪了。谢飞是最适合我的，他在我面前谨小慎微的样子，刚好是我在你面前的样子。我想换一种角色生活了，我用尽全力地爱过。这二十个月你没有什么改变，还是操控一切的样子，我的离开，不会让你失去什么，如果说有，可能就是一点遗憾吧！”

“June，我们今天不谈这些好吗？”

“陈可，你是一个输不起的人，那一幕在你心中落地生根了，心中长了草，很快就会是一棵树、一片林。我不想像一只小鹿那样奔跑在爱与猜疑的夹缝里，我不想你带着这样的心情和我在一起，我们真的消耗不起了。”

我用仅存的一点力气抓住她的手，胃痛、心如刀绞令我说不出话来，沉默一向是我对不安最好的掩饰。时间在尴尬中一点点流逝，我逐渐恢复理性。

"June，你不是喜欢桂花香吗？我已经在着手买回国机票了，等我们回国，入秋后一起去杭州的满觉陇，把那些不愉快都留在这里，我们仍旧可以好好生活。"

"你如果能买到回国机票，请帮谢飞也买一张吧！他更需要离开这里。"

June 走后，我一个人呆呆地坐在原地。我又回忆起那日在浅言茶坊她说过的话："在你的羽翼下，我过着精致的小日子，忘记了自己曾经的梦想。"

我扼杀了她的梦想吗？用我所谓的爱？就像"温水煮青蛙"那样？

我默默地拿起刀叉，一口一口吃完了整盘蜜瓜火腿，我不想知道是什么味道，只是吐了很多次，直到把胃吐空了，心也空了，那里曾经住着一个女孩，她细腻敏感、温润可爱。

是的，那一日，我也是望着她远去的背影，喝了那杯冷茶，与今日何其相似呢！

夜色如墨，我的心中一片荒凉。

（二）

我吃了一颗止痛药后总算是活过来了。在强烈的饥饿感迫使下，我又回到了厨房。心痛反映到嘴里也是苦涩的，我不假思索地准备做一道甜点，分量大些，再大些的焦糖布丁。

June 因乳糖不耐受而不喝鲜奶，不过可以吃用奶制品做成的甜品。我喜欢看她吃焦糖布丁时的样子，先是用小勺敲碎表层的焦糖，然后一小勺一小勺地抠着吃柔软的布丁。手持喷火枪发出蓝色的火焰，布丁的表层渐渐地变色，直到细细的白砂糖变成一层脆薄的焦糖。我看着餐桌对面空空的餐椅，还是轻声说：“Crème Brûlée（焦糖布丁）。”

她的嘴唇上还沾着布丁，我去吻她，布丁融化在我的口中。焦糖布丁就是这种吃法，敲、扤、舔舐的动作是轻柔的、空气中也是甜甜的。我用勺背轻轻地敲击着如薄冰层的焦糖层，因为这份 Crème Brûlée 的分量足够大，敲击的节奏也从慢板到快板。

这道甜品的灵魂自然是焦糖，敲的动作结束后，我完全没有尝一口的想法，也许我只想听听焦糖层碎裂的声音以及所产生的甜香；也许，我只是想看看火焰的样子，好似欲念升腾转瞬暗淡无光。

琥珀色的焦糖碎片如迷路的拼图，文在了我的心口，它披着丝丝缕缕的阳光，余温荒凉。我不敢想，难道我们的关系早已如薄冰般脆弱，难道是我亲手敲碎了构建我们家的四壁吗？

谢飞同样对鲜奶过敏，在这一点上他们还挺般配的。他们家里不会出现鲜奶，以谢飞的手艺，自然也不会有 Crème Brûlée，她真是想要彻底改变生活方式了。

“谢飞不过是伙夫，离厨师还有相当一段路要走，大概率走进死胡同，他还是伙夫。”June 临走前说，“可是，伙夫有什么不好呢？没有人日日想着饕餮盛宴，粗茶淡饭才更合胃口吧！消化不良也不好受啊！”

听上去我万般宠爱她还是错了，他们今后的生活已经和我无关了。他们的家会是什么样子呢？白色窗幔下会被一卷卷的设计图纸填满，那样她就满足了。

我站起来，不去看已是残局的 Crème Brûlée。

谢飞家的四合院我去过一次，我还记得院子里有两棵五角枫，秋日里枝繁叶茂、斑斓夺目。此时正值盛夏，应该是在竹苑里品茗的好时候。

粉墙黛瓦的江南，青砖灰瓦的北京四合院，那是她的生活，终究还是与我无关。

我需要单宁强劲的葡萄酒，于是拿出一瓶纳帕谷赤霞珠，RP评分97分，口感浓郁、饱满。我对法国葡萄酒情有独钟，也不得不承认这款葡萄酒口感还不错。酒，果真是流动的音乐，如肖邦的夜曲，纵有惊涛骇浪也终归于平静。

我晃动着酒杯，酒精真是中年人安置无奈抑或亢奋的搭档，不像年轻人，他们的激情是荷尔蒙作祟。

半梦半醒之间，我想起那年的布拉格。在我的眼中，方琼的美是那么精致、独特，很像布拉格，仅仅想到她的名字，都有一种相见恨晚的感觉。我们踩着中世纪至今的鹅卵石路，走过一座座横跨河水、连接两岸的石桥。在布拉格古老的教堂欣赏莫扎特弹过的管风琴演奏的乐章。我们在Terasa U Zlate Studne餐厅享用美食，饱览全城美景，群山环绕下的伏尔塔瓦河缓缓流淌。

陈可没有想到，此时的方琼也在回想着同样的画面。那天，他们站在查理大桥上，戴着耳机一起聆听斯美塔那的《伏尔塔瓦河》，乐曲从清澈的泉水、溪流到气势磅礴的滔滔河水，演绎着生命交响曲的宏伟篇章。在陈可被布拉格的魅力吸引之时，方琼看到一个女孩，四肢过于纤细，目光躲闪着身旁那位健硕的男士。她好像牵线木偶啊！方琼对女孩产生了莫名的同情，又隐隐觉得自己与女孩有某种相似之处。

方琼想起距离布拉格两小时车程的德累斯顿，1945年盟军十五万颗炸弹把这座古城熔为废墟，“二战”后用五十九年重建。那些被烧焦的砖石，仍旧用在重建上，圣母大教堂得以原貌重现。

落日余晖洒在易北河上，天使石雕的表情仍旧那么哀伤，一只白色和平鸽在城市上空飞翔。比起童话般的布拉格，伤痕累累的德累斯顿，更加无法从她的记忆里被抹去。直面自己，还是面对他，哪个更需要勇气？

爱情，不知是想远离，抑或靠近。爱情，不是波希米亚长裙上的纹饰，伏尔塔瓦河与易北河纵有交汇处，也不一定容得下他们偏移的小舟。

爱情，不知何时成了方琼心里的黑洞。她知道，陈可是她爱情的起点，也必将是终点。

（三）

7月6日，我清醒地意识到在爱情里没有对错，June的离开只是为我漫长的寻找画上了句号。我打开音乐，埃尼奥·莫里康内的作品《天堂电影院》配乐*Love Theme*（《爱的主题曲》）缓缓地流淌，当多多重返西西里岛时，柔和的阳光让他仿佛回到了童年时光。莫里康内的音乐充满了穿透力，让回忆变得更加清晰。莫里康内的作品安抚着我的情绪，给心灵以慰藉，我循环播放《海上钢琴师》《西西里的美丽传说》还有“往事”三部曲等极具感染力的作品。今天这位意大利作曲家以九十一岁高龄去世。他参与配乐的影片超过了五百部。他用音乐刻画人物性格，用音乐讲述人物心情，用音乐讲述人生，唯一可以超越经典电影的是他谱写出的永恒旋律。

《美国往事》中少女黛博拉在谷仓里翩翩起舞，柔美的光线中面粉漂浮如雾，面条从砖缝里窥视着，心醉神迷。电影场景在莫里康内营造的*Deborah's Theme*（《黛博拉主题曲》）旋律里的切换，是那么顺畅、感动和迷离。少女黛博拉在谷仓里跳舞的样子，也是

June在我心中的模样，她清澈、单纯，让我怜惜、令我疯狂。爱情就是一股傻劲儿，总是想把世间的美好都给她，把最好的自己给她。莫里康内，九十多载的光阴，你偏偏选了今天离世，偏偏也是我的爱情最后尝味期限啊！我原以为我们的爱情会很长。你的音乐充满了智慧和生命力，滋养着我的生活，聆听音符里的每一个表情，都流露出自然的样子，通透、深入骨髓，我如凛冬般的心境感到温暖、宁静。

“人生不像电影，人生辛苦多了。”这是《天堂电影院》中多多一生惦念着的艾费多说过的一句话。

我为自己倒了一杯MV（混合年份）香槟，经过手工橡木桶，由六个年份的陈酒混酿而成的佳酿，口感绵长复杂。大约在17世纪，因法国香槟地区修道院长的无意发现，历史上第一瓶香槟诞生了，不过当时的瓶子工艺技术不过关，酒窖里整晚都是玻璃瓶爆炸的声音。

我想象着那些此起彼伏的爆炸声，漫天飞舞的碎玻璃落地的声音都夹杂在莫里康内的音乐中。我对心碎的声音产生诸多幻想，用小勺敲碎焦糖布丁发出的声音、碎玻璃落地声，还有用房门挤压核桃的声音、花苞绽放时发出的轻微声音，然而此时，我更想听到拆蟹肉的声音，想来是香槟中二氧化碳与酒精的结合产生了作用。

七月正是浙江台州青蟹最鲜美之时，波士顿或者阿拉斯加蟹腿肉也很美味，直接煮来吃即可，与香槟搭配还不错。

我尝过最美味的蟹馔是在日本福井县望洋楼，那是在三月的一天。

我和June应朋友之邀从东京搭乘新干线前往黑龙酒造的所在地福井县，落霞洒满眼前的日本海，原本平静的海天一色呈现出缤纷的色彩。主人已经准备好了丰盛的越前蟹晚宴，搭配黑龙酒造同为精米步合 35% 的几款酒。

当地酒搭配当地美食是清酒搭配的最高境界，烤、煮、焗，寻找料理方式与酒款的完美搭配，序幕已经拉开。

洁白的桌布，餐具已经摆放整齐，海浪声声入耳，一场颠覆想象的螃蟹盛宴即将上演。

二左卫门、石田屋、火寿、黑龙八十八号，同为精米步合 35% 的极品清酒，因酿造方法不同，带来的味觉体验会有何种变化呢？

前菜过后是蟹腿刺身搭配鲟鱼鱼子酱，用贝壳小勺挖一小口浅尝，灰棕色的 Oscietra（奥希特拉鲟）Malossol 级（盐的分量不超过鱼卵的 5%）鱼子酱颗粒饱满，入口瞬间满足感爆棚。用它涂抹在螃蟹刺身上，二者结合，咸度刚好，鲜度完美；接下来是烤蟹壳，蟹膏散发出令人无法抗拒的香气，加入刚炊好的米饭，用蟹壳当碗，蟹膏拌亮晶晶的米饭，上面撒上几颗鱼子酱，用黑龙八十八号搭配。螃蟹中含有琥珀酸的增鲜成分，很容易与日本酒搭配，神仙看到都会垂涎三尺吧！

在水煮螃蟹上桌前，服务生干净利落地帮我们拆好，这个过程颇为壮观，因为螃蟹实在太大了。服务生说："品尝越前蟹最好的时候是每年十一月到来年的三月，此时正是三月底，已经是越前蟹品尝的尾声了，我现在拆的这只螃蟹，是我见过最大的螃蟹。"

长长的螃蟹腿放进了我们的餐盘，当 June 举着长长的螃蟹腿不舍得吃的时候，我已经拆好了一整盘蟹肉，放进刚刚煮好的蟹壳里，蟹膏、蟹肉满满的快要溢出来了。我说："松叶蟹在每个县市都有不同的名称，在这里称为越前蟹，松叶蟹最肥美的代表就是越前蟹，相当于蟹的壮年，当它一路向北，爬啊爬啊，爬到了北海道，就没有那么肥美了。它也更名换姓，不叫越前蟹了。"

"流浪的越前蟹。" June 说。

下一道是焗蟹、蟹肉釜饭配酱汤。我对釜饭一向情有独钟，釜饭用了蟹肉同炊，香气扑鼻。服务生把釜饭搅拌均匀，我们用石田屋来搭配。石田屋的瓶子是宝蓝色，非常美丽，也是黑龙酒造非常重要的一款限定酒，同样采用兵库县东条产山田锦酒米 100%，纯米大吟酿，酒精度数 15 度。

“流浪的越前蟹”，June 形象的比喻，让我看到一只不知疲倦的螃蟹从南到北的旅程，它是那么坚毅、持之以恒，到头来还是进了餐盘。

味蕾是诚实的，它总是能唤醒我有关她的记忆。美食，无论前置过程多么烦琐，都会在入口的瞬间消失，有些味道却被铭记在心。

她是何时开始对我失望的？昨日她从衣柜拿出衣物时，我似乎没有看到那些黑色或者白色的紧身裙，它们把她玲珑有致的身形紧紧地包裹着，我的臂弯刚好可以从翘起的臀部上方，腰最细的位置穿过。

谢飞对烹饪一窍不通，他只是用极其不负责任的方法处置食物。她的脸庞也少了光泽。想到这里，我的心仿佛被一根又细又长的针刺穿了一般。我盯着酒柜上那支 Barolo 红葡萄酒，内比奥罗葡萄深红宝石色泽，不用打开瓶塞就了然于心的凋谢玫瑰香气。

音乐不知何时停止了，我的心似乎正在远离身体，酝酿一场无关爱情的流浪。

第十八章　麻辣香锅

回忆里满是温暖，这样就够了。

（一）

“你还爱着他，非常爱。”

“是的，我会永远爱他，你介意吗？”

“不会。”

“这样的爱才是永恒的，就像你爱小兰那样。”

“是的，我懂。”

“我之前没有想过和你在一起。”

“我知道。”

“你喜欢我们现在的状态吗？”

“很舒服，刚刚好。”

“你的脸色好多了，不像格格巫了。”

“原来你这么看我，我搅和酱汁的样子确实挺像的。”

“是的，还有更糟的，你想听吗？”

“说来听听。”

“算了吧，不要打扰我享受此刻的惬意。”

“回国后我们开一间工作室吧。”

“我们没有客户基础，没几天就会倒闭的。”

“不会的，我给几家公司画过图。”

“看不出啊，你深藏不露。”

“总是要做些自己擅长的事。”

“解药这么管用？”

“是的。”

“你对陈可是心存感激的。”

“感谢他放手，我才能和你在一起。”

“你不是想过用抢的吗？”

“试过了，没戏。”

“叫我方琼吧！June 是陈可的，一直都是。”

“好吧，那是你的自留地，我不去。”

我和方琼的对话就是这么不温不火的，完全不需要把嘴巴张开就可以让这些句子溜出来，像遛狗似的，牵着一根绳，再淘气的柯基也跑不远。

我不介意她时常提起陈可，好像他也住在这里一样。三个人的生活并没有那么拥挤，有时小兰也会来凑热闹，她也同样不会介意。我没有再做那道咖喱猪排饭，方琼说没有犯病不用吃药。我们决定一起回北京生活，我们会办一场婚礼，除了双方父母、亲戚，她说还可以请我的朋友。

所有的帆已经张开，只等着起航。

我们很容易达成共识，看上去很乌托邦。

“你家是什么样子的？”

“四合院。”

“你父母是老北京？”

“不是。”

“煤老板？”

“不是，为什么？因为我皮肤黑吗？”我笑了。

“四合院那么稀有，你家怎么会住四合院？”

“买的。”

“不是煤老板？”

“不是。”我去挠她，她笑。

“不会是三进三出的院子吧？”

“坐北朝南，两进院落。”

“看不出你是富二代啊，你在这里住得这么寒酸。”

“我喜欢小空间，够用。”

“我们要和你父母一起住吗？”

“我父母都是建筑师，所以你会看到不一样的四合院。”

“我不会和长辈相处。”

“放心吧，我父母会喜欢你的。”

“陈可一定猜不到你是富二代。”

“他一直都知道。”

“怎么会？”

“我父母的公司他帮忙融的资。”

方琼不说话了，她也学会了沉默。

“晚餐还是麻辣香锅吗？”我问她。

“是啊！”她笑脸盈盈。

牛肉、豆干、鹌鹑蛋、午餐肉、金针菇、香菇、藕片、黑木耳、花生米，因为八角、桂皮、老干妈、丁香、孜然、小茴香、红油、蚝油、猪油……的介入而不分你我。

“太棒了，我们喝啤酒配香锅吧！”

“仙女落入凡间，委屈你了，你脸上都有痘痘了，我还是炒个青菜吧！”

“不用，趁热吃吧！”

她吃麻辣香锅是因为陈可不会给她做，他讲究食材的新鲜度和营养搭配，麻辣香锅重油重盐，麻辣的重口味掩盖住食材自身的香气。我们在中国城买了麻辣香锅的底料，这样就不用我来调味了，换句话说我的厨艺再烂也没有关系了。方琼说麻辣香锅打通了她的泪腺，那些积攒已久的情绪像瀑布般倾泻，她笑着笑着会哭，睡着了也会流泪。连续吃了几次麻辣香锅，她说眼泪好像也蒸发了，舒服多了。

我吃麻辣香锅是因为过瘾，我们能在一起真是奇迹，单从肤色来说，她洁白无瑕，我却黝黑发亮。波士顿的阳光并不多，寒冷的冬季格外漫长，我却黑得好像是生活在加州似的。也许是因为我喜欢黑夜的缘故，只要暴露在阳光下，我会觉得不自信。

我看着镜中的自己，自言自语：“你何德何能，何其有幸。”我把牙膏挤在她的牙刷上，玻璃杯里接了大半杯清水。

方琼已经睡着了，我借着幽暗的灯光欣赏她美丽的侧影。没有丝毫困意，我又走回书桌前拿出日记本。

胭脂水釉盏，胎质极薄，器内施白釉，口沿处露出一道白边，内外相衬，更显出胭脂红的娇艳欲滴。胭脂水釉始烧于康熙，盛于雍乾时期，有黄金入釉，800摄氏度高温烧制而成，又称“金红釉”。方琼的美从遥不可及的天青色到有温度的胭脂红，我这才意识到我的日记本里第一次出现了“红颜知己”的“红”。

我翻回日记本最初的页面，多数是残缺的碎片，第一个完整的器物是灰青釉梅瓶黯淡悲伤，努力掩盖住隐约可见的蓝色所代表的一丝希望。

这一抹胭脂显得弥足珍贵，它骄傲、可爱，不再忧郁，也使我的欲望死灰复燃。当我第一次触碰她时，陈可就在那里看着，我抱住她，她裸露的双乳贴在我心口上，强大的恐惧与狂喜冲击着我，下一秒他的重拳会不会击在我的脸上？

罗曼·罗兰说：“世界上只有一种英雄主义，就是看清生活的真相之后依然热爱它。”

（二）

早晨的时光里，我开始做工作室的可行性分析，方琼则坐在窗口写生，阳光折射出五彩斑斓的光晕。小兰走后的三年里，多数时间我让窗帘紧闭，自我催眠，才有机会梦见她。我正准备为方琼沏壶西湖龙井时，她邀请我和朋友一起通话。视频里的女孩只看了我一眼就挂断了电话。方琼的眼泪簌簌落下，我紧紧地抱住她。

她明显是因为我而被朋友冷落了，哭着哭着就进入了梦乡，我的手臂被她压着动弹不得，我便保持这个姿势陪伴她。

“最后一次离开家时，刚刚下过雨，我走在青石板路上，一次次回头，妈妈就在雨巷的深处，她的身影越变越小，直到我看不到了。”她醒了，喃喃低语，好像还在梦里一样。

“想妈妈了？”我抚摸着她。

“妈妈不接受陈可是因为他比我大十二岁，妈妈今年才四十五岁，陈可快四十岁了，他们才是同龄人。我已经五年没有回家了，可怜天下父母心，我觉得心好痛。”

“快了，我们马上回家。”我说，“我预订的机票又被取消了，不过我已经和父母说要带儿媳妇回家，他们说机票不用我管了，他们想办法。”

“你和父母说了？”

“说了，妈妈高兴得都哭了。”我看着她不安的眼神，安慰她。

“他们看到我的变化，由衷地感谢你。”我继续说，“还有，我提到了陈可的名字。”

“你疯了吗？”

“反正他们迟早都会知道，不如早点告诉他们吧！”

方琼看着我什么也没有说。

“别担心，他们不会难为你的。陈可的团队做过他们公司的财务顾问，除了工作上的来往，他们私下也聚过几次，我父亲说他的艺术修养很高，很喜欢和这个年轻人聊天，以后恐怕没有这个机会了。”

“没有什么是麻辣香锅解决不了的。”方琼说，“我饿了。”

鸡翅、油豆皮、土豆、牛肉丸、魔芋丝、虾仁、西蓝花，我将这些食材与麻辣底料混合，在烟雾缭绕中关火装盘。

“就是喜欢这样的人间烟火，爽！”方琼大口吃着，我却被泪水模糊了视线。

“第一次见到他时，他在加州阳光里，我在想世间竟有这么好看的男子。”

“第一次见到我呢？小红帽遇见大灰狼吗？”我偷偷拭去泪痕。

“是蓝妹妹遇见格格巫。”方琼调皮地笑着。

陈可高大、完美、与众不同，这些超越普通人的特质，当然会让女孩为之疯狂，但是，没有人可以长期仰视对方，想想都觉得太累了。我常常产生幻觉，她似乎喜欢我的脆弱，人性本如此，谁没有脆弱的时候呢！尽管我的脆弱是那么显而易见。自从小兰离开我，我开始迷上了画瓷器。瓷器具有坚硬和易碎的两面性，开始时我只画一些瓷片，就像心碎的样子。我不知道心碎的横切面是什么样的，瓷片的横切面却很迷人，它们有质感、有呼吸、有音乐的律动，尽管它们的属性是冰凉的，富有层次的残缺美是过往的厚重，甚至比表面光滑的釉色更加迷人，它们也许是一个错误覆盖着另一个错误，那些不同色彩的叠加，也是欢喜、忧愁、被忽略、被包容等种种情绪的样子。随着方琼的出现，我的作品开始出现完整的器物，以梅瓶最多，还有就是茶器。注入茶汤，茶器就有了温度，活起来了。

如果说方琼面如芙蓉眉如柳，这样的东方美人好像是从古画里走出来的；小兰却恰恰相反，她可爱的包子脸是不会让人联想到什么诗意的。我们初识那天，我是被她吃东西的样子迷住的，她专注的表情实在令我忍俊不禁。我还依稀记得我们座位的对面是两个日本小男孩，一路上他们都很安静，先是各自拆着自己的礼物，弟弟不太会拆，耐心地等哥哥拆完自己的再帮忙拆他的。两个人一高一低，都是瘦瘦小小的。斜前方有一个小女孩，估计三四岁的样子，她的脸圆嘟嘟的，戴着皮卡丘的毛绒帽子，那个帽子特别有趣，只要轻轻地拽一下垂在耳际的绒绳，皮卡丘的耳朵就会立起来。小女孩发现我在注意她，拽得格外起劲，耳朵就立起来、倒下，再立起来，再倒下。不过这些都比不上看小兰吃东西有趣，看着看着就想把她娶回家，这个女孩也太容易满足了。方琼很喜欢听我讲这段往事，她甚至说小兰就像是一块璞玉。开始我觉得方琼真是一个与众不同的女孩，后来想想她没打算爱上我，听听就当是解闷了。

有的时候我觉得她是害怕孤单才和我在一起的，虽然我就在她身边，她的内心仍旧是孤独的，我时常觉得越是靠近越是遥远。

“为什么盯着我看，有那么好看吗？”她打断我的胡思乱想。

“水是眼波横，山是眉峰聚……眉眼盈盈处……千万和春住。”我引用王观的词来逗她。

她狠狠地捏了一下我的鼻子。

“男人的鼻子不可以随便捏的。”我看着她，她这一捏感觉实在微妙。她被我说得有点害羞，反而更加迷人了。

“你第一次喜欢女孩子是在什么时候？”她开始打岔。

“十几岁吧，那时我家住在一栋二十层的公寓楼里，我家住十层，因为天天要乘电梯，我认识了一个年龄相仿的男孩，他叫何若若。

我们经常一起聊天，聊得最多的是如何与一位漂亮女孩搭讪。她长得如水蜜桃般水嫩，走起路来杨柳细腰扭得特别好看。我至今不知道她说话的声音到底好不好听，若若吹牛说他成功邀请水蜜桃去他家，他家有很多唱片，他就拿这个当作借口，女孩对那些唱片只是匆匆地看了一眼，似乎嗅出他的动机，话都没说一句就走了。没过多久，水蜜桃搬家了，我的第一次青春萌动就收场了。”

“何若若呢？还联系吗？”她问。

“他也和青春一起消失了。”我说，“你呢？第一次心动时几岁？”

“陈可是我的初恋，在那之前我可能比较愚钝，即使别人喜欢我，我也感觉不到。”她说，“我突然想吃栗子了，也许栗子的香气是我对北京的味觉记忆吧！每年燕子南飞时，我们小区路口都会有不少人排队买糖炒栗子，油、糖与带壳栗子带来的香气是能勾魂的，陈可说他儿时最喜欢深秋过后的糖炒栗子，他剥糖炒栗子的壳，指甲缝里都是黑的，以至于不好意思伸出双手。毫无疑问，我喜欢吃糖炒栗子，他就会帮我剥那层黑黑的壳。不过，比糖炒栗子更好吃的是他亲手做的栗子天妇罗，麻油和山茶油按比例调和，栗子入油锅前去掉了那层涩皮，裹着轻薄面衣的栗子天妇罗，我现在还能想起咬一口那馥郁的馨香，清甜甘爽。我还没说栗子釜饭、板栗酥……”

她站起来从我身边走过去，我好想拥她入怀，我吻她的脸颊、耳垂，然后……我意淫着，感觉陈可此时正在讥讽地看着我，他才是那个曾经每天亲吻她的人。我不会让这种无聊的情绪影响我超过十秒，尽管他们双唇触碰的画面让我浮想联翩。我自顾自地沉浸在汹涌而至的快感中，夏日本该如此，草木青青，汗水肆意。

事实上，我不能吻她，我只能在她熟睡时像柯基那样陪伴她。原来女人的唇是连着心的，她心里没有我，强吻便是自找麻烦，即便如此，我依然心存感激。

困住我的枷锁已然打开，我觉得眼前豁然明亮，心中便像有一团火那般爱她爱得无以复加。

有人说世间所有的相遇不过都是久别重逢，好在我们今生相遇，好在我们还算年轻。我轻抚着那本画满了心事的日记本，我想调出一种我们两个人专属的颜色，我知道那是一抹纯粹且包容的白色。

（三）

这不是梦境，却数次陷入我的梦境，每一次醒来，同样是大汗淋漓。

小兰，我的小兰……

奔跑、奔跑、奔跑，我竭尽全力地奔跑，在列车的轰鸣声中。

一直到几年后的今天，我仍旧能感受到当时血往上涌、双腿颤抖、汗流浃背的无助与绝望。

我看着列车从黑漆漆的洞口钻出来，无数张陌生的面孔在短暂地停顿后消失，只留下一道道沉寂的铁轨。

我继续奔跑，在一个一个距离或长或短的站台，在地下一层、地下二层、地下三层、地下四层、地下五层、地上一层、地上二层无休止地奔跑，似乎用尽了我一生的力气。汗水遮住了视线，我跌倒、爬起来。

最近的一次，我看到了你的脸颊贴在车门玻璃上，手心也贴在玻璃上，我们的列车往相反方向飞驰，我们的表情木讷。

从那天以后，我的记忆里充满了列车轰鸣过后残留的轨道，蜿蜒曲折，即使闭上双眼，那些轨道也无比清晰，列车的轰鸣声仍在耳际嗡嗡作响。

东京，我们与街头巷尾的年轻恋人一样，以为清晨一起出门，晚上就可以一起回家。我们太理所当然了，觉得今天与昨天不会有什么不同，至于明天，不过是今天的延续罢了。

我们都是第一次来东京，走在新宿街头，饥肠辘辘的时候，我建议搭乘地铁去涩谷，听说那里有一间很好吃的炸猪排店。你说实在太累了，于是我帮你拿包，你的手里只攥着一张小小的长方形地铁票。在我低头查看谷歌地图的时候，我没有注意到列车进站了，你上了车，等我发现时列车已经关上车门。我起初并没有在意，相信你会在下一站等我。然而，我很快发现我错了，你并没有在那里等我。

我想你找不到我，一定会回到新宿站，于是我又上车回到了新宿，然而仍旧没有找到你。我只好在网上查看新宿地铁站信息："位于新宿区与涩谷区之间，是世界上最繁忙的车站，甚至获得了吉尼斯世界纪录，站内有三十六个站台，超过二百个出入口。"

我的直觉告诉我，不好了！如果你直接去了涩谷呢？网上的信息让我更加崩溃："谁说新宿站是世界上最复杂的地铁车站，涩谷站才应该位居榜首吧！涩谷站一共有八层，地下五层，地上三层。如果在其他站走错还可以补救，但是涩谷，真的没有办法。"

我感觉自已脸色都变了，心慌意乱。东京的地铁看上去很简单，每一个站名都有相应的数字编号。但是，其复杂程度完全超过我的想象。我试图冷静下来，又在网上寻找信息。

"新宿站是东京主要公共交通枢纽之一，为JR东日本、京王地铁、都营地铁、小田急地铁、东京地铁车站。"

每一条信息蹦出来，我的心里就咯噔一下。

列车有"快速""特急""急行""准急""通勤""各停""普通"等。

刚刚你乘坐的是哪种列车？我完全没有印象，不同种类的列车经停车站不同。

“有些列车会在交叉路口分道，一定要看清楚要继续前行还是提前下车换车，也有些列车是不用下车就可以换车的……”不下车就可以换车？我糊涂了。“有些列车的终点站会临时改变，如果不下车，有可能列车又开回去了。当然，司机会提前告知，只不过他们通常只说日语，英语只有一句：I'm sorry（对不起）.”

我从忐忑不安到完全崩溃，是在四个小时之后。我起初还像个战士，在各个管道之间急行军。我在脑海里一遍遍回放着已经走过的车站，提醒自己不要重复。通道里的流浪艺人气定神闲，密密麻麻的通勤人潮此消彼长。在我即将虚脱的时候，我看到了你。身体没有倚靠任何支撑物，如果你靠着墙或者柱子多好呢！你的身体失去重心，半蹲半坐倾斜着。你就在人潮中，汹涌澎湃的人潮经过你时会自动让出一个缺口。你的头发凌乱，有一缕头发盖住了眼睛。圆圆的脸上还有没干透的泪痕，浅粉色的衣衫也有污迹。你的手里，紧紧地攥着那张与你小手指长短接近的地铁车票，即使在你不小心睡着了，或者跌倒的时候，你也是紧紧地攥着不放。这样的情景，即使不是我亲眼看见，我也会很笃定。

我抱紧你，你只轻轻地说：“我饿！”

我的心剧烈地抽搐，从来没有发过愁的你啊，如此狼狈。

接下来，我们并没有大吃大喝，没有去炸猪排店，而是去了一家甜品店。是的，我们就是那样衣着邋遢地走进了看上去精美绝伦的甜品店。它坐落在银座的十字路口边，你说嘴里苦苦的，也许是困在隧道时间太久，整个人都发霉了，你需要让人有幸福感的食物。

我们的四周坐着打扮入时的太太、小姐们，我们很不协调地融入其中。你点了一份焦糖布丁配香草芭菲，大颗草莓和蓝莓点缀。我的胃空得太久，完全不能接受甜食，不点又觉得不妥，于是点了芝士蛋糕。你没有如往常一样观察许久才舍得放入口中，而是一口气吃完了你自己那份，又吃光了我的蛋糕，你的脸上渐渐有了光泽。

“我坐一站就下车了，然后对面来车了，我就往回坐了一站，下车后觉得很陌生，我根本不记得我们是在哪一站进站乘车的。”你缓了很久才说。

“新宿啊！”我有气无力地说，“东京的地铁即使在同一个站台都有去不同方向的列车，你只是简单地觉得到对面坐车就可以回到原点了？”

“我发现没有回到原点，想了一下，觉得再下一层也许就对了。后来我反复了好几次，上楼下楼，好像有很多层，走很多路，越走越迷糊。”你的声音越来越小，如果不是在公众场所，你一定会哭。

这一夜我又做了相同的梦，很多的轨道，轨道连着轨道，我沿着轨道走了很久，却没有一辆列车，也没有站台。

（四）

方琼在下雨的时候回忆着那天的画面，陈可在爱情面前，居然可以做到不顾形象。“来势汹汹的暴雨骤然停止，取而代之的是炙热的、无处不在的阳光。他赤脚踩在沙滩上，跑鞋已经湿透了，把鞋垫取出来，在阳光下暴晒。我因为在咖啡馆吃东西，躲过了这场暴雨。我冲他招手，他刚找到一个小树墩坐下，就那么腾空而起，一只手举着一个鞋垫，来不及把双脚完全插进鞋里，一路踮着脚向我奔来。那是爱情的样子，自然而然地发生了。现在回想起来，有点像马蒂斯的画，橙色的烈日下，因为欢快而扭动的身躯。”

“《塔希提之窗》中的橙色太阳吗？马蒂斯即使只用简约的黑色线条勾勒画面，都会给人温暖的感觉，让绝望的人看到希望。在他的画作里，那些饱和度颇高的作品，反而让人找到内心的平静。这是很不可思议的。”谢飞叹了一口气，继续说，“我只记得她走了以后我的样子，那天送完外卖走向停车场，在拐角处，一只硕大的黑鸟迎面扑来，险些撞在我的脸上，好在它及时转变方向。”

“你就不能说些高兴的事吗？”

“她说想做兰花一样的女子，不羡慕、不寂寞、不张扬吗？我知道，她的确如此。然而，一家叫作兰花的小餐馆开在波士顿，她不知道对于兰花，中西方文化有着不可逾越的鸿沟。西方普遍认为兰花是庸俗的，‘Orchis’，在希腊语中是睾丸的意思，我不能阻止有些人去联想。”

“是你想多了吧！很少有人会这么理解吧？一家餐馆食物最重要，名字有那么重要吗？”

谢飞径自走到床前，然后躺下，缩成一团。方琼走过去，在他身边躺下。

“如果你深爱着一个人，你就会不自觉地多想，莫名其妙、不可理喻。”他的声音小到很难听清楚，如同灰尘从灯罩上飘落一般，这三年的自责让他不时变成一具空壳，此时此刻，像极了一只脱离躯壳的蜗牛。

方琼用手指捅了捅他的后背，“我呢？是什么花一样的女子？”

“睡莲。”

“因为我现在的姿势？”

“海边的睡莲。清晨，风浪总是很大，海浪直冲堤岸，强劲有力；傍晚，风平浪静，一片丝滑平整的沙滩浮出水面。黎明破晓时，睡莲感受到了阳光的气息，在瞬间绽放，粉嫩嫩，娇媚动人。正想着感叹睡莲的美丽吧，花瓣又会羞答答地闭合，也许是在热浪滚滚的午后，也许是夕阳西下之时。睡莲的心情随着阳光起伏，在一阵阵的海浪声中，默默地开放闭合。夜晚，睡莲会渐渐沉入水中，直至次日日出，再次缓缓地浮出水面，感受到阳光的温暖，尽情地绽放。如果不是它所希望的养分，又会拒绝接受而凋零。”

“你这是三言两语说完了我的一生吗？听着几分浪漫、几分凄美。兰花与睡莲，都生活在闷热潮湿的地方，莲花出淤泥而不染，兰花清雅无尘。”方琼突然间有些兴奋，双眼亮闪闪的，“我怎么突然联想到桂花糯米藕了呢？把糯米嵌入莲藕中，加入红枣和红糖、冰糖，煮至软糯后切厚片，淋桂花蜜。”

方琼继续说着：“好想吃家乡的粢饭团、定胜糕，哪怕是糖粥也好呀！我还记得那首儿歌，‘笃笃笃，卖糖粥，三斤蒲桃四斤壳，吃侬肉，还侬壳’……”

第十九章　串吧

如临深渊，如履薄冰。

——《诗经》

一只蝴蝶破茧而出，在她飞起的瞬间我把她捧在手心里。她扑腾着翅膀，眼看着就要飞走了。我用另一只手把她遮住，她在我两掌之间飞舞，我小心翼翼地保护着她，我从手指的缝隙处往里看，她用尽全力，在狭小的空间里折腾。渐渐地，我的手心里浸着汗水，数不清的、肉眼看不到的伤口在刺痛，十指连心，我的心也跟着痛起来。我还是不舍得由着她飞走，任凭伤口越来越多，我还是用两只手撑起一个半圆，等着她安静下来。她的翅膀越来越有力气，像是两扇锋利的刀片割着我，伤痕累累，却不见一滴血。这是她在表示离开的决心，她想远离我的控制，展翅高飞。我的心里一阵酸楚。

我松开双手，看到了她。她只停留片刻，也许是辨认方向。她飞走了。

我醒了，浑身酸痛，这一夜睡得不安稳，一个梦接着一个。看不见的感情线，如阳光下的尘埃那样，没有机会落定已被斩断，细碎而飘零。

June，这是你的选择吗？

——陈可

（一）

邱天的同事经过了十四天的深圳工作和七天的上海工作刚到北京。两人一位是台湾人Jeff，一位是四川人老吴，Jeff说很想体验一下北京的串吧，老吴在簋街找了一家老猫串吧。我还没有见过他们，经常听邱天说老吴口无遮拦、幽默风趣；Jeff年轻有为，陈可走了以后，团队里好在有他，分担了不少工作。

下午时间来串吧用餐的客人寥寥无几，前面半个小时整个串吧里只有我们一桌客人。

“我已经居家办公了，台北可以居家办公，我住父母在淡水的房子，只要是一个人住就可以，家人帮我储备好了食物。”

“垃圾呢？有人会来帮忙吗？”我问。

“每周三把垃圾袋绑好放在门口，小区里有人帮忙丢掉。”Jeff接着说，“两周后才回到信义区的家，我有两个孩子，女儿三岁，儿子五个月。我才在家里陪他们几日，又要出差。我现在慢慢习惯这样的生活了，反正没有地方可以去，只能专注工作了，效率倒是提高了不少。”

“小宝贝们很想爸爸吧！”我说。

“女儿很黏我，蛮可爱的。我的家人这几年都住在香港，春节回到台北，后来就没回香港，我准备回去把东西收收，换间小点的房子。”

“香港的房租受经济影响跌了不少吧！”我问，邱天在春节前工作的重心回到北京，所以我们退租了香港的房子。

“的确便宜不少。”老吴说，“酒店的床垫太硬，我的老腰不行，在网上订了一个床垫舒服多了。”老吴一连吃了五串羊肉串，又抬手招呼服务员再来十串。餐桌上有满身辣椒粉和孜然的羔羊肉串、黄金鸡脆骨、麻香烤翅，还有麻辣小龙虾、簋街馋嘴牛蛙，我能吃的只有疙瘩汤和铁板煎豆腐。

“西红柿疙瘩汤好吃啊，黏稠度多棒啊！我已经喝了三碗了。”老吴靠着椅背，一仰头一瓶 Corona 就快见底了。

“你们知道北京郊区有没有农家院可以租住？最好能在山上，不工作的时候静下心来读读《资治通鉴》之类的。”老吴看上去一脸向往。

“您是四川哪里人啊？”我问。

“成都附近，乡下人。”老吴说。

“我很喜欢吃成都的腊肠，一根腊肠就可以吃下两碗饭。”邱天说。

“想吃腊肠你们算是找对人了，等春节我的家人做好腊肠，我给你们寄点。”

“你们家里每年都会自己做腊肠吗？怎么做啊？”我很好奇。

“每年三四月份买小猪崽回家，喂养到年前的一个月，开始做腊肠。我小时候啊，每天放学后都和小伙伴们一起背着竹筐，采水芹菜回家喂猪。你们可能没有农村生活的经历，几十年前，我们家家户户都养猪，赶着猪上山觅食，然后再把猪赶回猪圈。后来呢，村里养猪户来养，我们每家也就买来一两只幼崽，养着过年吃。”

“我只听说过牧羊人，一个人带着一群猪上山觅食，它们会乖乖地跟着你走吗？还是像遛狗那样，牵着绳子呢？”我想象着老吴还有头发的样子，那时的他是猪倌，有很多猪听从他的指挥。

“猪是群居动物，管好了一只猪，其他都会跟着走，不用牵绳子。猪有体味，新农村都是这样的格局，村民很少养猪。现在的猪也不用上山觅食了，从它们来我家时大约五十斤重，到进厨房前三百斤左右，它们只在猪圈里生活。我家的地也不多，种些应季蔬菜，吃不了的喂猪，猪吃不了烂在地里做肥料。”

邱天和同事们又开始聊工作了，正好我的手机响了，我走到餐厅门口接电话。

“一一，是我，方琼。”

“天啊！快两年了，陈可终于找到你了吗？”我觉得汗毛都立起来了，于是拿出车钥匙准备坐在车里慢慢聊。

“我和陈可见过面。我要结婚了，买到机票就回国。我在北京没有其他朋友，一一，你有没有可能做我的伴娘？我知道这个请求很过分，你可以拒绝。”

我一时间没有反应过来，他们见过面，这意味着新郎另有他人？怎么会这样？

“我恐怕没有办法去你的婚礼，我快要当妈妈了。”我下意识地抚摸着隆起的肚子。

“一一，祝贺你们！”方琼说。

我心中的不快在加剧：“他在你旁边吗？我想和他打个招呼。”

“好，我切换到视频。”

视频里出现了一张陌生的脸，我挂断了电话。

我没有心情返回串吧了。陈可怎么样了？已经有十几天没有和他联系了。我迅速拨通陈可的电话，电话铃声响了很久也没有人接听。

“不好意思，一一，刚刚没有听到电话，我前天到广州了，在酒店呢！”陈可很快给我回电话了。

“视频吧！”我切换到视频，“你瘦了不少。”我说。

“我还好，你快当妈妈了，开心吧！”他笑着说。

“你在酒店吃得还好吗？”

“挺不错的，我住的四星级酒店，可以点餐。中餐、西餐都有，甚至还有烤全羊呢！”

“烤全羊？你一个人吃十四天吗？还要有地方把它架起来？”

“我也挺好奇的，要不然我打电话咨询一下。”

“刚刚方琼给我打电话了，快两年了第一次来电话。我都知道了，你还好吗？”

陈可沉默片刻：“我们的重逢只有短暂的五天，二十个月只等来了五天，很惨吧！”他把镜头对着一台跑步机：“你看，我租的这台跑步机，有了它每天一场半程马拉松，出出汗，心情好多了。”

“那个人是怎么回事？”

“你见到谢飞了？”陈可问。

“见了一秒钟，我就把电话挂断了。”

“你见过北京潭柘寺的百事如意树吗？一棵柏树与一棵柿子树相伴共生，如情侣般紧紧相拥。‘柏柿’即为‘百事’，柏树属柏科，常绿乔木；柿树柿科柿属，落叶乔木。两棵不同树种的树相伴共生，互不排斥实属罕见。”

“你是说他们是共生关系，与爱情无关？我不懂什么共生关系，我想再试着和方琼沟通一次。”

“一一，我和方琼不会再有交集了，谢飞在事业上可以给她更多的帮助。他父母也是建筑师，业界翘楚，邱天知道谢飞父母的公司。”

“她想请我当伴娘，太不可思议了！”

“他们要结婚了？”陈可的笑容瞬间消失了。

方琼没有勇气和陈可说她要结婚了，竟然通过我来说，而我以为陈可已经知道了。怀孕果真让我变傻了，这么敏感的事情竟没有考虑周全。这二十个月到底发生了什么？方琼曾经是一个多么清高的女孩，她今天居然用这样的方式彻底切断我们之间的联系。

“没想到他们这么迫不及待，命运捉弄，7月1日我和June重逢，真是一步之遥。”他的声音低沉伤感，我仿佛看到这样一幕：他穿着黑色礼服，她则身着酒红色长裙，经典探戈舞曲《一步之遥》响起，他们在舞池里翩翩起舞，众人则纷纷往后退，舞池里只有这一对才子佳人，随着掌声的响起，曲终人散。

“我们分手到今天刚好十天。”他看上去那么无助，高大魁梧的他，没有一如既往的挺拔，甚至有点驼背。爱情，五味杂陈，从来都不只是甜的。

“我们一起去过西班牙最南部的 Cádiz（加的斯），一起眺望海的尽头。那边没有陆地了，是南极。”他说。

我觉得浑身颤抖了一下，再看他时，他已经调整好了状态。

“抱歉，一一，让你看到我这么脆弱的时候。你们不用担心我，没事的。你在车里吗？邱天呢？”

“他正在和老吴、Jeff 一起吃烤串呢！”因为抽泣，我的声音断断续续的。

人伤感的时候好像都变小了，小时候谁不喜欢哭鼻子呢？白球鞋被人踩一脚会哭，因为心疼；攥了一路的巧克力在剥开糖纸的瞬间掉地上了，当然也会哭，因为不舍；男孩子打架输了会哭，因为不知道能不能赢回来。可是在爱情面前，即使拥有爱的能力、小心翼翼、百般呵护，却输给了莫名其妙的“共生关系”？我不明白。

“没有什么不能理解的，一一。”陈可反而在安慰我，“谢飞在 June 走投无路的时候帮助了她，人在困境里有人拉一把的感觉是不一样的。其实谢飞还是很有才华的，他在大学期间的设计作品获得了很有分量的奖项，他们有共同的兴趣爱好。June 说和我在一起总是觉得不踏实，她从小缺乏自信，担心妈妈会抛弃她，安全感对于她而言比爱情重要。爱得不深伤害也不会太深，她不想总是患得患失吧！”

他勉强地笑了笑：“老吴挺有趣的，他说话时喜欢摸自己的光头，你和他们聊天去吧，别受我影响，开开心心的，好吗？答应我。”他站起来，对着镜头做出再见的手势。

邱天打开车门，看到我满脸泪水吓了一跳：“怎么梨花带雨的？

哪里不舒服？”

我把事情一五一十讲给他听，邱天气得狠狠地敲击方向盘：“不行，我给陈可打个电话。”

“过两天吧。”

汽车在黑暗中行驶，我们都没有心情再说话。

（二）

双廊的晴天是令人陶醉的
石阶上树木的光影
自由、散漫、无惧
在山水之间，人是微不足道的
那些痛楚也会无处安放

“我们还要再做一次恶人。”我说。

“好吧，总是要说的，明天去柯晨那儿？”邱天问我。

“等到他周一休息吧！厨房里刀光剑影的太危险。”我答。

“不至于吧，好吧，周一去也行。”

周一下午六点多我才给柯晨打电话：“Vincent，你有空吗？我们过来在凉亭里聊聊天？”

“好哦，我大约半小时可以到家。”

我们在花园里散步，然后去凉亭里等他，不一会儿，他迎面走来，清澈的眼眸带着笑意，快乐得好像是刚从夏令营回家的孩童。

“又去骑车了吗？一个星期才休息一天，要是我一定在家里睡懒觉！”我被他的笑容感染了。

“我需要充电啊！今天还好，我和队友从早上六点出发到现在，汗出透了，特别舒服。”柯晨看着我一直在赶蚊子，于是说，“还是去我家吧，我还没有吃东西呢，一起吃点 Pizza 吧！邱天，Margherita 怎么样？我清晨出门前揉好了面团，很快就能吃哦！”

我看着他先做番茄酱汁，将番茄用料理机打成酱状，加入盐和意大利初榨橄榄油；将面团擀成薄饼，把番茄酱汁均匀地涂抹在饼坯上；水牛奶酪切成小丁，撒在饼坯上，这时候就可以放进烤箱了。

烤箱里朴实无华的面饼正在向艳丽的比萨演变，奶酪的香气和面香已经飘出来了。比萨出炉时，柯晨将自己院子里种的新鲜罗勒叶撒在比萨上。

“看你做什么都觉得好简单啊！”我羡慕极了，“红、白、绿，意大利国旗的颜色，那不勒斯皇后玛格丽特名字命名的比萨，越简单越经典。”

柯晨笑着说：“拿波里比萨讲究的是食材的新鲜，我园子里有番茄和罗勒，摘些来做比萨刚刚好。你们趁热尝尝味道怎么样？”他拿来几听冰镇啤酒，一盘西瓜和樱桃。

“我尤其喜欢吃比萨的边，够脆，又有韧性。”我说。

“太香了！水牛奶酪很鲜，那层番茄酱汁也很鲜，咬一口滚烫的比萨，喝一口冰凉的啤酒，在夏日里实在是太痛快了！”邱天笑着说。

“水牛奶酪与番茄酱汁，一个香郁浓厚，一个清香迷人，二者交融就像是一幅好看的流动山水图，那几片罗勒叶点缀得相得益彰。”

“哈哈，我们厨师做菜真没有想那么多，看你形容的，要我说就用手抓起来吃才香呢！刀叉都是多余的，水牛奶酪融化后拉丝产生更多的香气，饼皮的脆香，热乎乎的，虽说夏日里的热气逼人，越是天气热越是要吃热食才舒服吧！”

“这张比萨显然是你一个人的量，我们都吃过晚餐了，还来抢你的比萨，不好意思。”我看着眼前的比萨不忍心再动手拿了。

“不用客气，多吃点。”

邱天喝着啤酒，人也很松弛地靠在椅背上。我也转战小樱桃了，总不能让运动一天的人饿着吧！

“有件事要和你说一下。”我犹豫片刻说。

“June 找到了？”他条件反射地看着我。

“陈可找到她了，不过他们在一起仅仅相处了五天。前几日，方琼破天荒地给我打了一个电话，她要结婚了，我没过脑子就把这件事告诉陈可了。”

“陈可还好吗？”他问。

“希望他尽快好起来吧！你没事吧？”

“我们原本就没有可能，陈可还在波士顿吗？”

“他上周回国了，在广州的酒店呢。”

“他回北京吗？”

“他说回双廊，我们说服不了他，真令人担心。”

“或许我可以说服他试试！”

接通视频，陈可的状态比前两天好了很多，脸色都红润了，那个英俊潇洒的他又回来了。“我已经放下了，没有什么过不去的。双廊的山水是那么生动，我已经感觉到它们的召唤了。”

“哥们儿，先回北京吧！”邱天说。

“我这几天都忙着策划双廊的几个公益项目呢！还别说，比咱们之前做的任何一个项目都令我激动。你们想听听吗？”陈可的眼睛里闪烁着光芒。

邱天说：“看你兴奋的，说吧！”

“好啊，第一个想法是书院，不仅仅针对成年读者，我也想请当地的小朋友一同参与。你们来双廊也看到过这里的孩子，他们的眼睛乌黑、天真烂漫，放学后一起玩耍，图书馆是稀缺资源。我想在面朝洱海的位置建一个小阅览室，孩子们放学后可以来这里看书，完全没有压力地学习新知识，我可以亲自当他们的导师，潜移默化地提高他们的阅读能力，当然也包括英语原版读物。”

“这个老师我也可以。”我说，“还有呢？”

“艺术沙龙，不局限于绘画和音乐。双廊是一个神奇的地方，吸引着全国各地的艺术家前来采风、办展览、拍片。我想为当地的艺术家和手工艺人搭建一个平台，文化艺术交流。还有手工作坊，木雕、扎染等手工作品都是当地特色，民间艺术能让更多人欣赏和学习。”

“我还有一个想法，如何更好地融入大自然，初步想法是在日落时分邀请住店客人来我们的空中花园，在享受大自然馈赠的同时，不妨把自己想象成大自然中的一分子，比如花草、果实、清晨的露水、夜晚的萤火虫，让自己的身心放松，找到自在的平衡点。”

我说：“在星空下看电影应该不错！”

“是啊，我也想到了，你建议什么片子呢？”

“《走出非洲》，音乐特别好听。”我不假思索地说。

“不错！人在双廊，换一种思路生活。”陈可继续说，“等你们的宝宝出生，我肯定回北京，我已经想好给宝宝准备什么见面礼了。”

“你回北京可以先住我这里，我收拾出来两套客房给朋友住的，民宿暂时不考虑了，其他房间已经是员工宿舍了。”

陈可说：“啤酒我还是有的，等我一下。不以营利为唯一目的，干杯，Vincent！我接受你的邀请，我家是要收拾一下才能住了。作为回礼，有当季野生菌和我院子里种的玫瑰，到时候给你们烤鲜花饼吃。”

“说到鲜花入馔，北京的春天短得可怜，往年春雨过后，我们都盼着你做的槐花饼！”我笑着说。

“你准备享受大自然了，我还没日没夜地在那些项目里。”邱天说。

“说真的，等宝宝出生后你们来双廊生活一段时间吧！如果流感还没有结束，你大多数时间在家里办公。我把家里的棱棱角角都包起来，宝宝可以自由自在地爬。我一个人住这么大的房子太浪费了，让给你们一家三口住。Vincent，你也抽空休息几天，一起过来吧！”

一场我本以为会很压抑的谈话充满了欢声笑语。回家的路上我和邱天引吭高歌，最后唱着“月半弯”走进家门，虽然他不太记得歌词，却总能把我跑了的调拽回来。

第二十章　蓝鲍

（一）

早上七点，我翻了一个身，想再赖一会儿床。阳光从窗帘缝里钻进来了，有点刺眼，睡意全无。谢飞已经在写字台兼餐桌前工作了。他的样子很专注，好像在思考什么。我伸了一个懒腰，走向他。

“你快赶上陈可了，工作狂。”我说。

“早上好，我吵醒你了吗？”他抬头看我。

“你在忙什么呢？我不想给你压力啊，咱们随遇而安就好。”

“陈可准备在双廊建一个面朝洱海的公益儿童图书馆，我想没有人比你更了解他了，他想要一个什么样子的建筑？我负责建筑设计，室内设计交给你，好吗？”

“这么大方啊！一旦他采纳我们的设计方案，我们就要飞去双廊实地考察了，你不担心我重回他的怀抱？毕竟咱们还没有结婚呢！”

“如果我们不做点什么，我的心会不安的。到了双廊，你喜欢他给你的家，我会离开。我建议咱们推迟婚期，等这个项目结束，你再做出选择。”

我坐下来定睛看着他。我没有想到他竟然有这样的胸怀。自从和一一通话之后，我恐怕连梦里都在请求他们原谅我。我不得不承认，我的心里全是陈可，担心他会伤心。

谢飞帮我煎了一个荷包蛋，盛了一碗昨晚熬好的红枣小米粥，他坐在对面看着我。

“谢飞，谢谢你。”我的眼泪还是掉了下来，“我给你讲一个故事吧！”

谢飞点点头，也许是这段时间和他相处融洽，觉得他黯淡无光的眼神里竟然有了光彩，他黝黑的肤色显得憨厚可掬，他对我的爱也同样有分量。我喝了一口粥，感觉很温暖。

故事就这样开始吧：

二百五十年前，英国航海家库克船长登陆南半球，那时的新西兰对于英国来说是很远、很远的远方。他三次奉命出海前往太平洋，也是第一个登陆澳大利亚和夏威夷的欧洲人，他开创了第一个进入南极圈的纪录。新西兰是他第一次远航到达的地方，1768 年他的“奋进号”第一次远航，1769 年 10 月到达新西兰北岛，他测绘了新西兰南北两岛的海图。后人为了纪念他，将划分南北两岛之间的海峡命名为库克海峡，库克山是南阿尔卑斯山脉中的最高峰，常年积雪。库克船长带来了西方文明，也带来了殖民统治。如今不少毛利人对库克船长仍有抱怨，英国的版图被他画到了南半球，干扰了当时毛利人的生活。库克船长在十二年里三次探索太平洋，绘制了三分之一的地球版图，他没有放过大洋洲，竭尽全力要画到地球的尽头。

新西兰人将地图反挂在墙上，这样一来新西兰占据了地图的最上方。

蒂卡普位于新西兰南岛南阿尔卑斯山东麓，属于南岛中央高地麦肯齐地区，美丽的湖水被雪山环绕。湖畔古老的好牧羊人教堂守护着南岛人们的信仰。这里是全球最大的黑暗天空保护区。世界各地的人们慕名而来，为了在这个小教堂里坐上片刻，也为了欣赏最美丽的星空。

“我们就是在好牧羊人教堂举行婚礼的。”Walker先生微笑着说，“我们只邀请家人和最亲近的朋友参加了婚礼。”他太太也停下手中的工作走过来，我们站在他们经营的酒店里聊着天。

“我曾经在新西兰航空公司工作，去过超过九十个国家，当我去乌干达的时候，我决定留下来做点什么。于是我们建立了一家孤儿院，目前有一百八十名孤儿，我们现在承包经营这家酒店，就是为了积累资金给这些无助的孩子。”夫妇二人年过六旬，眼睛里闪烁着幸福的光芒。他们尽自己的所能为失去家人的孩子们点燃希望。酒店里有一行字：“It’s a small world, welcome to ours（欢迎来到我们的小世界）...”我们很庆幸选择了这家小酒店，为这些孩子尽了绵薄之力。

夫妇二人经营的小酒店位于奥马鲁，这里有世界上体形最小的蓝企鹅栖息地，我们也是因为这个原因在奥马鲁短暂停留。酒店的入住时间是不晚于下午六点，我们紧赶慢赶还是晚了五分钟到达。按下门铃，为我们开门的正是Walker先生。他帮我们拿行李，然后说：“我带你们看房间，一间窗外是我们自己的停车场，夜里会很安静，另一间在二层，临近马路的一侧会有些吵。”我还是选择了二层的房间，视野好些。他继续说：“你们喜欢是最重要的。明天早晨我们会准备好早餐。”

没有检查我们的证件，没有问我们姓甚名谁，就好像是在这里等候我们的老朋友，带我们参观房间，为我们准备早餐。房间布置得很用心，干净得无可挑剔。咖啡机旁还有小点心，冰箱里有两瓶矿泉水。

清晨，有几位房客已经在用餐了。Walker先生招呼我：“喜欢坐在哪里都可以。”

“这里的布置好特别，都是您的收藏吗？”我问他。

“这些都是老板的收藏，我和太太签约帮他管理酒店，今年初才开门营业，到现在才九个多月。你看这台老打字机，已经有九十年了。”

我把面包片放进烤箱，等着它们香喷喷地蹦出来。Walker 先生麻利地收拾着餐具。我端着烤好的面包和可颂坐在沙发上，在清晨的宁静中，追逐着光束的方向。这束光落在了一个小男孩身上，他显然已经吃饱了，有点不耐烦地催促着妈妈。

“请问白天可以在海边看到蓝企鹅吗？”我问 Walker 先生。

“你很难在白天看到它们，它们去海里捕鱼了。你昨天晚上看到蓝企鹅了吗？”

“是的，我们在 Omaru（奥马鲁）蓝企鹅保护中心看到了 156 只蓝企鹅回家。它们分三批上岸，它们实在太小了，好像我的脚的长度。”我低头看着自己的双脚。Walker 先生也下意识地低头看看自己的双脚。

“是啊，的确如此。”

“我们和其他观众都很兴奋，尽管海风很硬，不少人都在瑟瑟发抖。”十月的南岛，春寒料峭。夜幕低垂，人们裹着厚厚的围巾，或者将毛毯披在身上。一日四季，中午可以穿单衣，然后一件一件衣服套上去，我当天穿了两件羊毛衫和一件冲锋衣御寒。我继续说：“蓝企鹅的家好小，就像是鞋盒子那么小。它们每一天都在五十公里外的海域捕鱼，不会迷路。解说员说这些小企鹅都是一夫一妻制呢，它们轮流捕鱼给孩子们吃。”

临近办理退房的时间，客人们纷纷离开了酒店。Walker 先生说：“如果你们有时间，再聊几句好吗？”

陈可像 Walker 先生一样，想让他的民宿给客人以家的温暖，尽力去帮助更多的人。Walker 先生后来和我们聊了很多孩子们的故事，陈可听得入神。他想建的公益图书馆，是想给孩子们最好的学习氛围，让阅读成为一种习惯，终身受益。

新西兰是好山好水好地方，美食也同样精彩。年轻的新西兰葡萄酒，产量不到全世界的1%。南岛的最南端接近极地，南阿尔卑斯山脉连绵起伏，中奥塔哥地区是世界上最靠近南极的葡萄种植区，昼夜温差大，阳光充足。

长相思似乎是新西兰葡萄酒的名片，让人与雨后的青草联系起来。黑皮诺被很多品酒大师认定可以与勃艮第媲美。

Amisfield Vineyard（艾菲庄园），距离皇后镇约十五分钟车程，创建于1988年，以出产黑皮诺葡萄酒闻名。酒庄餐厅Amisfield Winery Bistro，创建于2005年，多次被新西兰美食杂志*Cuisine*评选为新西兰年度最佳餐厅。威廉王子与凯特王妃也曾经访问过。“Trust the Chef”菜单，将美食与美酒完美地结合在一起。主厨选择当地应季食材，每一道菜式呈现时，服务生都会介绍主厨对菜式搭配的心意。我们于午餐时到达，选择了五道菜套餐，每一道菜都很令人期待。

两款开胃小菜过后是鹿肉Tartar（鞑靼），最惊艳的是蓝鲍鱼，明明是淡淡的蓝色，偏偏又点缀了一点珍珠白，好像是散落在茫茫大海中的一颗珍珠。蓝鲍鱼生活在深海中，肉质细嫩，口感很好，营养价值高。听说蓝鲍鱼都是人工潜水捕捞，而且法律规定在潜水时禁止携带人工氧气设备，所以难度很大。在这里用餐的客人均可以免费享用Tasting Room（品酒室）的品酒服务，我们享用了一款2016年的黑皮诺，醇厚的果香、柔顺的口感令人很舒服。

说了这么多，我是想说这就是我心中图书馆的样子：洱海畔，一枚淡蓝色的贝壳，它在阳光下熠熠生辉，发出梦幻般的光泽。小朋友们喜欢走进贝壳里，因为里面有一颗璀璨的珍珠，它充满了智慧，可以给孩子们带来快乐。有梦想的孩子是幸福的，理想不再遥不可及。内饰以珍珠色泽为主，明亮的落地窗反衬着洱海的波光粼粼。孩子们可以席地而坐，我们布置很多柔软的布艺垫子，他们看书累了就在阳光里打打瞌睡，书的海洋与洱海交相辉映，大大的贝壳也是父母呵护的双手，这里是一个安全的地方。想一想，如果我们回到童年最想看到什么？这里都有。

谢飞紧紧地拥抱我，好像再不抓紧我就会溜走似的。

“我会尽快给你看草图。”他说。

我没有想到，眼前的谢飞就是我学生时代的偶像：五风。

“你是五风？”我吃惊地看着图纸上的签名。

“失望吗？”他不动声色。

“天啊！”我一时词穷，只觉得“年轻有为”“才华横溢”“如雷贯耳”等词汇都不太贴切。

“方琼，别想那些有的没的，一个作品不能代表什么。”

“陈可知道吗？”

“是的，他知道，不过这个公益项目不是他告诉我的。如果他采用，我会开心。方琼，无论今后你如何选择，这次的设计我不会收取任何费用。”

“你们第一次见面到底聊了些什么？信息量很大啊！”

（二）

谢飞和方琼顺利抵达双廊六月阳光客栈，前台接待小宇把房门钥匙交给他们，方琼在三层，谢飞的房间在她楼下。

从走进客栈的瞬间，方琼就能感觉到他的气息。此时正是午后，阳光下小院显得格外恬静。小宇帮她拿行李上楼，方琼走进房间，透过正面的落地窗可以毫无遮挡地欣赏洱海的景色。小宇说：“空调已经提前设定好了，现在的室温应该很舒服。窗帘、照明、音乐都可以智能操控。”

一个小时后，方琼身穿一袭白色长裙，戴上了久违的珍珠耳钉。

下午茶在空中花园，刚推开房门，音乐声已经从露台传来。这是一曲 Secret Garden 的 *Awakening*（《唤醒》），方琼深吸一口气，自欺欺人的日子就像是温暾水，只是他还会一如既往地爱她吗？

谢飞已经坐在遮阳伞下了，他若有所思地坐在那里，看到方琼只是嘴角微微上扬，似笑非笑。服务生送来下午茶，方琼的是一壶玫瑰花茶，两块现烤玫瑰饼；谢飞的是云南小粒咖啡配柠檬挞。方琼暗自发笑，一苦一酸，还真是特别定制呢！

一位身着白色亚麻衬衫的男子在弹奏钢琴，他戴着墨镜，帽檐遮住了脸部，在他身侧是一位小提琴手，她身着红色短裙，高开衩到了大腿根，她的身材妖娆，身体随着音乐的节奏轻轻地摇摆，小麦色肌肤显得特别健康。她五官立体，绝对算是位美人了。

"*Awakening*，我喜欢这支曲子。"谢飞的语气里有一丝心酸。方琼不知不觉已经泪如泉涌。

"陈可不知道在哪里，要不要问一下？"谢飞知道方琼已经迫不及待想见他了。

"他在呀！"方琼看着他。谢飞这才意识到弹奏钢琴的人是陈可。

"*Beyond the Sundial*（《跨越日光》），日晷是古代利用太阳投射的影子来测定时刻的装置。他在提示我，我在黑夜里太久了，黑夜不是白天的影子，我应该学会在阳光里生活。"

空中花园里还有三桌客人。能在这样的神仙地方停留实属美哉。陈可拉来一把藤椅坐下。

"在酒店还好吗？"他问谢飞。

"三餐品质都能接受，酒店也还算舒服。"谢飞说。

刚刚和陈可一起演奏的女孩也跑过来，她一只手搭在陈可的肩上，笑着说："小姐姐，你用不用这么感动啊？我们的曲子有这么伤感吗？"

她又对陈可说："叔，你来嘛，小伙伴们还等着你指导呢！"

“雪儿，你们先练吧，我们聊会儿天。”陈可说，“他们是音乐学院的学生，来这里住几天，组建小乐队，过段时间在国内巡回演出，刚刚的女孩是在美国念书的，那边两位在欧洲念书，还有两位在中国北京念书。”

“我去和他们玩会儿吧，好久没有摸钢琴了，一时技痒。”谢飞识趣地走开了。

“我们可以换一个地方说话吗？”方琼努力克制自己的情绪。她受不了刚刚的性感女孩迷惑陈可。她站起来往自己的房间走去。

关上房门，方琼踮起脚尖吻他：“我错了，你能原谅我吗？”

陈可躲开了她的吻，方琼又开始流泪：“我爱你，我错得离谱，你要怎么惩罚我都可以，只要给我机会好好爱你。”她泣不成声。

在看到June的一瞬间，陈可就意识到自己在劫难逃了。他没有办法不去爱她。他躲过了她的吻，不是在生气，而是想好好地欣赏她。她因为激动而满脸通红，因为害怕被拒绝而浑身颤抖。陈可不忍心再僵持下去，他拥她入怀：“傻小孩，你回家啦！”

空气里都是爱情的味道。他们热吻着，时间似乎静止不动了，也或者是想让时光倒流，回到他们在波士顿重逢的时刻，他们没有分开。

“回家吧，别再浪费时间了。”陈可拎起行李，推开门走出去，方琼跟在他身后。

“你请谢飞设计公益图书馆的吗？”

“我只是把信息放在他会看到的地方。我相信他为了你也会努力搏一把。”陈可说，“他很爱你，他说爱一个人不一定要得到她，他更希望看到我们在一起。”

方琼这才意识到，自从谢飞开始设计图书馆，每晚都睡在沙发上，他说工作时要专心才能做好。

“你好像比我更了解他。”

“当然，我比你更早认识他，从他父母的口中。我忘不了他父母提到他时伤心的样子。”陈可叹了一口气，“我在他家看到过他的照片，所以第一次见到他时，已经了然于心。我怎么可能把你交给一个陌生人就离开呢？谢飞的父母是我很敬重的人，他们培养的孩子本性不会差，我看到他家里那么多的获奖证书，再想想他父母揪心的表情，我不忍心他就这么沉沦下去。”陈可继续说，“眼睛是心灵的窗户，骗不了人的。”

“是吗？他的窗户那么小，你能看到什么？”方琼觉得谢飞的一双小眼睛在注视着她。

“我能看到善良啊！”陈可说，“虽然他的眼睛里也藏着忧伤，善良显而易见。”

陈可推开房门，眼前豁然开朗。珍珠粉色的不同花卉把原本明亮的房间点缀得更加浪漫温馨。“欢迎回家”四个字是用玫瑰拼成的，周围是他们去世界各地旅行的照片。还没等方琼看清家的样子，陈可已经把她抱进卧室。他们吻着、紧紧地抱在一起。方琼的眼泪又不知好歹地开始滑落，好像要滴进陈可的心里，那里可以开出花来。

“躺在床上看夕阳特别美。”陈可抚摸着她的长发。

“晚餐吃什么？我做梦都想吃你做的菜，对不起，我说了那么多伤害你的话，以后我不会再让你伤心了。”方琼的声音哽咽，“食欲是一匹无所不在的狼……”

陈可笑了，她终于打败了心里的小怪兽，还引用了莎士比亚的句子。

“晚餐我都安排好了，流感期间来这里的客人不多，也就三户人家，刚刚你看到的小朋友们一共五人，厨师准备了很特别的晚餐，你这个女主人也该认识一下我们的员工了，我们都是家人。”

“好吧，我原本想吃独食的呢！”方琼娇嗔地说。

“我们给邱天打个电话吧，这段时间他们没少为我担心。”

“好吧！总是要面对的。”

两个人走进客厅，陈可拨通邱天的电话。

“哥们儿，一一在吗？我有个好消息必须第一时间告诉你们。”

“我在，什么好消息？”

“傻小孩回家了。”陈可把摄像头对准方琼。

“一一，我们在一起了。”方琼哭着说。

“太好了！”一一激动得不知道说什么好。

“哥们儿，你们加快进度，我们的宝贝也需要小朋友一起玩啊！”邱天说。

“我们一定在宝宝出生前回北京，我的礼物都准备得差不多了。”陈可说。

“你那么确定我会回家？”方琼看着客厅里的布置说。

“当然，傻小孩。”

“别叫我傻小孩，虽说的确挺傻的，还有个问题一直想问你。”方琼看着陈可，“你怎么会认识柯晨？”

“一一去过他的餐厅，发现餐厅名片上有你的侧影水印。他们介绍我认识他的。说实话，我一度觉得他更适合你，年轻、帅气、热情。”

“别乱讲，我不会再离开你了。”方琼说，“你不觉得柯晨和你有点像吗？”

“你是想说他是年轻的我吗？”

“他的英俊潇洒和你如出一辙，你们确定不是亲兄弟吗？他从未越雷池一步，我只是觉得他的人生轨迹因我而改变，太对不起他了。”

“放心吧，他是既来之则安之。对了，他请我回北京住他那里，民宿的计划已经推翻了，他留了两间客房给朋友住，其他的房间改为员工宿舍了。咱们回北京先住他那里吧，我们的房子恐怕要重新装修了。”

“你的心胸是有多开阔啊！你就不能象征性地忌妒一下吗？”方琼甜甜地笑了起来，很久没有这么开心了。

方琼靠在陈可的肩上，陈可觉得她真的回来了，一颦一笑都透着可爱。落霞满天，他们相互偎依，欣赏着眼前绚丽多彩的天空。

“是时候亮相了，我的傻小孩。”

“等我换身衣服吧！”方琼换上了那条他们初遇时珍珠色泽的裙子，这条珍贵的裙子一直收藏在她的行李箱里。她穿着同色的高跟鞋，挽着陈可的臂弯出现在大家面前。小乐队在演奏埃尼奥·莫里康内的 *Once upon a Time in America*（《美国往事》）的 *Deborah's Theme*，谢飞潇洒地弹奏着钢琴，他好似脱胎换骨般充满了力量。雪儿身着白色长裙，她拉小提琴的姿势是那么优雅端庄，与两个小时前的她判若两人。两个人的演奏天衣无缝，好像久别重逢的恋人。

“他们不会是你为了今晚请来的吧？”方琼恍然大悟。

“不然呢？雪儿在伯克利音乐学院读书，她也是上个月才从波士顿回来。她是我朋友的女儿，朋友说她想和小伙伴们组建乐队，我就邀请他们来这里了，他们比你们早到三天，刚好可以磨合一下，我这几天也算过足了乐队瘾。”

（三）

这一朵花失去了香味，
它像你的吻，
曾对我呼吸；
那鲜艳的颜色也已消退，
不再闪耀着你，

唯一的你。

——《一朵枯萎的紫罗兰》雪莱

从波士顿回国前，谢飞和方琼租了一辆车，驱车不过一个小时即到了梭罗的瓦尔登湖。谢飞对方琼说："梭罗曾经是哈佛大学的学生，在《瓦尔登湖》这本书中，描述了他在 1845 年 3 月，借了一把斧头，用小白松作木材搭建了他的小房子，他列出了建房子的花费，仅仅 28.125 美元。他在大自然里读书、自耕自食。有人用思想的作坊来形容梭罗的小屋，他将在这里的思考写成了这本名著。这本书很自然地谈到了孤独，新英格兰的冬季极其寒冷，一个人住在森林里不是件容易的事。他写道：我并不比湖中高声大笑的潜鸟更孤独，也不比瓦尔登湖自身更孤独。在我的房子里，有三把椅子；一把用以孤独，两把用以交友，三把用来社交。他也有客到访，人少时在陋室里聊天，人多时就在森林畅谈。大自然何其富有，他在这里生活了两年，心灵富足，他看到了人本可以如此单纯。"

他们坐在湖边欣赏景色，方琼知道他是在向往事告别，向心爱的小兰告别。

"小兰走后我一个人来过几次，每一次都像从绝望中获得新生。大自然的力量是无穷的，把自己融于自然、内心充盈，才能自我救赎。"他的眼眶湿润，"你去过北京的响水湖长城吗？始建于明永乐二年，周围古洞、泉潭、飞瀑、险峰。群山翠绿，唯有它断壁残垣、旧梦依稀。思念故乡之时，我的眼前总是这些景象，如瓦尔登湖，让我可以诚实地面对自己。"

面对瓦尔登湖，谢飞发觉自己在被欲望控制着，想法是贪婪的。这些年，他尽可能地让贪念远离自己，过着清寂的生活。方琼的出现令他始料未及，也搅乱了他的心绪。

那天回去的路上，谢飞一言不发，方琼知道他心里很难过，三年多了，他始终守在这里。回家后，谢飞将家里的物品打包，整个过程中他很沉默。方琼不知道如何安慰他。晚餐时，谢飞还是做了那道咖喱猪排饭，他说："我不知道以后还会不会做这道菜，我只是觉得心好痛。"

方琼拥抱他，轻声地说："会好的，相信我。"

出发前，谢飞最后一次环顾空荡荡的家，自从父母帮他们买到了机票，谢飞每一天都在挣扎，好几次都想放弃回国的想法。现在，他关上房门，所有属于小兰的记忆也将随着时间的流逝而变淡。

他一次次回头，最后看看曾经属于自己的窗口，他仿佛看到小兰站在窗前向他挥手。他在心里轻声地说："再见，小兰，我触不到的爱人。"

谢飞把自己商务舱的座位让给了一位长者，方琼不解地看着他的背影。

飞机准时起飞了，谢飞从小小的窗口看向远方。

"这段时间感觉太不真实了，不过，谢谢你！"

（四）

夕阳西下，小院里已经布置一新，白色的桌布和桌花、白色藤椅和靠垫、白色的钢琴和竖琴，连乐队成员也都身着白色的衣衫。乐队又在演奏*Beyond the Sundial*，客人们都已经入座了。

陈可轻敲香槟杯，说："今天是我们六月阳光最值得庆祝的一天，我先感谢我们的客人们与我分享这幸福的时刻，还有我可爱的员工们，我隆重介绍June，我的女朋友。"

June腼腆地站起来，她的眼泪在眼眶里打转。陈可替她解围："今晚我们准备了很特别的一餐，希望大家吃得开心啊！"

乐队开始演奏 *You Raise Me Up*（《你鼓舞了我》），谢飞富有磁性的嗓音令方琼吃了一惊。

方琼盯着雪儿看，小姑娘已然风生水起的，而谢飞的心思根本不在她身上。

第一道菜上桌了，鲜桃沙拉，水分充足的水蜜桃与花园里的时令蔬菜，口感轻盈同时打开味蕾。

第二道菜呈上时众人都睁大了眼睛："太美了！从来没有见过这么美的鲍鱼啊！"

"太美的东西会不会有毒啊？"雪儿调皮地说。

"这道是新西兰蓝鲍，大家看到它美丽的外壳，好似微风吹过的褶皱。我们的儿童公益图书馆设计灵感来自蓝鲍，我向大家介绍我们的建筑师谢飞，咱们边吃边听他谈谈设计的初衷吧！"

谢飞的指尖在钢琴键上划过，好似海浪发出的声音。"建筑的外形和它很像。"他拿起手中的蓝鲍，"我想它是自然的一部分，与洱海融为一体。它通透无阻，无论谁在里面都会感觉心安。我用天窗来捕捉光线，向内投射照明。它是自由的，像风一样无拘无束。"说完，他把蓝鲍放入口中，然后给陈可竖起大拇指。大家给他热烈的掌声，雪儿更是崇拜地看着他。

陈可笑着说："我们对谢飞的作品拭目以待，June 将配合他工作，负责室内设计。"

"我也要配合他们工作，叔，可以吗？"雪儿说。

"你要怎么配合？"陈可笑了。

"我负责添砖加瓦啊！我就是要当谢飞的助理，反正学校都是网课，我就赖在这里不走了。"雪儿吐吐舌头，脸有点红。

第三道菜是盐水鸭肝。这三道前菜搭配香槟，清清爽爽，令人心情舒畅。

第四道菜呈上之时，陈可隆重介绍："我们这里有几位北京人，我想大家都迫不及待地想吃烤鸭了吧！为了做地道的北京果木烤鸭，我们前段时间改造了厨房，今天的重头戏就是挂炉烤法的老北京果木烤鸭。我和厨师团队打造这道菜花了不少时间，我们的厨师在北京烤鸭店工作十余年，烤鸭的工序繁多，说实话我最近也学到了不少。我们优选纯谷物饲养五斤左右的鸭子，烤出来的鸭子皮肉之间没有白色的脂肪。这道菜是鱼子酱烤鸭，搭配 Penfolds 389，希望大家喜欢。传统口味的烤鸭配面饼稍后就来，我们的师傅将亲自展现片鸭技巧。”

此时，所有人都把视线定焦在这道漂亮的鱼子酱烤鸭上，霁蓝色的餐盘，鱼子酱平铺在枣红油亮的烤鸭上。“这款鱼子酱选用云南本地鱼子酱，云南有鲟鱼养殖基地。鱼子酱的鲜味、果木烤鸭的熏香，口感层次更丰富。”

第五道菜是肥牛裹野菌。薄薄的一片肥牛包裹着当地野菌，肥牛的口感极其软嫩，野菌带着诱人的香气，二者结合堪称一绝。

第六道烤鸭由张师傅推着登场了。服务生为大家准备好了每人一小蒸笼面饼、一小盅白菜鸭汤、蘸酱、黄瓜条、葱段、金糕条和白砂糖。“传统的做法是 108 片，大家有兴趣可以来数数啊！”他熟练地操作着，香气馥郁的烤鸭令人垂涎欲滴。

雪儿想帮谢飞卷饼，谢飞忙说自己来。*Sundial* 乐队的小伙伴们都在起哄。大提琴手保罗笑着说：“你就从了吧，被她缠上你跑不掉的。”

钢琴演奏者小萌也说：“谢飞，你别不好意思啦。”

主唱巍子直接唱了一句：“深深的洱海，深深的世界，深不过她的爱恋。”他把李健的歌词稍加改动。谢飞忙用烤鸭堵住了他的嘴，惹得大家哄笑。

最后一道是京味点心拼盘，有驴打滚、豌豆黄和艾窝窝。想家的孩子也是宝，甜滋滋的好像是回到了小时候。

陈可走到谢飞那里和他说了几句，然后拍了拍他的肩膀。雪儿娇嗔地说："叔，你开导他一下嘛。"

陈可笑着说："你这个小丫头啊！"

"叔，这样的盛宴何时还有啊？我们也沾沾光啊！"小伙伴们脸上洋溢着青春的朝气。

原来陈可是邀请谢飞来家里聊天，晚餐后他们一起走回顶楼的家。陈可准备了波尔多佳酿，谢飞望着黑漆漆的洱海，接过陈可递过来的酒杯。

"陈可，谢谢你！音乐早已从我的生活中淡出了，今天玩得很尽兴。"谢飞说，"我祝福你们！小兰从小在北京胡同里长大，她最喜欢吃烤鸭了。"他的泪滴落在杯中，然后一饮而尽。

"喝点普洱茶吧！"陈可端着一个胡桃木托盘，木色敦厚静默带着禅意。

（五）

浪花灿开
雪又还原成水，
再度开花吗？

——松尾芭蕉

谢飞被一阵急促的敲门声惊醒，他晃晃悠悠地打开房门。雪儿站在门口大声地说："你不会还没有睡醒吧？怎么没有在自己的房间啊？"

谢飞疑惑地看着她，问："陈可和方琼呢？"

"他们一早就和我们做瑜伽了，陈可亲自做好了鸡汤米线请你下楼吃饭。”

谢飞赶忙往自己的房间走去，脑子里却是一片空白，昨晚到底喝了多少酒，竟然在他们团聚的第一晚睡在人家的沙发上。他快速地冲了一个澡，换好衣服跑去餐厅。雪儿端着一锅热气腾腾的米线从厨房出来，她看见谢飞来了，笑着说：“我们都已经吃过午餐了。”谢飞这才意识到已经是下午两点了。

雪儿见他神色黯淡，关切地问：“你没事吧？陈可说你前段时间大病一场，给你补一下。这锅鸡汤的食材可讲究了呢！你趁热吃吧！”

空中花园里响起乐器发出的声音。“你去排练吧，大家都在等你呢，我一个人慢慢享用这锅鸡汤。”

雪儿不明白，才过了一夜，眼前这个男人活成了一个影子。他是那么飘忽不定，不仅仅是神色，就连他坐着的时候也是轻飘飘的，像是挂在树梢快要被风吹散的枯叶一样。

骤雨来袭，他似乎被雷声吓了一跳，下意识地坐直，然后又开始往下出溜。

“好吃吗？陈可对你够好的呀！”

“其实他不用这样，我对吃最不讲究了。”他吃得一点也没有剩下，“我喜欢的食物，不需要变化，一模一样就好，永远不要变。”

他在说食物，还是他曾经的恋人？一个不需要改变的人，要么是她足够好，要么就是他的初恋情人，男人的初恋是一种情结，即使再过几十年，他的初恋仍旧是少女，被理想化了，她可以穿梭于过去、现在和未来，只要他想。

雪儿穿着一条紫藤色褶皱裙，整个人看上去如紫薯蒙布朗那般甜美。她的眼神落在这些褶皱上，很像手风琴的皱褶，有音乐的流动感。布料是轻柔的，弹性和延展性足够好。她深呼吸，褶皱也跟着她的节奏有了起伏，像海浪，一层一层地接近沙滩，有玩水的孩子，留下一串小脚印。雪儿开始胡思乱想起来，这些小脚印，践踏着她的心，她很想说，这里的海水看上去很浅，却有礁石和水母，不会伤太重，也足够难受。

她觉得自己已然潜入海底，海里的鱼特别大，海水是腥的……他到底是怎么了？难道是昨夜发生了什么？陈可和方琼看上去都很开心啊！方琼？雪儿突然意识到了什么。

自从流感以来，谢飞都是自己剪头发，他的建筑师本能让他的发型看上去很独特，说长不长，说短不短，与潮流无关，是他浑身上下最能体现艺术性的一面。谢飞走进雨里，他喜欢走在雨里，他需要走在雨里，就像花、草、树木、大地需要雨水。雨声阻隔了杂音，即使是从自己心底发出的声音。

电闪雷鸣，眼前的洱海一点也不平静。

谢飞的发型被大雨浇成了诡异的模样，像是晾晒在海边的海带被雨淋湿的样子，雨水落在地上，溅起的水花越来越大。

雪儿舞进了雨里，她赤着脚，舞姿充满了刚柔并济之美。爵士舞，既有古典芭蕾的轻盈，又有拉丁舞的奔放、现代舞的张弛有度，而此时的雨声，比任何一种音乐都要契合，她的舞蹈是情绪的表达，她是忘我的，她的身体曲线如海浪般自由。

谢飞定格在同一个画面里，他更像是作茧自缚，破茧成蝶对他来说似乎是不可能的。

在谢飞的眼中，洱海的浪花形成了一座座小山，浪花竟有如此不可思议的力量。不，这不是洱海，而是遥远的印度洋与南太平洋交汇处——西澳卢因角灯塔——那天也是风雨交加，海浪与礁石碰撞，形成了一座座小山丘。此时，一切都是灰色的，在谢飞的眼中，一切的一切都是灰色的。

雪儿旋转着、微笑着。渐渐地，紫藤花的色彩产生了变化，那美丽的紫藤色被芦穗灰取代，继而演变成薄墨色。上一次像这样自由地舞蹈还是儿时了，父母在新加坡工作，她在那里度过了无忧无虑的两年。新加坡没有四季，只有无穷无尽的盛夏，每天可以穿漂亮的裙子。长大以后，雪儿时常回忆在新加坡的日子，没有寒冬的地方，快乐疯长，童年好像可以无限地延长。雪儿记得在那些艳阳天里，她也是像现在这样一圈一圈地旋转着，周围开满了洋金凤，那是一种花期很长的花朵，在阳光下格外耀眼，生机勃勃，似乎不会凋谢，它们形如蝴蝶，有金凤凰的色泽。

有人冲进画面，狂风把两个人吹得像达利熔化的时钟，他拉扯着她，画面充满了冲突感，电闪雷鸣，他的面目狰狞。

“陈可你疯了吗？”雪儿吓了一跳。

“你自己看看脚下，如果不是我及时拉住你，你已经跌进洱海了！”

雪儿这才低头看看所处的位置，她吓得瘫倒在地。陈可扶着雪儿慢慢地站起来，往她的房间走。

“雪儿，你还好吧？”缓过神的方琼从远处跑来，绕过陈可扶在她另一侧，关切地问。

雪儿没有回答，她对方琼的反感上升到敌意了。她不明白，为什么谢飞会钟情于她，而自己又为何被谢飞这个怪人吸引。

雨声变得单调起来，像是琴弦上重复着同一个音符。雪儿的心像是被雨浸湿了，变得阴郁起来。周围的人低语着，生怕声音大了吓到她。雪儿从来没有如此孤单的感觉，原本那个自信的她好像坐着小船漂泊去了，而且越漂越远。

房间里只剩下她和谢飞两个人了，雪儿感觉到心跳加速、满脸通红，更令她囧的是，谢飞似乎读懂了她的表情，他站在离房门最近的位置，双臂交叉放在胸前，两腿并拢，一副请勿靠近的模样。雨水从他的衣衫滴落，雪儿的长裙也因雨水变得毫无生气。

“我今天离开双廊。”谢飞不想节外生枝。自从小兰离开之后，她的父母始终不肯原谅他，此时此刻，他最想做的事情是负荆请罪，他觉得自己罪孽深重。他不等雪儿做出反应，推门而出。

雪儿坐在沙发上，脸颊上滑落的不是雨水而是泪。她不相信，爱情尚未开始就这样戛然而止了。她不甘心，幻想着有一天，他会亲自为她打开那扇叫作“心扉”的门。她不需要他感到内疚、去弥补什么，她只希望他感到久违的轻松。

雪儿让自己的思绪回到新加坡，回到那个离良木山不远的公寓。公寓位于英国殖民时期留下的都铎式黑白老洋房附近，外墙也是黑白相间的。她喜欢站在窗口，穿着一条海蓝色为底色、白色胡姬花图案的裙子。

雪儿忆起儿时的往事并非无缘无故，每当她遇到创作瓶颈或者质疑自己的才华时，她都会停下创作，去拉那几支幼稚的作品。新加坡的两年似乎让她汲取了终身受用的太阳能，不知疲倦的她就是一个会发光发热的小太阳，有丰富的想象力和创造力，学琴两年创作出几支至今都满意的作品。此时，这几支短作品成了她的救命稻草，雪儿竟然有些释怀了。

谢飞停下脚步，他听到雪儿房间里传出的音符，有多久没有听到如此纯净、不矫揉造作、治愈且美妙的音乐了，他很感动，甚至有了回去拥抱雪儿的冲动。

他叹了一口气，把飘进耳朵的音符记在了心里。

大雨没有停下来的意思，雪儿脱下湿漉漉的衣裙，花洒中热水汩汩而出……

“很抱歉，这里的工作我恐怕要暂停一段时间了，我要马上回北京。”谢飞说。

“我送你。”方琼喃喃地说。

两人一起去谢飞的房间收拾行李，陈可拿着车钥匙，站在房间外面等他们。

雨越下越大，三个人坐在车里，气氛凝重。

“June，很抱歉，我刚才太紧张了，雪儿的父亲是我的朋友和导师，我一时间控制不住自己的情绪，吓到你了吧！”

“我的确很害怕。”方琼的眼前又浮现出陈可因愤怒而扭曲的脸。虽然当时情况紧急，雪儿险些让小兰的悲剧重演。

陈可伸出手去安慰她，方琼却躲开了。

“你都不敢看我了吗？”

“陈可，这样的感觉太不好了！我想父母了，我现在回老家吧！麻烦你把我的衣物寄给我吧！”方琼泣不成声。

“方琼，你这么做对陈可不公平！他救了雪儿，也救了我，别说傻话了好吗？”谢飞说。

方琼说：“我已经决定了，现在回老家。”

“June，有没有航班都不知道，你确定要走吗？”

“陈可，对不起！”

陈可没有下车，只是目送着他们走进了航站楼。

回到客栈，陈可把自己关在房间里，一直到第二日傍晚，所有人都看到快递小哥从他房间出来抱着一个大纸箱离开。他默默地走进木工房，继续给即将到来的宝宝做小木马。雪儿很内疚，她想安慰他，却又怯怯地不敢靠近。

三日后，巍子代表乐队和他告别，其他客人也陆续离开了，六月阳光客栈一片寂静。

谢飞没有上飞机，他再三劝说方琼还是没能改变她的决定。他在六月阳光客栈附近找了一间民宿住下来，远远地看着小院里人们纷纷离开。

谢飞在木工房找到了陈可，两人都没有说话。谢飞把儿童公益图书馆设计草图交给陈可，陈可并没有打开。

谢飞说："对不起，我给你带来这么大的痛苦。"

陈可看了他一眼，说："与你无关，我们的爱情太脆弱了，还是有缘无分。"

又是一阵沉默。

谢飞说："你看看草图吧，你会喜欢的。"

陈可打开图纸，没有蓝色建筑，也不是玻璃房子，没有想象中的天窗，更没有珍珠的色泽。他仿佛回到了加拿大，那个给他安全感的树屋。谢飞设计的是一个移动儿童公益图书馆，没有束缚的四壁，有的是草坪和树屋。小朋友们享受着阳光雨露，带着露营的好奇探求知识的海洋。

"你怎么会想到树屋？"陈可问。

"我听说你小时候喜欢在树屋里读书。"

陈可不语，只是用铅笔在图纸的背面写了一个地址。

"陈可，我做不到。"谢飞的眼中噙着泪，甚至有点哽咽。

"我把这里转让了，过两天就会有人来签约。我要回香港工作了，很遗憾没用上你的设计。"

（六）

苏州东山是延伸于太湖的半岛，三面环水。沿环岛公路行驶，仿佛又回到了双廊。

我没有直接回老家，而是绕道东山。这里有大隐隐于市的错觉，民风淳朴，穿过狭窄的里弄，还可以寻到晚清建筑。我在一家民宿落脚，清晨于叽叽喳喳的鸟鸣中醒来。我不想睁开双眼，我的心被撕扯着不再完整。

我泡了一壶碧螺春，告诫自己在茶汤冷掉之前，让忐忑的心暂且有些着落。

傍晚，我骑脚踏车去太湖边，江南烟雨有时是温柔的，随风飘洒、倾斜，有一种润物无声的感觉，渗入肌肤、毛孔里，连喉咙都觉得润润的。雨下得没完没了，则是恼人了，好似千丝万缕的愁。我闭上双眼，让雨水把自己浇透，太湖与洱海就这样同时涌入我的脑海。

我收到了陈可从双廊寄来的物品。我对他的了解到底有多少？我喜欢他冬季里只穿衬衫和大衣，他美好的线条被白衬衣包裹，大衣的颜色是冬日暖阳；他偶尔也会穿卫衣，他一只手往背后一抓，卫衣就被他轻松地脱下；我喜欢他把我的脚捧在手心里，低头轻吻。还有吗？好像都是一些表象的东西。他说话时即使表情平淡，也隐约可以感到笑意。还有呢？潇洒自如、气宇轩昂。难道我把他当作美好事物的一部分，欣赏、沉醉？想到这里，我打了一个寒战。

我有多久没有看到璀璨的星空了？更别说是家乡的满月。小时候很少会仰望天空，我更喜欢的是跳皮筋、捉迷藏、去小河里游泳，虽然这条河也被用来洗菜、丢垃圾，甚至是公共厕所，大人们还是会把从河里钓来的鱼烧来吃，鲫鱼豆腐汤，还有糖醋鲤鱼。我记起那只我养大的鸭子，从一只黄色毛茸茸的小家伙到可以被我追着到处跑，最后我穿着碎花裙子抱着它、保护它，还是落入我们的锅中，变成了卤鸭。

我想看到一轮明月，即使是在这飘雨的黑色里。

高跟鞋踩在青石板上发出不合时宜的声响，多年未见，我想父母应该想看到我此时的模样。母亲给我开门，她的脸上没有丝毫诧异的表情。父亲忙不迭地帮我把拉杆箱安置好，然后说：“三虾面，老早把虾籽备好了，我去买河虾回来。”我知道他是想让母亲和我单独相处，他的背影清瘦了不少。

母亲只是淡淡地说：“你的房间还是老样子，去歇歇吧！”

我们老家的生活节奏是跟着太阳走的，日出而作，日落而息。家家户户不到五点就开始吃晚餐了。母亲走进厨房和面，她在准备三虾面的细面。我没有多说什么，只是在晚餐时坐在那个不曾离弃我的座位上。

一碗素面，三虾浇头。父亲帮我把面拌好："小琼，趁热吃！"他仍旧寡言。

泪眼蒙眬，我极力克制着，虾籽与虾脑已然沾在面上了，面筋道、虾 Q 弹。这碗面是我最熟悉不过的味道。"不时不食"，小满前后是河虾最肥美的时候，那时取雌虾虾籽用网过滤、炒熟去腥，当季的三虾面不到一个月。此时的河虾是没有虾籽的，父母一定是想着我爱吃，特意将虾籽储备好，等着我回家的，只是，他们等了一年又一年。

"回来就好！"母亲一边收拾碗筷，一边说。她没有问我这几年过得好不好，没有刨根问底的她让我无所适从。我希望她还如当初那样，犀利、不留情面，然而她并没有。我们之间变得陌生，尽管家里一切如故。

厨房里传来锅碗瓢盆碰撞的声音，还有父母的对话。

"侬听说小方结婚了吧？他老婆是舟山人，他公司的同事呀，人很朴实的。家里三代渔民，她爸爸年轻的时候出海捕鱼三五年才回家，现在岁数大了，三两个月就好回家了。她舅舅也是渔民，去中国台湾、日本还有美国那边捕鱼，往她家里寄过不少海鲜，鲍鱼、鱼翅、金枪鱼都有的。听说价格很贵，自己捕不用钞票的。她妈妈不懂怎么烧，浪费了不少呀！"母亲声音清脆，不用看都能想象出她眉飞色舞的样子。

"可惜。"父亲声音低沉。

"侬讲什么呀？人家小方还会等我家小琼吗？不会等的呀！"

"我在讲那些鱼不会烧可惜！出海捕鱼很苦的。"父亲的声音被流水声压了下去。

“方家很快要抱孙子了呀！”

“瞎讲，哪能这么快。”

“碗没有洗干净，这里还有泡泡，再冲冲呀！拎不清啊侬！”

“明早烧爆鱼奥灶面、虾爆鳝面还是片儿川呀？”父亲说。

“侬脑子坏掉了，哪能顿顿吃面的呀？”

父母你一言我一语，母亲还是老样子，只是换了一种和我沟通的方式，我曾经对家长里短、鸡毛蒜皮很不耐烦，现在听来，却像是吃了定心丸，想到这里，我不由莞尔。

“舟山男人捕鱼，女人做家务很平常的。”母亲年轻时觉得自己是演员还端着架子，退休后越来越接地气，说话也和街坊阿姨没有什么两样。我这才想起从美国带回来的保健品，于是从行李箱里找出来。

“爸、妈，这是复合维生素还有钙片，每一小包是当日的量，可以补充每日膳食微量元素的不足。”

“侬等一歇！”母亲从屋里拿来一个信封，打开信封，是另一个小信封。

“这张卡里是你这几年汇来的钱，我和你爸爸用不着，都给你存起来了。现在交还给你，应不时之需吧！密码是你的生日。”

母亲说完转身走开了，我只觉得一股暖流在往上冲。这些都是陈可以我的名义汇给父母的，他们那么爱我，我却如此不可理喻。我为什么去东山，是因为我想逃避吗？还是觉得那里就是平行时空的双廊？

阳光把人影拉得很长，比例变得有些滑稽，一个影子双腿长得占了大半个房间，另一个则是短小的。两个影子晃动着，他们牵着手。阳光刺眼，我想从指缝里看清他们的模样。她的面孔白净，不到三岁的样子，像极了儿时的我；他的脸庞俊朗，好像在说着什么。

阳光暖暖，我觉得舒服极了，女孩叫我“妈妈”，他拥抱我，轻吻我。这时传来了泉水叮咚的声音，很好听，有着固定的节奏，熟悉极了。

这一夜我睡得安稳，心里嘈杂的声音消失了，儿时不晓得家里有多好，总想着飞向远方。

“小琼还没有起床吗？昨天在弄堂里见到她不敢认了呀！漂亮得来！老房子漏雨没有办法的呀！侬寻人弄好呀！”

没有什么泉水叮咚，而是家里的屋顶又漏雨了。我从小就习惯了，家里总是备着大桶小桶，梅雨季节很难熬，雨水从看似紧闭的窗飘进来，家里透着霉味。我走出屋外，父母和几位邻居都仰头看着屋顶。我和他们打招呼。

“小琼回来啦！前几日我外孙生日还借用你家门口这块空地摆酒呢！”

“好的呀，你家玫玫都有宝宝了，恭喜呀！”

“谢谢侬！雨停了，赶紧寻人来修屋顶，不晓得又要落大雨。”

“我来试试吧！”我循声望去，谢飞正朝我走来。

“小琼，他是你的男朋友吧？小伙子精神的嘞！”

我向父母介绍：“他是小谢。”

谢飞爬上屋顶，仔细地检查那个不大不小的窟窿，然后说：“叔叔、阿姨放心吧，我能搞定。”

有趣的是，自从谢飞把窟窿补好了，接下来的几日都是晴天。谢飞不再是那块槁木了，他心中仅存的余温点燃了我们两个人的希望。每一个细雨绵绵的江南古镇都好像在等一个人，他来了，阳光明媚。

斑驳的树影在他脸上晃动着、忽明忽暗。“堰遇”似乎浸在水里，直到我们走过老坝，重新踩在青石板路上，这栋木质老房子改造的茶室才真切起来。

“小琼和男朋友来啦，楼上座，今早想喝什么茶？”

老房子的楼梯是很陡的，一只毛上蹭着墙灰的小狗汪汪叫着带路。抓紧楼梯的扶手拾级而上，走到二层。木窗是打开的，视野所及之处几乎就是水乡古镇的全貌了。

“侬南瓜子和点心要吧？”

“谢谢大伯母！侬还做绿豆糕吧？我记得小时候没少吃您做的点心，我们喝龙井就好。”

“绿豆糕有的。”皱纹爬满了她扁圆的脸庞，以至于无法安插笑容，背倒是直的。我记起母亲说她总是一脸阴沉。

“真是你的大伯母？”谢飞问。

“我们小地方总能扯上点亲戚关系。”

“这是她家吗？位置真好！”

“听我妈妈说，她女儿在杭州上班，去年回来把老房子修葺了一番。”

我将绿豆糕送入口中，没有陈可做的细腻，那丝甜应该是若隐若现的。我是怎么了，味觉记忆那么根深蒂固。

我从树与树的缝隙里，重新打量家乡。

第二十一章　燕窝

（一）

这段时间，一一的心情如大海的波澜起起伏伏。在收到陈可从双廊寄来的礼物时，她惊喜地抱着圆圆的肚子跳了起来，“陈可真是心灵手巧，浅蓝色的小木马，宝宝坐在上面摇呀摇，这画面想着都开心！”

陈可说他不能来北京庆祝宝宝出生了，他已经回到香港上任EI亚太地区总裁一职。EI的首席执行官在两个月前表示加大中国业务发展力度，继续投资于资本市场，这个领域最近忽然迎来了强劲增长。

自从陈可上任以来，邱天的工作量与日俱增，加拿大NL公司的收购案紧锣密鼓地进行，不得不频繁地出差。眼看着一一即将临盆，邱天还要去上海开会。一一的父母几次催促她回家待产，他们不放心她独自在家。一一每天都在增加痛斥陈可的次数。她发现原本可以随时找他，现在他成了邱天的直接上司，说起话来与原先判若两人：“请理解一下，我也很为难，这个项目同事们一起跟进了数月，现在是关键时期，他是项日负责人，很多事情只能他亲自把关。”

邱天和陈可同龄，陈可去年离职时空出来的董事总经理位置，当时有三位候选人，最后邱天不战而胜，他是EI有名的干将，有很好的客户基础。如今陈可杀个回马枪，破格提升为亚太地区总裁，这不仅在EI是绝无仅有的，放眼其他投行，高盛或者摩根士丹利，也鲜有这样的先例，陈可在董事总经理的位置上还不满一年，这足以证明他在EI高层中有相当过人的口碑。

邱天对陈可的升职一点都不意外："陈可的工作压力是我们无法想象的，如果不是他亲自介入，这个项目很难推进得这么顺利。"一一反驳："他的升职和护照有直接关系，EI香港投行部眼前最重要的项目就是加拿大NL公司的收购案，陈可有中国香港和加拿大护照，在各地因流感而把控紧张的时候，他自由往返加拿大、中国香港和内地，占尽了护照的优势。"邱天觉得老婆是在开玩笑，投行的职位哪有这么随意。他把熨好的衬衫叠起来，放进了行李箱，还没忘记补充一句："陈可的工作能力绝对胜任这个职位，和护照没有关系。"

这几日NL项目组里有三位同事反映工作量超负荷，有位员工说："我每天都处于崩溃的边缘，时常莫名其妙地哭泣。"邱天不得不把他的一部分工作拿来自己处理。今天的视频工作会议上，陈可对下一步工作安排提出了详尽的要求，很多细节需要落实。陈可说："我理解这个阶段大家都不容易。"有员工提出："项目书已经修改了五六稿了，客户还需要我们提供大量的中英文翻译服务，我们实在忙不过来，可以请翻译公司协助吗？"陈可当即否定了这个提议："我们目前有对项目的保密义务，同时，即使请了翻译公司，我们审核的时间完全不比自己翻译少。"

会后，陈可单独找邱天："你想把自己累死吗？"

"没办法，你也知道这几位留学回来的同事中文底子太薄弱，我不审稿怎么拿给客户啊！"

"邱天，我们都是这么干过来的，我们抱怨过吗？你也要学会放手，不合格让他们重做，你还有更重要的工作要做，连项目书都做不好，客户怎么放心把项目交给我们？我们两个人的精力是有限的，你想面面俱到，护他们周全，他们自然会有惰性。”

“我不想把他们逼得太紧，有的人夫妻两地分居，不知道何时才能团圆，心力交瘁、度日如年。工作压力加剧了他们对生活的恐惧。”

“如果有人实在不堪重负可以辞职啊！”陈可说这句话时，邱天的心里咯噔了一下。

一一看着那个浅蓝色的小木马，不无焦虑地说：“把这个木马病毒扔出去，我再也不想看到它了。”邱天只好把小木马藏在储物间。

他温柔地抱着老婆，安慰她说：“你去爸妈家住几天也好，或者请月嫂提前来，帮你调理一下。”

一一说：“父母年龄大了，我怎么可以麻烦他们呢！孩子出生后整日哭闹会影响他们休息的，我要和你在一起。”

邱天很无奈，一一继续说：“你没日没夜地工作，我每天夜里都要听你接电话，真佩服你从梦中惊醒还能头脑清晰地分析数据。我们的宝宝出生要是体重不达标，我都记在陈可的账上。”

邱天去上海出差了，一一想给方琼打个电话，也许她可以劝说陈可放过邱天，安心陪她待产。

“一一，你来电话我太高兴了。”方琼说。

“你也在香港吗？”

“我在北京。”方琼迟疑片刻继续说，“我们分手了，我和谢飞结婚了，我住在他家呢！”

“方琼，祝贺你们！”

方琼心中忐忑：“一一，宝宝快出生了吧！邱天每日悉心呵护你，好幸福啊！”

“他出差了，我一个人在家，预产期临近了，我不想给父母添麻烦，准备请月嫂提前来照顾我吧！”

“那怎么行呢？你要是不嫌弃，来我家住吧。”

“你开什么玩笑，宝宝在我肚子里还好，出生之后动静可就大了，会影响你们生活的。”

“一一，你也知道我在北京只有你一个朋友，放心吧！不会影响我们的。我和谢飞原本想开一间工作室，他父母劝说他回公司上班，迟早也是我们管理公司，现在公司的项目也需要他去打理。我也想去公司上班，他父母让我在家里先把身体调理好了，他们说我太瘦了，还请来营养师负责我们的饮食。一一，你们来住吧，白天只有我一个人在家太闷了！”

一一没有想到心高气傲的方琼还是嫁给了谢飞，正在犹豫着如何回答她，方琼说：“一一，我现在就过来帮你搬东西，我会请阿姨帮你们收拾好房间的，四合院至少接地气啊！咱们在院子里聊天也惬意。月嫂可以等宝宝出生后再说，我们的营养师做菜还是很不错的。”

一小时后门铃响了，方琼站在门外，她仍旧喜欢穿白色，看上去比两年前更漂亮了，光彩照人。

方琼和一一拥抱。“整整两年没见了，一一。”方琼说。

一一请方琼在沙发上坐下，帮她沏了一杯龙井。

“方琼，看得出来你很幸福。”一一笑着说。

“谢飞的父母对我很好，他们白天都在公司上班，虽然我们住在一个四合院，一个星期也就周末在一起吃顿午餐，他们很注重给我们单独空间。”

“你觉得你的选择是对的吗？毕竟陈可是那么……”一时语塞，一一没有继续说。

“我无法真正地了解陈可。谢飞的喜怒哀乐都在脸上，他让我感觉很踏实。我不否认陈可很珍惜我们的感情，对我甚至毫无原则地迁就。但是你知道吗？正是这种不对等的保护令我无所适从、自我否定、容易妥协、失去自信。我和陈可的爱情，是感性遇到理性，连冲突本身都是克制的。我们对爱情都是全身心地投入，我的爱是纯粹的，陈可的爱与他的职业一样是理性的。他给我的爱情配方里，保护欲的成分是不是过高了？这其中，控制欲又占了几成呢？我只有找回完整的自己，赎回愉悦的心灵，虽然这个过程我付出了惨痛的代价，我也无怨无悔。”

“方琼，我现在可以理解你了。虽然投行的工作量大家心里都有数，金融民工嘛！不是每个人都有陈可的高智商和铁人三项的体力啊！陈可上任 EI 亚太地区总裁之后，虽然邱天没有流露出对他的不满，有一次他打电话安慰同事，我听到对方的哭泣声，七尺男儿被工作逼得崩溃，就算是项目的关键期，也得让人喘口气吧！”

“我帮你收拾东西，你坐在这里指挥就好。”方琼的眼里噙着泪，陈可不再是那个同事们都喜欢的上司了，那时候他经常请同事们在家里吃饭，当大家夸赞他的厨艺时，他总是笑着说多吃点。

一个小时后，一一和方琼来到鼓楼附近的一处四合院。方琼和谢飞住的小院里，睡莲依然盛开。方琼帮一一准备的房间门口有一棵五角枫。

两人坐在阳伞下欣赏着院子里的花卉，一阵微风吹过，茉莉花随风纷飞，飘落在朴拙的杯中。“让我低头的只有美丽的事物。”一一说，“这是日本茶圣千利休说过的一句话，‘和、敬、清、寂’，日本茶道的四谛。大自然的馈赠，细细体会才能悟出些许人生道理。”

“你还记得吗？我们还在香港的时候，也是这样的午后，我们在家里喝茶，陈可做了几样小点心，放在一个木制攒盒里，他喜欢收藏老物件。”方琼的声音有点哽咽，“我时常细数与陈可朝夕相处的日子。四叶草，代表着幸运。我在心里种下很多四叶草，每一个现在想来无比奢侈的日子，都是一株四叶草。这是我收藏的记忆，四叶草的天空是青黛色，陪伴我每一个岑寂的思念。”

方琼有点不好意思，她转移话题："谢飞快回来了，他知道你来了很开心。"

正在这时，张姨端着茶点走过来，她把两盅燕窝放在两人面前，然后是几块手工萨其马。"小琼，今天的萨其马甜度刚好，你们要是喜欢我还按照这个方子来做。"

方琼尝了一口，说："还真是比上次做得好吃呢！口感很扎实，谢谢张姨！"

"这是满族传统宫廷糕点的做法，用鸡蛋和面，一滴水都没有，把蜂蜜熬成糖浆，最后加枸杞和白芝麻。"张姨看上去大约四十岁，人很斯文。

"一一，燕窝源自印尼海域悬崖峭壁之上，谢飞的母亲说是上品。按照袁枚的《随园食单》做的，燕窝足二两，先用沸腾的天然泉水浸泡，泡发后用银针将里面的黑丝挑去，然后再放进嫩鸡汤、火腿汤、新蘑菇汤三种汤里面去滚，直到燕窝颜色呈玉色为佳。袁枚说燕窝是以柔配柔，以清入清。燕窝里有丰富的微量元素和矿物质，这也是给肚子里的宝宝营养。多肽类物质补充胶原蛋白，可以预防妊娠纹。"

燕窝真是太鲜了，一一很快喝完了。她尝了一口萨其马，做工精细，味道很好。

"谢飞回京后第一件事是去前妻的父母家登门谢罪，他们还是不能原谅他，根本不给他开门。谢飞的父母在小兰出事后给她父母一笔可观的赔偿金，都被退回来了。"

"你父母喜欢谢飞吗？"

"喜欢，这点很出乎我的意料，毕竟谢飞不是陈可，他不太会说话，更何况他曾经有过婚史。陈可，很像是一张欧洲某座城市的地图，比如马德里吧！太阳门广场，四周分散着十条放射形小路，通向不同方向的街区，我选择了其中一条路，红灯停、绿灯行，看上去很明确，实则我又回到原地打转。不要告诉我条条大路通罗马，到了罗马更迷路。”

“非斯老城，几千条街道，连地图都没有办法画的吧！倒是完全不枯燥，刚刚还布满了商贩的，一个转身，只见一人牵着一头驴，走在一条坑坑洼洼的土路上；还有威尼斯，我记得走了九个小时都在兜兜转转，直到回到酒店，我和邱天才突然想起，这九个小时的开端，是想找一间很出名的咖啡馆，后来我们都把咖啡馆忘了。”

“别说是非斯这样的迷城了，就是横平竖直的京城，谢飞离开地图也分不清东南西北。他很像是一块电路板，比如电视机的电路板好了。我无须理会电路板的复杂性，只需拿着遥控器，喜怒哀乐任我选择。不插电时，挂在墙上的电视机和一块黑板差不多，它静悄悄的，画画的人是我，脑子里想什么，心里就画什么。”方琼继续说，“陈可，他的幽默感是他与生俱来的魅力之一，为他完美的人设起到了画龙点睛的作用；谢飞喜欢自嘲，有时候他的几句话让人笑着想哭。”

“如果说陈可好比阳光般温暖，谢飞听上去有点像月光，安静地守护。”

一一的话音未落，方琼说：“月光太浪漫了，谢飞更像是隆冬的雾霾天若隐若现的星星，微弱的光，这样的感觉才是他。”

一一觉得今日的方琼与以往不同，好像还是第一次听她说这么多话。

“他们的饮食习惯也很不同吧？”

“如果让谢飞陪我去餐厅吃牛排，他回到家还会煮泡面，他说中国胃只有康师傅才能满足。”

两个女人此时变成了两个小女孩，她们开怀大笑，笑声可以抚平所有的烦恼。

“陈可是一个凡事追求完美的人，我记得有一年五月，他为了尝到最新鲜的黑刺，我们去了槟城，从市中心驱车一个小时前往浮罗山背。我们尝到的那颗黑刺早晨蒂落，虽然不在黄金半小时之内，也很不错了。陈可还是觉得有点遗憾，因为只有种植园民宿的住客才有机会品尝到口感最佳的榴梿。谢飞，不会知道马来西亚的榴梿有二百余种，以 D1 ~ D200 标注，比如出名的猫山王 D197，还有槟城著名的红虾、红肉、坤宝、青皮等。陈可很想尝试 XO，据说带有酒香。”方琼忆着往昔，仿若昨天。

“榴梿的味道不仅仅有甜、苦、酒香，还有花香和果香，奶油般丝质顺滑的口感，有的还会在舌尖有麻麻的感觉。我还记得第一次在兰卡威品尝榴梿险些丧命。”一一觉得南洋潮湿的空气、海的咸味、人们汗珠子滚落时复杂的气味、植物神奇的气息扑面而来。

“你不会上树摘榴梿了吧？马来西亚的榴梿都是成熟蒂落的呀！下面还有网兜着，一一你是不是太淘气了？”方琼笑着，眼睛好像弯弯的月牙。

“我又不是猴子！而且哪只猴子敢摘榴梿呀？兰卡威的猴子确实挺多的，我们客房的阳台上卧着一只大老虎，虽说是毛绒玩具，不过还有几分威慑力，猴子果真不敢来捣乱了。榴梿的外表很有防御性，自戴盔甲，一副请勿靠近的模样。”一一笑着讲起几年前的经历，“我们傍晚时分回到酒店，想先在酒吧喝一杯。我们坐在吧台，我不由得感慨榴梿是最有个性的水果，放入口中，那味道真是一波三折、千回百转！调酒师刚想把鸡尾酒和冰啤酒放在我们面前，又都拿走了，郑重其事地告诫我们，在吃榴梿前后六个小时忌酒精，啤酒可以间隔六个小时，烈性酒需要间隔更长时间，否则会有生命危险。我们大吃一惊，原来南洋水果不仅口感独特，性格更是刚烈啊！我们险些为无知付出惨痛的代价。”

“好在你们刚好提到吃过榴梿，如果换成去超市买啤酒，还真是不敢细想。”方琼说。

“万物有灵，我们这些热爱美食的人，理应敬畏自然。作为水果，榴梿的内核强大到不可思议，一方面暗藏玄机不假，在迷恋它的滋味之前，先要知道与之相克的食物；另一方面，榴梿的营养价值很高，含有丰富的蛋白质和多种维生素，有滋阴益脾的功效和滋补之王的美誉。民间有一只榴梿三只鸡的说法。吃完榴梿的第二天，我仍感觉胃里暖暖的。”一一说着，伸了一个懒腰，“好想吃榴梿啊！世界上没有两颗味道完全相同的榴梿，即使顶级厨师也无法调制出如榴梿般口感丰富且独特的食物。”

“南洋水果和南洋料理都很有特色。”方琼说。

“娘惹菜善用香草，菜品的口感也是很强烈的。比如叻沙的配方各家不同，新加坡328加东叻沙的秘诀是选上好的虾米，椰浆的分量要恰到好处，汤内加炼奶，口感香而不腻。我对辣的接受能力有限，边吃边用冰可乐降低辣度，没想到冰可乐起到了相反的作用，反而刺激了味蕾，对辣更加敏感了。”一一说。

“我很喜欢吃五颜六色的娘惹糕点，千层蛋糕和香兰糯米糕，后者是一款上下两层的小点心，上层是绿色，香兰叶榨汁过滤，鸡蛋液与香兰汁混合，加入细砂糖、盐、木薯粉、玉米粉、面粉搅拌，倒入不粘锅，小火煮至浓稠；下层是好看的蓝白色，将蝶豆花捣烂、加入热水搅拌并过滤，取其鲜艳的蓝色汁液，倒入蒸好的糯米饭里调色，最后压平实。”方琼说。

“不知道嗜甜还是喜辣的人多呢？我听说不能吃辣的人都不太能饮酒。身体是最诚实的，喝酒脸红其实是自我保护。”一一说。

在短暂的安静过后，方琼说：“一一，明天早餐想吃点什么？”

“你家有香橙果酱吗？我喜欢早餐吃香橙果酱抹吐司。”

“你的这点爱好和英国女王一样啊，据说女王奶奶把最喜欢吃的香橙果酱三明治放在随身包里呢！”

“是吗？没想到我的口味沾了英国皇室的边，还是可爱的女王奶奶。”

“我记得家里有香橙果酱的，我一会儿去找找。”

“说来也巧，我第一次迷上香橙果酱还真是在英国呢！我们住在英国乡村的家庭旅馆，早餐果酱是主人自制的，我从来没有吃过带着自然清香的香橙果酱，还有淡淡的威士忌酒香。主人听说我喜欢，特意送了我一小罐，我一路舍不得吃，最后忘在了伦敦酒店的冰箱里，也许是带着这点遗憾，我从那时开始，四处找寻口味接近的香橙果酱，结果可想而知。我也尝试着自己做过，那种带着田野里微风吹过的清香无处可寻。尽管如此，我还是把早餐吐司抹香橙果酱当成了习惯。”

谢飞回来了：“一一，你能来我们太高兴了，喜欢吃什么就和方琼说，千万别客气。我的工作可能越来越忙，今天接了一个项目，明天要去无锡。”

“你要出差，我怎么不知道？”

“我也是刚刚才知道的，这是我回国的第一个项目，我还是很期待的。”

方琼去洗手间，谢飞问一一：“陈可还好吗？方琼给他的打击太大了，我看着都揪心，我挺对不起他的。”

“拜他所赐，邱天还在出差，气死我了。”

“一一，我的手机夜里也开机，你有需要一定随时联系，现在可不能有半点闪失。要不然我明天出差，让方琼和你一起住吧，确保万无一失。”

“我住在这里已经很打扰了，没关系的，大家住在一个院子里不会有事的。”

“陈可是多么温暖的人啊！”谢飞叹了一口气。

方琼回来时看到他的表情已经猜到了缘由，她了解谢飞内心的挣扎。

"谢飞，晚餐和我们一起吃吗？"

谢飞摇摇头，说："我还要出去一下，你们聊。"

等他走远了，方琼说："他是一个对快乐感到不安的人。我猜他又去小兰家了，即使是吃闭门羹。"

张姨端着一个白色餐盘走过来："小琼，这道菜是谢飞妈妈亲手做的，她说请你朋友尝尝她的手艺，她就不过来打扰你们聊天了。这道菜是她和一位名厨学来的，你们尝尝吧！"

这是一道芥菜头炒鱼翅，一一惊叹竟有如此奇妙的组合。没尝过自然不知其中滋味，是不是很像谢飞与方琼的关系，性格如此不同的二人，迸发出怎样的火花呢？

方琼看着眼前菜品，似乎悟出了其中的含义。一一见方琼面露难色，又不动筷子，也不露声色。

"一一，我有一次无意中听到谢飞母子的谈话，谢飞妈妈哭了，她心疼地看着儿子。你还记得第一次在视频里见过谢飞吗？"

"方琼，我很抱歉！"

"我没有想到谢飞那么在意。谢飞妈妈的手艺很好，咱们趁热吃吧！"

芥菜头或称大头菜，翠绿无叶片，从根部向上有一个个芽苞相抱，好像妈妈抱小孩，所以又名抱子芥菜，在台湾被唤作翡翠娃娃菜。

谢飞妈妈选择芥菜头，一方面表明心迹，母子连心，尽管儿子其貌不扬，如这芥菜头执拗拧巴，在大众的认知中充当着榨菜的小角色；另一方面，芥菜头的翠绿刚好是这道菜的亮色，不起眼的配角，在色泽上并不输给鱼翅。

鱼翅需要提前数日准备，去掉杂质、浸泡、卤制入味，仅仅是想想其繁复的步骤，已经觉得颇为麻烦了。这样说来，鱼翅比芥菜头要矫情多了，万般呵护还未必如人所愿。

一一说："这道菜太妙了！芥菜头用加了干贝、金华火腿的鸡汤浸熟，无疑是对其很大的尊重了；鱼翅卤过，软糯入味，胶质满满。二者合一，用炒的方法，保留了芥菜头原本的清爽，微苦中有回甘，可谓是成人蔬菜中比较有性格的一员了。盛一大勺放入口中，感叹之余还是感叹！这样的做法与鸡煲翅相同之处在于其鲜，与芥菜头的个性配搭，既留住鲜又增添了活力。这道菜很考验厨师的功力，是一道讲究分寸与度的料理，二者巧妙地结合，真是奇思妙想！”

一一轻抚隆起的腹部，心中感叹，如何才能掂量出“母亲”这两个字的分量呢？计量单位又是什么？母亲就像是一个很大却无形的容器，收纳着孩子成长各个时期的情绪。这道菜恰到好处的火候、细腻的滋味，无不诠释着这位有心人、这位母亲不过多干预、点到为止的态度。

方琼很羡慕谢飞有一位如此懂他的母亲，她不由得思念父母，想念家乡了。

儿时的家如城堡，装得下孩子五光十色的梦想。母亲絮语绵绵，爱源源不断。水彩晕染着无拘无束的童年。一晃十年，再一晃又十载。孩子羽翼丰满，记忆里那座城堡变得好小，好小……

沿着一条窄巷往里走，七拐八拐，巷子变宽了。谢飞继续前行，两位北京大爷操着地道的京片子，绕过二老，他走到了胡同的尽头。天黑得好像是一个无底洞。他掉头回来，唠嗑的大爷们懒得搭理他。

他用指尖轻触灰色的砖墙，借助路灯，看到墙砖上依稀可见的编码，看来保留了民国时的原貌。这是一个四合院，暗红色的大门、青色的门墩、两个六角形门簪上各嵌着一个字“吉”“祥”。

大爷们走进了院子，他好奇地张望，院子里黑漆漆的，伸手不见五指。院子外墙上挂着六个电表，看来里面住着六户人家。他站在院外，很难想象他们是如何走进漆黑一团的院子里的，“了然于心”就是这个意思吧！大杂院在四合院的对面，院外的晾衣绳上还有几件衣服。这里紧邻长安街，京腔京韵，喧嚣的城市底蕴仍在。一扇门，隔开了繁华，只留着寂静所在。他靠着砖墙，如果没记错的话，胡同始于元朝，最繁盛时北京有三千多条胡同，如今还剩下一千多条，保留元明老名称的胡同有四十余条。几年前小兰带他来过这里，他不记得门牌号码了，这条胡同也许正是她出生的地方。他的嘴角微微上扬，好像看到她儿时的模样，胖乎乎的，扎着小辫子奔跑，手中的风筝在灰色的瓦片上空飞翔。

这里好像是被岁月遗忘的角落，慢悠悠地生活、慢悠悠地变老。悲欢离合，不在弹指之间。

胡同不在乎深浅都有故事，而且很多。

“爷爷的记忆空了，他的枕头底下有一把菜刀，他说是用来防身的，你确定要和他打招呼吗？父亲提醒过我不要自己来。”小兰说。

“我们要结婚了，他老人家知道了会开心的。”他能听到自己忐忑的心跳。

他们走进了一个破旧不堪的大杂院，杂物堆满了每一个空间。

老人枯瘦，坐在床角，看到他们进来了，说：“你们是谁啊？我认识你们吗？”

谢飞说：“爷爷，她是您的孙女小兰，我们带来了您喜欢吃的驴肉火烧。”

“坐吧！”老人的身体稍微挪动，迟疑片刻，接过他手里的纸袋。

谢飞坐在枕边，很想看看下面是不是还有菜刀，小兰示意他不要轻举妄动。

老人的目光空洞，双手有点颤抖，吃得很慢很慢。

“我要吃懒龙。”老人的声音含混不清，“惊蛰了，吃懒龙……”

有的路越走越窄，只要坚定信念，定会绝处逢生；有的路看似平坦，却暗藏荆棘。爱情的路无捷径可言，无成功案例可以复制，各自心酸、各自欢喜。生活就是在满地鸡毛的日常里，找出快乐的线索。快乐，靠的不是智商，而是在自我修复、蜕变中形成的能力，即快乐的能力。

（二）

凌晨三点方琼被谢飞摇醒。她迷迷糊糊地问："几点啦？天还没有亮吧！"

谢飞轻声说："我不太放心一一，你去看看她。"

"应该没事吧，离预产期还有十几天呢！"

"我睡不踏实，你还是去看看吧！"方琼这才晃晃悠悠地站起来。

谢飞连忙帮她披件衣服："我送你到院子里，虽然秋老虎很厉害，还是要注意室内室外温差。"

方琼蹑手蹑脚地打开一一的房门，借着手机微弱的光往里看，她瞬间双腿发软，大声叫着："谢飞，快来！"同时打开了灯。一一像一只受伤的大鲸鱼蜷缩在客厅的地板上，不时发出无法控制的呻吟声，方琼跑过去看到她的脸上满是泪痕。她用手指着茶几的方向，手机在茶几上充电，她想打电话求助却没有力气爬到那里。

"方琼，我去开车，你赶紧带上住院的备用包。"谢飞撂下话跑了出去。

汽车在寂静的街道上飞驰，一一的惨叫声令方琼毛骨悚然。她想给邱天打电话，才想起来没有他的联系方式，于是她毫不犹豫地拨通了陈可的电话，如果邱天的手机夜里关机，他应该知道邱天住哪家酒店。

此时，陈可刚刚结束一天的工作，莫名的头痛已经纠缠他一阵子了，他看着黑漆漆的窗外，拿起那瓶舍不得喝的 Hibiki 21 yo，他记得初品这款威士忌入喉时令他惊叹不已的瞬间，当时他脱口而出“一口百味”这四个字，果味的香气、橡木桶的香气，甜、苦涩、辛辣，既轻柔又有陈年的厚重，尾韵尤其微妙，味道如此复杂又纯粹。他轻叹一声，那年是 Chris 帮他打开了威士忌的格局。他想先吃点无花果干，然后……电话铃响了，这是他设置的方琼来电铃声，他迟疑片刻还是接听了。

“陈可，通知邱天，让他尽快赶到医院，我们已经在路上了。如果不是我们及时发现，这可是两条人命啊！”她挂断了电话，眼泪无声滑落。

陈可头痛欲裂，他听到了电话里一一的惨叫声。他马上拨通了邱天的电话：“陈总，我们还在讨论，明天早上九点肯定可以交给你。”

邱天刚想挂断电话，陈可说：“邱天，你别忙了，剩下的工作我和他们讨论吧！你赶快去机场，一一可能快要生了，刚刚方琼来电话，他们在去医院的路上。”

邱天脑子里一片空白，他看到陈可发给他的方琼的手机号码，立刻打过去。

“邱天，你别着急，我们已经快到协和医院了，我可能要替你在手术单上签字了。”方琼说。

邱天说：“谢谢！拜托你们了，我现在去机场。”

邱天想十月怀胎啊！宝宝可能很快就要出生了，这个重要时刻他缺席了。他和同事们打好招呼后上了计程车。现在是凌晨四点多，一一有没有在第一时间得到他们的帮助？她是不是很害怕？

方琼在手术单上签字时手抖得拿不住笔，她勉强签上了自己的名字。谢飞扶她在手术室外的椅子上坐好，轻声说：“别担心，我们多幸运啊，可以第一时间看到宝宝。”

十五分钟后，随着一声响亮的啼哭声，宝宝顺利来到这个世界。谢飞和方琼相拥而泣，此时是凌晨五点整，太阳快要升起了。

十几分钟之后，护士小姐笑眯眯地推出来一个小婴儿车，宝宝躺在白底绿色碎花的小车里，眼睛大得好像是玻璃珠，圆圆的小脸特别可爱。

“恭喜你们！母女平安，宝宝五斤。”护士说。

谢飞说：“宝宝怎么睁着眼睛啊，手术室的灯那么亮，不会对眼睛不好吧？宝宝不是应该闭着眼睛出生吗？她也不是皱皱巴巴的，真好看。”

护士小姐笑了：“她可能是太想看到这个世界了，你们放心吧，宝宝的眼睛不会被手术灯照坏的，你们看她还是高鼻梁呢！她爸爸一定很帅吧！都说女儿像爸爸。”

“我可以给她拍照吗？她爸爸还在机场呢！一定很想看到她。”方琼说。

“我现在送宝宝回病房，你们想怎么看都行。”护士说。一一也被推回了病房。

“你太棒了！一一。”方琼说。

“帮我给邱天打个电话吧，给他看看宝宝。”一一有气无力地说。

“邱天，恭喜你们，女儿可漂亮了！”方琼把镜头对着宝宝。

邱天刚到机场，看到女儿已经迫不及待地来到这个世界，兴奋地说：“宝宝，谢谢你来到我们的生命里，叫爸爸。”

一一笑了：“老公，你也太着急了。”

“一一，让你受苦了，对不起，都是我不好。”

“别这么说，你看宝宝像你还是像我啊？”

“她这么漂亮当然像你啊！”邱天说，“我搭早班机回来，你和宝宝乖乖等我啊！”

放下电话，一一说：“谢谢你们，我和宝宝的救命恩人！你们怎么会半夜来看我呢？”

“谢飞不放心，把我晃醒了，我还说咱们九点才回各自房间，不会有事的，现在想想都后怕。”方琼说。

“谢飞，太感谢你了！”一一说，“你救了我们的命。不过，答应我一件事，你们不要和邱天说我惨不忍睹的样子，我不想他内疚，还有陈可，他心里也不好受，不要责备他。”

“我在车里给他打电话时太咄咄逼人了，他刚刚还发短信问我情况如何了，我给他回电话吧！”方琼说。

方琼拨通了陈可的电话：“母女平安，你放心吧！”

“陈可，谢谢你关心，我们都好，你想看看宝宝吗？”一一说。

陈可那边一片漆黑。他用指尖触碰着屏幕，轻抚着小宝宝。

“陈可，你在吗？”方琼看着漆黑的屏幕，“对不起，我刚刚说话太冲了，我太着急了，一一进产房十五分钟就产下了宝宝，要是我们天亮才发现她，想想都后怕。”

“一一，祝贺你们喜得千金！对不起，我向你和邱天道歉。这一个月我不会给他任何工作，让他安心陪你们。其实我还给宝宝做了一个浅粉色的小木马……”他的声音飘忽不定，好像是断了线的风筝越飘越远。电话已经被他挂断了，方琼泣不成声。

陈可在过去的某一个时刻被所有人孤立了，他想着屏幕里的宝宝，此时此刻，邱天应该在一一身边寸步不离，他险些伤害了他们。酒精在他的血液里沸腾，他浑身炽热，好像要爆炸了一样。

谢飞拥抱方琼，表情有些复杂：“今天宝宝出生，我们都应该高兴的，你留下来陪一一吧，我要去机场了。”

一一很快睡着了，方琼却在家属陪护床上哭得停不下来。两个小时后，一一醒了。

“方琼，你还好吗？”

“对不起，一一，我吵醒你了吗？你需要什么？”

“你这么爱陈可，后悔嫁给谢飞了吗？”

“我当然爱陈可，我对他的爱永远不会改变。谢飞给我买了去香港的机票，等一会儿邱天来了，我就去香港找陈可，他一个人我不放心。”

“方琼，你这一走，你和谢飞的家怎么办？”一一说。

“一一，谢飞了解我，你不用担心。”

（三）

我几乎是逃出了医院。一个孩子的诞生，打破了我心底的最后一道防线。我听到了宝宝的第一声啼哭，而这哭声唤醒了我装睡的良知。我对小兰的爱是真实的、自然的，小兰给我“家”这个概念。我对方琼的爱呢？连我自己都觉得不真实。

每一个晴天都会重复这样的画面：

清晨的阳光把餐桌前方琼的侧影印在墙面，桌面上有一个茶盏，许是还冒着热气，我一次又一次地欣赏墙上这幅“水墨画”。她似乎也在顾影自怜，每每盯着墙上微微晃动的光影发呆。阳光也许是最好的画师，这影像有明有暗，甚至有茶的暗香。我也会坐在餐桌的另一端，看着光影如何变化。明明我在她身边，她却陷在深深的孤独里。

喜欢阳光的人会不会更孤独？我突发奇想，阳光无声，雨声却是那么动听，形单影只更应该待在雨里，阳光落在身上不会有痕迹，雨却可以。喜欢阳光的人与习惯雨天的人也许就不应该在同一个画面里。

趁着她爱的人还在等她，我放手，我们三个人都将获得“新生”。

我走向机场，借着飞行，暂且远离我不能自拔的现实。

经济舱全满，也许是早班飞机相对价廉。我夹在两位登机即陷入昏睡的乘客中间。因为缺少睡眠我的头很痛，在半梦半醒间，我游离在幻象里。我觉得自己是一块被塑封在保鲜膜里的三文鱼，在我离开大海的时候，我的生命已经不复存在，而他们却把我塑封起来，美其名曰“保鲜”。只有在雨天，我才找到活着的感觉。瓢泼大雨，没有预兆地倾盆而下，我不会打伞，更不会穿上保鲜膜一样的雨衣，我喜欢淋雨，畅快淋漓，带着一身的雨水，鞋湿了、衣服湿了、头发湿了，只是记忆不会被打湿。

如果没有雨水，地面上的小水坑有时也会带来惊喜，陌生人一脚踩进去，干干的地面上就会有湿的脚印，我更希望他们穿的是球鞋，这样鞋的纹路会很清晰，不会三两下就消失不见，我踩在那些有纹路的脚印上，和陌生人的足迹重合，如果是在炙热的午后，这些足迹干得很快，好像是玻璃上的哈气，就那么不见了。有时在阳光下前面的人影拉得很长，踩在别人影子上的感觉很奇怪。我喜欢下大雨，看着别人落荒而逃，我从容地走在雨里。无论是白天还是黑夜，这样的感觉很舒服。

我觉得离开是对的。这段时间，我如忠犬般跟在方琼的身后，她走到哪里，我跟去哪里。我竟然又有了对美好生活的向往，这让父母感觉他们的儿子又回来了，只有我知道，这样的日子不会太长。

我又记起那个梦，梦里有一个文件夹，点进去，所有的文件都没有名字，我一个个点开，空的，还是空的，只是越点文件越多如繁星。突然，我的脑子蒙了，一脚踩空，跌进万丈深渊，我拼命地想抓住什么。如果我真的是一尾三文鱼多好，天生会辨别方向，每天不知疲倦地游泳。其实，我更像是一只看不到太阳的小虾米啊！深海里没有关不上的门，没有复杂的思想，没有纽约街头数不清的垃圾袋……

其实，那个梦里有小兰。梦里的小兰说：“去纽约吗？”我才会想到那些塑料垃圾袋，而不是大都会，抑或《歌剧魅影》。

我也不想是一个负能量的人，我也想随便找一个垃圾袋把这些消极情绪丢进去。“波士顿不好吗？虽然我不善于奔跑，每天看着查尔斯河畔跑步的人，觉得整座城市都是年轻的。”我也想这样对小兰说。

新生，从放手开始，这是对的。

我的嘴角猛烈地抽搐着，拼命地上扬，我必须做出一个微笑的表情。我站起来，面对镜子，没错，正是混沌又清醒的自己。谁还不会笑呢？我想挤出一丝笑意，泪水却像决堤般涌出，我盯着镜中模糊的影像，又想起那一日，我和方琼一起吃麻辣香锅，我还画了一只胭脂水釉盏，水嫩的颜色像极了她的唇色。

这个决定何其艰难，配合这个决定的微笑何其艰难，我做到了。

（四）

很久没有来香港了，熟悉得陌生。方琼输入密码房门打开了，陈可还没有下班。她先洗澡换好衣服，看着家中仍旧是一尘不染，冰箱里储备了一周左右的食材。陈可还是老样子，他的生活井然有序。

陈可回来时已经九点多了，他看到方琼吓了一跳。

“你怎么来了？”他一边脱西装一边说，“我要换衣服，麻烦你回避一下。”

他的声音冷冷的，看上去很疲惫。

方琼在客厅等他，陈可洗完澡换了一套居家服。

“我还有很多工作，你要是困了就去卧室吧，我睡沙发。”

他始终不想去看她一眼，甚至连称呼都省略了。

“陈可，你吃晚餐了吗？我饿了。”

“你自己看看有什么想吃的，或者去楼下餐厅吃点吧！”他已经打开电脑，方琼很无奈，只好去外面散散步吃点东西。

看着方琼离开，陈可才去找止痛药，他越来越依赖酒精，每天晚上都要借助酒精才能让自己放松下来。他险些导致邱天的孩子没办法来到这个世界，每每想到这些，他都会痛恨自己。邱天曾经是他最好的朋友，如今渐行渐远。

方琼回来的时候陈可正在开电话会议，她再次沐浴更衣，等着陈可会议结束。这种熟悉的感觉又回来了，不知道多少个夜晚他们都是这么度过的，他工作，她等他。

“我可以和你聊聊吗？”方琼平静地站在他面前。

“谢太太，我们之间还有什么需要沟通的吗？这么晚了，不太好吧！”

“陈可，你变了，一一说她都快不认识你了，你有必要折磨身边的人吗？”

“我派邱天出差是他的职责所在，不是我故意刁难。你来就是和我说这些吗？你回北京还要去酒店住十几天，不累吗？”他的声音冰冷刺骨，方琼在不知不觉中后退了几步。

“谢太太，我已经给你买好明天的回程机票，你应该已经看到了吧！我还在忙，就这样吧！”他的视线又回到电脑屏幕上。方琼觉得怒火中烧，她恨不得给他一记耳光，高傲自大的家伙。

“邱天的职责不仅仅是工作、项目，他还有一个待产的太太，你知道吗？凌晨三点，如果不是谢飞执意要我去看看一一，她们母女很可能会丧命。我打开房门的时候，她就蜷缩在地板上，因为从卧室到客厅的距离对她来说太遥远了，她一点一点地挪到客厅，可是剧烈的阵痛让她除了哭根本不可能拿到电话求助，她不知道痛了多久，这种无助发生在她身上，如果邱天亲眼看见，他会多么心疼。这些都是拜你所赐，人命大过天，他们都是你最好的朋友，你真够狠的。一一不让我和你说这些，她不想让你内疚。我看到如此冰冷陌生的你，真的好痛心，我知道一句对不起分量太轻，你怎么惩罚我都行，请放过那些无辜的人好吗？”

陈可愣住了，他的眼前是一一可怜兮兮的样子。他们是那么期待小生命的降临。曾几何时，他们不用预先通知就去敲对方的房门，他们下班一起聊天，方琼离开的那些日子里，他与小猫相依为命，可惜那只小猫早已不知去向，也没有人再叫他一声肥猫了；虎儿也不在了，一一更不会缠着他借虎儿了。往事如烟，方琼也成了谢太太。

方琼见陈可仍是铁板一块，只是说了一声："我去酒店住了，不打扰您了！陈总。"

"还是少住酒店吧，你知道床单在哪里，要是嫌弃就自己动手换一下吧！"陈可心如刀割，他觉得自己快要支撑不住了。

方琼看着他毫无表情的脸，独自去了卧室。她把自己紧紧地裹在被窝里，这里有他的气息，哪怕只有这一晚，她也要沉浸在熟悉的味道里。她不可救药地爱着他，为什么要如此相互折磨呢?

陈可已经瘫倒在沙发上动弹不得，他想象着宝宝过几天就会笑了，然后会认爸爸、妈妈，会东张西望，然后俯卧，再然后呢，也许是会爬。宝宝是那么小，一点点长大，然后学会说话，学会唱歌、跳舞……

新生女宝宝重五斤，爸爸终于出差回来了，他给宝宝喂了第一口水，然后他惊呼：我的宝宝真聪明啊！刚出生就会嘬奶瓶喝水了！

这是一一发的一条微信朋友圈，陈可读了三遍。他很感谢一一没有屏蔽他，他还可以远远地祝福他们，关心宝宝成长。

他们也许已经把小木马丢掉了。

清晨六点，方琼很想第一时间见到陈可，即使他仍旧那么冷漠，她还是想再看看那张帅气的脸。陈可已经离开了，没有留下字条，厨房里也没有烤面包的香气。

陈可走在空荡荡的街上，虽已入秋，香港的天气仍旧闷热，残夏留下的伤感弥漫开来。衬衫已经湿透，一会儿进了办公室空调会吹干，然后再被汗水浸透，日复一日，年复一年。人生如此这般聚散无常，他看着电车驶过，沿着轨道咣当咣当地前行。

（五）

我推开家门，一片漆黑，June 还是走了。我没有开灯，这个小空间我太熟悉了，我知道再拐一个小弯儿有一张扶手椅，我可以把自己放进去。

两个小时之前，我坐在那间幽暗的居酒屋，点了两道我们喜欢的菜品。一道是她喜欢的玉子烧，一道是我常点的樱桃木烟熏鲭鱼。我也不知道为何每次来这里都会有这套组合，不假思索的。

“它原本就是这副尊容吗？黑漆漆的，你一向喜欢色香味俱全的，它似乎是个例外。”June 看着躺在暗绿色陶器里，被切成一段段的烟熏鲭鱼说。

“这是被称为带着青花瓷图案的鱼呢！你别看它价格不高，却有很好的营养价值，是降低胆固醇的好食材。”我为它辩解着，“樱桃木的熏香与鱼肉的咸香相互交融，是很好的下酒菜。”

玉子烧躲在红色漆盒里，配有白萝卜泥，好像羞答答的少女，唇红齿白的。

June 把白萝卜泥小心翼翼地涂在玉子烧上，她表情夸张地陶醉其中：“太鲜嫩了！为何如此鲜美呢？”

“在蛋液里加入日本高汤，也就是将浸泡过的昆布炖煮，再次沸腾时加入柴鱼片，即鲣节。出汁是日本鲜味的灵魂，昆布中含有谷氨酸，鲣节含有肌苷酸，二者结合迸发出极致的鲜美。”

“我记得鲣节的样子，很像一根木头，可能是世间最硬的食材了。我更喜欢寿司店的玉子烧，没有放在漆盒里，而是作为收尾甜点，它们的颜色金黄，有点像长崎蛋糕，寿司师傅切成长方形的小块，每一次我都舍不得吃，你总是把你的那份也给我。你在家里也做过，只是非常偶尔。”

的确，我极少在家里做她喜欢的这道江户前玉子烧，不如此时回顾一下做法：出汁；将新鲜甜虾手工碾磨过筛制成虾酱；蛋黄与蛋白分离；蛋黄打散，加入味淋、酱油、白砂糖再次打散过筛；制作山药泥后混合虾酱；分次加入蛋黄液搅匀；打发蛋白后分次倒入前者搅匀；倒入长方形烤盘并送进烤箱。切的过程也不能马虎，稍不留意会破坏漂亮的外形。居酒屋的玉子烧也称厚蛋烧，比起前者的精细，后者多汁鲜嫩，可以加入蒲烧鳗鱼等食材，为厚蛋烧增鲜增味。

现在想想，正是这些琐碎的日常维持着我工作与生活的平衡，阳光里的微尘，不会因为细小就没有存在的意义。

我的心一点一点地往下沉，我整个人也跟着往下沉。我有多少次放下焦灼的工作往家冲，我疾步如飞，只为了早一分钟拥抱她，晚餐过后，我又返回办公室。我尽力抽出时间陪伴她，缩短出差时间，日夜兼程。

看不见摸不着的香气构成了食物的一部分，看不见摸不着的爱情构成了生命的一部分。我被无形的声音、记忆纠缠着，这些无形的东西具有无限的能量，它们是自由的，比梦境还自由。有些记忆像芝士蛋糕，上面点缀着覆盆子；有些记忆像草莓布丁，细腻柔软，甜润有度；有些记忆像曲奇饼干，即使不够酥脆，也可以缓解咖啡的苦涩。她对甜品的热爱，导致我对四季认知的改变，每一个季节都有一味不可替代的甜。

烟熏鲭鱼和玉子烧，暗绿色陶器和红色漆盒，肉质粗糙和鲜嫩润滑。一个如我，一个像她。我摇摇头，看着对面的空座位，又看看漆盒上莳绘梅竹纹样。

邮件提示音打破了夜的寂静，夜不是一天的结束，而是走向黎明的开始，我的一天还长着呢！

（六）

陈可从多伦多飞回上海，飞机刚落地，邮件如雪花般飞来。他立刻拨通 EI 全球投资银行总裁 Peter 的电话，陈可直接向他汇报项目进展。

“NL 单方面终止了与中国 CJ 公司长达三个月的排他性谈判，并提高其售价。在我飞行的这十六个小时里，瑞士一家公司已经以我们报价的四倍出价，此次收购遇到重重困难，加之不得不更多地考量形势，中方的整体收购计划恐怕已经到了山穷水尽的地步。”

“无论如何你们已经尽力了，我还在开会，先这样吧！”

陈可有一种不好的预感，虽说这个项目从立项至今已经在国内外传得沸沸扬扬，业界人士都盯着呢，邱天他们也将银行佣金谈到了上限，这是非常不容易的，外资银行早已不占优势了，国内的投行把佣金压到极低，甚至给点辛苦钱就可以做，他们看上的是与客户建立长期合作关系，外资银行却不允许这么操作。团队在这个项目上已经无可挑剔了，只是项目没成功前期努力都是白费，银行拿不到一分钱。此时已进入年底了，每年的十二月到春节前是全球金融业大裁员的关键时期。虽说年中因为经济的影响各大银行暂缓裁员，年底这关却很难渡过。花旗银行、德意志银行、汇丰银行已经重启裁员，EI 也是迟早的事了。一方面不知天高地厚的应届毕业生想挤进投行，银行这边招聘进人；另一方面分析师、业务经理这样的初级职位留不住人，越来越多的年轻人逃离超负荷的工作，投行也不得不扮演培训机构的角色。

他进入酒店，刚刚准备点份外卖，手机铃声响了，一看是人力资源总监，真是怕什么来什么。

“陈可，客套话我就不说了，裁员开始了，投资银行部需要裁掉一位董事总经理和一位分析员，名单我们已经拟好了，邱天和Selina Chung，具体工作我们来执行。”

“Gallen，我不同意，他们两位都在NL收购项目里做出了很大贡献，虽然项目没成功，他们的工作我们不能否定。我现在就联系Peter。”

“陈可，没有这个必要了，Peter已经离开EI了。”

“我一小时前还和他通过话呢！你是说EI把Peter给裁了？他可是资深银行家啊！他做过的大项目不用我说你也知道。”

“这样的事我怎么可能和你开玩笑呢！”

“不就是节约开支吗？我走他们两个人都能留下，就这样吧！你去协调。”

“你就别难为我了，我要是敢提，他们先让我回家。陈可，上面的意思你是不可多得的将才，邱天业务能力没的说，不过领导力和你还是有差距的。你就别难为我了，工作我来做，你谁也不得罪。”

“你如果这么做我立刻辞职。”陈可说。

“我怎么听说原先你和邱天相处不错，最近好像……哎，陈可，你就别那么固执了，我拜托你！”

“我辞职吧！辞职信十分钟后发给你。”陈可没好气地挂断了电话。他又给Peter打电话，果真已经无人接听了。

投行的辞退过程说起来很残忍，人力资源部电话通知，当事人交出工牌、工作手机和电脑，个人物品将由银行以快递方式寄给当事人指定地址。当事人从人力资源部出来由专人护送进电梯，不允许回到原先的办公室。通常来说，员工的办公桌里没有私人物品，因为裁员不知何时就会降临在自己身上。

Gallen又打来电话，他的情绪很激动：“陈可，我上有老下有小，算老哥求你行吗？我们全家都指望我的收入呢。”他顺了一口气继续说，“上面已经预料到你会辞职保住他们两个人，陈可，我没有难为过你吧！”

陈可很无奈，Gallen也算是人力资源部资深主管了，平日里很多员工都怕他。裁员年年有，力度也是年年递增。办公室里又到了草木皆兵的时刻，只要电话是人力资源部打来的，即是凶多吉少了。

“Gallen，你也了解我的为人，他们工作都很努力，我没有理由自己留下。”

“陈可，我也是没有办法啊！我这个年龄再找工作太难了。”

“邱天的业务能力、领导力一点都不比我差，我脾气比他急，员工更愿意与他一起工作。Gallen，这样吧，我的辞职信直接提交总部，我不会让你受到影响。”

Gallen欲言又止，他知道陈可的性格，只能听天由命了。

陈可刻不容缓地把辞职信写好发给了总部。他以身体状况不适合高强度工作为由辞职，这时候也只能这么操作了。

陈可五日内往返多伦多，工作日程排得满满的。这三个月来NL的项目让他心力交瘁。他在飞机上没有胃口吃东西，现在饿得心慌。

陈可想起邱天提过有位初级员工因过度焦虑而严重失眠，NL项目组的员工凌晨三点前基本上不可能休息，更别提照顾家人或者谈恋爱了。邱天不得不同时接手初级分析师的工作，如今竟然要遭到裁员，在他这关就过不去。

陈可并不想给员工这么大的压力，事实上他的工作量远超员工。他主管亚太地区投行业务，这就意味着不仅仅是NL这一个项目，他每天睡眠不超过四小时，每天处理无休止的邮件和电话会议，他必须保持清醒的头脑和决策力。员工可以抱怨甚至投诉，而他只有承担。

虽然饥肠辘辘，陈可还是先去洗澡舒缓疲惫，然后回复邮件。酒店是一个让人专注工作的地方，脑子里被各种数据和文字占满了，日子也就简单了。

（七）

陈可独自走在南浔古镇，鳞次栉比的百间楼，莲池曲桥的小莲庄，以及有着幽雅园林的藏书楼。小桥流水，河道蜿蜒，好像诉说着千年往昔。他临河而坐，点了一壶茶，欣赏着写尽了江南之美的南浔古镇。茶水温度不够，因此并不好喝。他不在意这些，这段时间漫无目的走在江南水乡，整个江南整体建筑风格、人文习俗各有千秋，唯一不变的是弥漫开来的“臭西施”，煎臭豆腐摊前络绎不绝的看客，捧场的、捂着鼻子的皆有之。

南浔古镇，太湖边的湖笔之乡，湖笔与徽墨、宣纸、端砚并称为“文房四宝”。古镇出产的“辑里湖丝”在康熙年间已闻名遐迩，为帝王御用，丝中极品。张静江是南浔巨富“四象”之一，先祖以盐丝起家，光绪中期称雄一方。张静江追随孙中山倾其资产资助反清革命。孙中山称他为“革命圣人”，蒋介石称他为“导师”。黄埔军校成立时，张静江向孙中山力荐蒋介石，蒋介石被任命为黄埔军校校长。蒋介石前妻陈洁如是他在张静江家偶遇，并托张静江为媒。

西洋楼是张石铭宴请文人名流举办舞会的地方，中西合璧的建筑，号称“江南第一巨宅”，巴洛克建筑风格为主体，不难想象梳着长辫子的男人们出入此处的景象。

这里没有太多商业色彩，民风淳朴、古风今韵、自在悠然。边逛边吃，比如清朝流传至今的“木槌酥”，将熬好的糖与炒熟的花生、芝麻搅拌，两个人同时用大木槌敲打，趁热切块，香气数十米都能闻到，还有定胜糕、芡实糕、袜底酥等。

前日他去了路仲古镇，那里的房屋破旧不堪，鲜有人居住，好像不小心走进别人的旧梦里。路仲古镇保留了元代建筑风格，柱石写有大明永乐十二年甲午（1414 年）秋建。桥上的石狮子憨态可掬，站在石桥上可以看遍小镇的风景。透过玻璃窗看到屋内还有草编筐和草鞋，简陋的美发店内剃头师傅在接待一位顾客。

连日阴雨绵绵，难得露脸的太阳好似画在灰色的画布上。一朵从石缝里钻出来的小黄花，给小镇平添些许生机。

江南小镇有数不清的单孔桥和多孔桥，他划桨的双臂有些慌乱，小舟穿过一个个桥洞，水乡人家晾晒着衣衫，老伯在自家门口喝着老酒，石阶上有人洗洗涮涮。恍惚间 June 站在桥头等着他，只是，究竟是哪一座桥呢？

他不知道第几次端详 June 老家的地址，尽管早已烂熟于心。夜幕低垂，店家与经过的客人讲着吴侬软语：“阿拉的青梅酒好喝得来……”他把地址又收起来，没有理由登门拜访，虽然这几日都在江南古镇兜兜转转，不过是熟悉 June 成长的地方。

他要来一壶青梅酒，雨水从屋檐滴落。山遥水遥、物是人非。快到新年了，他第一次觉得人生寂寥，一种前所未有的无力感席卷而来。

他为 June 推开一扇门，外面的世界是新奇的，世间万物无须注释；外面的世界也是陌生的，当 June 挤进形形色色的人群，当她的手指触碰着并不温润的表面，她的担心或许远远超过好奇，他没有留意，而是理所当然地打开了另一扇门。他走在前面，只是过马路时牵着她的手，也许她期待他多回头看看，他的确回头了，等她走来，确定没有迷路，又继续前行。在她的眼中，他的身影越来越不清晰，她跑着追他，他回头看她，没有看到她的疲倦，方向是对的，他继续大踏步地往前走。

他一次次固执地赶路，没有注意到她渐渐黯淡的双眸。他记起June喜欢牵手，还记得她说：“十指连心，你牵着我的手，感觉心与心相连。”她只是想与他并肩携手，如此而已。

虽说很多地方他以前都来过，大多是公务，陪同客户或是参加各种会议，步履匆匆，世界都装在黑色拉杆箱里，去哪里都是会议室、酒店，没有太大区别。

现在的江南看上去是那么不同，他好像不是独行者，而是带着心灵，等着这些细细密密的雨丝来滋养。北方的雨是不同的，敲敲打打般落下，撞击着地面，激起水花。

他把自己安置在粉墙黛瓦的民宿，走在或深或浅的弄堂，他坐在拥挤的小店里，看着身边的人来来去去。

店家给他端来一碗面，一块长方形的焖肉厚度约一厘米。他先把冷的焖肉藏在碗底，啜了一口汤。这汤看上去波澜不惊，却是滚烫的，眼泪毫无预警地险些冲出眼眶，理智好像被烫了一下，有种肝肠寸断之感。他有多久没有哭过了，是不是不会哭了？这次竟是眼泪最勇敢的一次。他不知道如果大哭一场会不会很爽？就像久旱逢甘霖，或者是旅人终于可以洗一次热水澡，冲走所有的污垢。

“老板，面好吃哇？”店家探过头问他，见他一时没有回答，又说，“阿拉老婆烧的。”

苏面的灵魂都在汤里，他选了红汤，宽汤重青，没想到外表平凡的面，竟然蕴含着打通感官的力量。每一个人似乎都有很多隐形开关，平时基本用不上，甚至在前一秒还未感知它的存在，突然间开关被触碰，他不由得深呼吸以调整自己的节奏，把心思落在此时此刻。这汤头用蹄髈、土鸡、鳝骨、猪骨、金华火腿等文火慢吊三小时，看似清澈，口感却浓郁得很。

他抬头望去，大婶正用筷子和笊篱动作娴熟地捞面。

这面根根分明，整齐地码在汤里，吸满了汤汁的精华。放入口中，细韧柔滑、口口缠绵。这几日他尝遍了苏面的浇头，虾爆鳝面、爆鱼面、鳝丝面、大排面、雪菜黄鱼面等。三虾面是苏面的顶配了，吃的是季节，即端午前后的一个月，往往可遇而不可求。秃黄油面也是在夏季螃蟹季才最好吃。

此时是吃焖肉最好的时机，最初冷冷的焖肉，此时已被焐热，一改初见时固执的外表，变得柔软细腻起来。咬一口肥而不腻，特别是那条细细的肉皮，在唇齿间脂香四溢。焖肉的做法是选用新鲜带骨五花肉，文火四小时焖制。不疾不徐、不矜不伐是成就了这块焖肉的态度。待静置冷却去骨后切成厚片。整碗面浓淡相宜，焖肉的凝脂在热汤中消融，为汤汁增添了一份香醇。面、汤、浇头看似各司其职，实则相互成全。十分钟内吃完一碗讲究的苏面，汤的纯度、面汲取汤汁的分寸、焖肉的温度，一切都刚刚好。

一路走着，评弹声声入耳，他找了一个位子坐下，虽然听不太懂，却觉得很是安慰。

元代画家黄公望的《富春山居图》，前浓后淡，像极了人的一生，前半生浓烈，后半生心境趋于平淡。

雨，丝丝缕缕，用听觉来感知，才是逸乐于江南。

一一躺在邱天的怀里，自从上周邱天被银行辞退以来，一一想不通邱天竟然会失业。

那天傍晚与往常并无不同，邱天回来时，一一听到他用钥匙转动门锁，然后他的声音从门缝钻进来，还是那三个字“亲爱的”。他西装革履地走进门，表情与往日也没有不同，他说：“我从现在开始失业了，正好陪你和宝宝。”

一一吃惊地站在原地，然后怔怔地问：“你在开玩笑吗？一点都不好笑。”

邱天说：“不用请阿姨了，我们两个人还怕带不了小宝宝吗？”然后他又补充一句：“银行年底换血已是惯例了，没有什么接受不了的。陈可辞职了，其实他大可不必。”

见一一没有反应，他又继续说：“我有太多书和电影都没时间看，从现在开始你选电影我们一起欣赏。你再也不用嘲笑我电影当连续剧看，连续剧当跨年剧看了。”

邱天的心态平和，不骄不躁，每日换上运动衣去户外晨跑，然后从菜市场买来鲫鱼煲汤。一一说：“我不喝鲫鱼汤了，已经没用了，宝宝就喝奶粉吧！”

邱天说：“没关系，反正对产妇有利无害。”

一一看看邱天，几个月前还有同事夸赞他“玉树临风”，现在的他慵懒地坐在沙发上，工作手机上交了，不用没完没了地出差了。一一想，那天傍晚他看似平静，又说了那些显然是打好腹稿的话，无非是不想让她担心，其实他的声音里还是有一丝干涩的。

他们重温的第一部影片是《秋日传奇》，只要是屏幕里出现男女亲热的镜头，一一都要把婴儿车转一个方向，然后说：“婴儿不宜。”

邱天总是被她的举动逗笑，然后说：“要不要我们也婴儿不宜一下？”

一一附和着说：“这个建议特别好！”

这回邱天没有把电影当作连续剧看，他中途没有睡着，总算是看了一部完整的影片，一一倒是有点不太适应了，通常来说，无论电影多么精彩，他不到十分钟肯定进入梦乡，比如有一次他们一起去影院看《速度与激情》，一一紧张得直冒汗，再看邱天，毫无例外地呼呼大睡。一部电影分作几次看，往往是一一看了五六遍，台词都记下来了，邱天却迷迷糊糊地问着：“他是谁？什么时候出现的？为什么会是他？”然后又要倒回去重看。如果是看连续剧，通常是一一把故事情节忘得差不多的时候，邱天才兴致勃勃地说：“我看完了！”看电影的确让邱天很放松，现在他终于和一一同步看完了一部影片。其间他还不时地加上旁白：“一一，主题曲太好听了……这样的画面太美了！”

在逆境中仍旧感受到生活的美好，一一看向邱天的眼神更柔和了。

谢飞的无锡图书馆项目已经开工，他又回到现场工作。临行前，他给一一打过电话，大致意思是方琼一个月前回京了，他们办了离婚手续。方琼已经在他们公司入职了，如果有时间能不能找她聊聊。

一一和方琼约定在柯晨的餐厅跨年，虽说方琼开始很犹豫，不过当一一提起柯晨已经有女朋友了，那个女孩是餐厅的甜点主厨时，方琼还是应允了。

陈可在冬雨里走回了民宿。他把自己陷进竹椅里，慵懒地过着不用工作、不用思考的日子。微醺中他看到一一的跨年邀请，还有一张宝宝的照片。宝宝有点吃力地趴在一个丑娃娃上，身边是他送给宝宝的小木马。他端详着漂亮的小宝贝，她长得很像爸爸，除了眼睛比爸爸大些。“宝宝的百日宴和新年一起庆祝了，在 Vincent 的餐厅，他替我们留了两间客房，我们跨年夜不回家了，大家一醉方休吧！”

陈可有点感动，他回想着年初他们在双廊跨年，这一年他过得何其艰难，他和 June 走散了，与朋友们渐行渐远。新年的钟声即将敲响，他还有机会弥补吗？

雪儿在第一时间得知谢飞离婚了，她有朋友在谢飞的公司："消息可靠，你要抓住机会啊！他在无锡呢，工地的地址发给你了，其余的就看你的造化了！"两个月前，雪儿听说谢飞结婚的消息时大病了一场，心碎的感觉太痛了。只是当她看到年迈的姥姥夜不能寐地守护着她时，她的心软了，她攥着老人的手，泪眼婆娑地说："姥姥，我会好起来的，您别担心啊！"

雪儿突然出现在谢飞的面前："有什么需要我做的？"

谢飞吓了一跳，看着不知从哪里冒出来的她，好像被过于明媚的青春烫了一下，雪儿的勇气如蓬勃而出的朝阳，让他毫无招架之力。他的表情从错愕变得滑稽，转而又严肃起来："这里是工地，谁让你进来的？"

"我来做你的助理啊！双廊的图书馆建不成了，无锡的我不能再错过了。"

"你不用上课吗？别捣乱了！这样吧，你去我的宿舍等我，我下班回去。"谢飞知道她的厉害，只能退让。

雪儿以迅雷不及掩耳之势吻了他的脸颊，谢飞如过电般僵住了，雪儿又在另一侧脸上亲了一下，以风速般消失了。

雪儿回酒店取来小提琴，又去超市买了些食材，然后去谢飞家里准备犒劳他的胃。她从小跟在姥姥后面，在厨房里学了不少做菜的本事，家常菜根本难不倒她。雪儿的父母心疼女儿，父亲说："你这是拉小提琴的手啊，洗菜时能不能戴着手套啊？"雪儿总是大大咧咧地说："我的双手不喜欢束缚，它们喜欢和瓜果蔬菜一起洗澡，就像是在小溪边采风呢，特别有创作灵感！"

她今天做了一道霉干菜烧肉，想着既然在无锡，就做一道江南传统菜吧！煲了一锅白菜粉丝豆腐汤。谢飞一进门，她把饭菜摆上桌，拉了一曲"宛若星辰"。谢飞累了一天，看着热气腾腾的饭菜心里顿生暖意。他们都没有在南方过冬的经验，屋里屋外温度一样，谢飞的宿舍条件一般，他看着她在屋里还穿着羽绒服，自己也没有脱去外套。

雪儿帮谢飞夹了一块肥瘦比例刚好的肉，又浇上肉汤，再夹了些霉干菜放在米饭上，谢飞尝了一口，花雕的香气与肉香完美结合，肉皮油亮，味道无可挑剔。他惊讶地看着她哆哆嗦嗦地吸溜着："这屋里也太冷了，我刚刚拉小提琴都快冻成雕像了。"谢飞这才想起把卧室里的电暖器推出来，插上电。

"没想到你的手艺不错啊！"谢飞帮她盛了一碗汤。

"你想吃什么？我保证一个月不重样。我从小就喜欢泡在厨房看姥姥做菜，厨房里那点事难不倒我的。"雪儿觉得没有那么冷了，她脱掉了羽绒服，又夹起几块肉大口吃起来。

谢飞笑了："你这么能吃还可以保持身材啊！"

"想喝点酒吗？我有小二。"

"你从北京带二锅头？"谢飞又吃了一惊。

"不瞒你说，别的酒我都喝不惯，来点吗？"说完，雪儿帮谢飞斟满了酒，几杯酒下肚，谢飞感觉到久违的轻松。

两人醒来已经是第二天的清晨了。谢飞觉得胳膊被压得抬不起来，才发现雪儿穿着他的 T 恤躺在他的旁边。雪儿也醒了，她甜甜地一笑："早上好！我去准备早餐。"

谢飞看着她的背影，小兰的样子却越来越清晰。每天小兰都会为他准备好早餐，有时候他赶去上课，她就帮他把早餐包好带到学校吃。

"我一会儿蒸点馒头吧！昨晚还剩下一点霉干菜烧肉，晚上回来用馒头夹着肉吃，特别香！我再熬一锅小米粥。"雪儿在煮鲜虾馄饨，"我昨天包的，你多吃点，出门就不怕冷了。"

谢飞一把抱住雪儿："傻丫头，我结过两次婚，你到底喜欢我什么啊！”

“我爱你真实不虚伪。谢飞，我们不要再浪费青春了好吗？我要嫁给你！”雪儿吻着他，谢飞不再躲闪。

“等你毕业吧！你父母会同意吗？”

“父母尊重我的想法，他们都很开明的。”

“雪儿，时间差不多了，我去工作了。你出去逛逛吧，不要围着灶台转，我对吃没有那么讲究。”

“我在写一支曲子，已经快完成了，晚上你帮我指点一下好吗？”

谢飞说：“好的，我很荣幸。”他打开房门，就在雪儿准备和他说晚上见时，他又关上了门。他吻着她，爱最初的样子本该如此，直戳心灵。

谢飞没有想到自己会这么快爱上雪儿，也许是方琼从来没有爱过他，他被她的纤柔所吸引，给她出于本能的保护。他给过她安稳的日子，又亲手松开了婚姻的牵绊。她逃离婚姻的时候，嘴角露出无法掩饰的笑容。爱情到底是什么？磕磕绊绊地走了这么久，迷路、爱错了人，他承担了全部的悲伤。

雪儿没有想到他的吻如此深沉，她能感觉到他的心跳。他把雪儿抱在床上，俯身继续吻她，然后耳语：“我爱你。”

雪儿躺在床上，他已经上班去了。她不敢相信谢飞真的接受了她。她哭了，又笑了。

灵感如泉涌，雪儿看到床头有一支笔，她在床单上谱写了一曲《你是我的星辰》。小提琴的弦音在心中响起，她闭上双眼，聆听着用爱谱写的旋律。

晚上谢飞回到家时，雪儿甩着高高的马尾辫像欢快的小鸟飞进他的怀里。“我把浴缸刷干净了，又放了玫瑰花瓣，现在的水温正好，你先去泡澡，晚餐很快就好。”雪儿一边说着一边帮他一层层脱去衣服，谢飞有点不好意思，被她半推半就地推进了浴室。等他从浴缸出来，才发现浴巾不翼而飞了。他从浴室的门缝露出头来：“雪儿，浴巾怎么不见了啊？”雪儿坏笑着把一条崭新的浴巾张开：“来吧！”谢飞用手遮挡着钻进浴巾，雪儿掀起浴巾的一角帮他擦去水珠。

谢飞羞红了脸，雪儿说：“你也太不会长了呀，身上的皮肤比脸上白多了呀！”

谢飞更不好意思了：“因为晒不到太阳嘛！”

雪儿又说：“你比我大不了几岁，经历这么多烦心事，从现在开始我陪你到地老天荒。”谢飞被雪儿一步步推进了卧室，不由得浑身紧张，他说：“雪儿，我还没有准备好，再等等吧！”雪儿把他推在床上，然后才把卧室灯打开。谢飞看到床单上写满了小蝌蚪，雪儿含着泪拉起了这曲《你是我的星辰》。

琴弦拉扯着谢飞的心绪，他陶醉其中，不知不觉泪涌了出来。雪儿好像是他心里的小精灵，飞舞着小翅膀，帮他把心结缓缓打开。

方琼下班后走回自己租的公寓，这是一套在老旧小区的一室一厅，业主重新装修后出租。她已经会做简单的美食了，菠菜洗净焯水，腐竹泡软备用，开火、加油，蒜瓣炝锅，然后炒菠菜，加入腐皮，在加热昨晚剩饭的同时，煎了一颗荷包蛋。晚餐后，她打开电脑，明天她的设计方案就要开会讨论了，不由得心中忐忑，很想给谢飞打一个电话，转念一想，她拿出笔和纸，一笔一画地写着：相信自己。

自从一个人住，每当她心里觉得不踏实的时候都会弹弹古筝。她感激母亲当年培养她这个技能，小时候不懂，现在明白也不算太迟。古筝其实是弹给自己听的，是养心、护心的良方。

在每一个等待的日子里，她最怕不经意间听到那首耳熟能详的歌 *Right Here Waiting*（《此情可待》）。Richard Marx 浑厚的声线总能牵扯她的情绪。古筝则让等待变得不同，时间包裹着的外衣一层层地脱落，随着琴声缓缓流出，呼吸也变得顺畅。一曲《墨缘》余音袅袅，她闭上双眼，好像到了一处静心之所，水声潺潺，而他正浅啜一盏清茶。茗香悠悠，她走在梦的中央，梦醒时将会在何方？

第二十二章　团圆饭

走散的人总会回到原点。

（一）

我从及膝高的雪地里拔出过冬储备的白萝卜，好像是拽起一对兔子的耳朵那样。我举过头顶，白萝卜在阳光下闪闪发光。冬吃萝卜夏吃姜，这萝卜藏在雪下，没被冻坏反而更加水灵了，我咬了一大口，脆爽有加。

我索性躺在雪地里，一条腿跷在另一条腿上面，一只脚在空中画圆。

我醒了，看着身边邱天的轮廓如剪影一般，想必天还没有亮吧！梦境倒是有趣，我想起还有一个与兔子有关的梦：老式木门，门槛有点高，我掀起裙裾，才觉得有毛茸茸的东西触碰着我的双腿，低头一看，却是一只小灰兔，它太活灵活现了，一双眼睛却楚楚可怜，它蹦蹦跳跳地消失不见了。我又心不在焉起来，走着走着，又迈进下一个门槛，它再一次从我的裙摆下蹦出来，然后它立在门槛上不动了。我诧异地看着它，转眼间，没有什么小灰兔，一个穿着灰色连衣裙的小女孩坐在门槛上。

起风了，她的刘海儿被吹乱了。她眯起眼睛，噘着小嘴。

我递给她一颗巧克力，她吃了，糖纸攥在手心里舍不得丢掉。风更大了，糖纸被风刮走了，她跑着去追……

邱天抱着宝宝在客厅里踱步，宝宝把眼睛睁开一条缝，他轻轻地吻她，宝宝又踏实地睡着了。邱天把宝宝放进摇篮里，从头到脚吻了一遍。

“午餐想吃点什么？我现在去跑步，然后去菜市场买点新鲜蔬菜吧！”

邱天在为下一场马拉松做准备了，除了逐步增加难度，他也增加了一些力量训练。

“法国有波尔多葡萄酒马拉松，我们也可以有趣味马拉松啊！”

“说来听听，不会是与美食有关吧？边跑边吃，不太可行。”

“你想象一下，在马拉松中加入游泳环节，游上岸后，比赛吃螃蟹，螃蟹不占空间啊，不会给跑步带来负担的。”

邱天拍了拍我的头：“在马拉松中加进游泳已经不可思议了，还要比赛拆螃蟹，亏你想得出来。”

我看着他认真的表情，添油加醋地说：“大多数北方人不太擅长拆螃蟹，特别是有比赛压力的时候，所以呢，南方人在这方面有优势。”

“是不是你想吃螃蟹了？”邱天看着我。

“我呢，想吃红白萝卜炖牛肉，新鲜的牛腹条，大量的红白萝卜切成大块，吸满了牛肉的香气，萝卜比肉还要美味。”

邱天笑着说：“你不是想做酱牛肉吗？要不你两种都做？”

“改天做酱牛肉吧！今天煲一锅冬日限定的萝卜牛肉煲，保证你元气大增，多跑几公里。”

“好吧！趁宝宝还在睡，你先吃早餐吧！”

我看着邱天换上运动衣，精神抖擞地在原地跳了跳，又做了几个俯卧撑。

“我好久没有醒来时发现你握着我的手了，那种感觉太幸福了。”

“我要趁宝宝咿咿呀呀前抱走她，让你多睡一会儿美容觉啊！”邱天笑的时候眼睛也在笑，我最初是被他的声音迷住了，每次生气的时候，只要他打来电话，没等他说两句，我就束手就擒了。他总是那么不慌不忙，总能抚平我的小情绪。

“我就是没办法生你的气，你的声音太有魔力了，我有时想多生气一会儿，还是没有做到。”

“生气多累啊！”

我吃着他煮好的宁波汤圆，一颗颗富有弹性，猪油的香气、黑芝麻的香气，还有桂花香。

生活简单而美好。我看着熟睡中的宝宝，她像极了邱天，脾气好、喜欢笑。“宝宝的五官都和你一个模子，没有我什么事啊！不公平。”我有点忌妒，都说女儿像爸爸，也不用这么复制、粘贴吧！

我用《小苗在成长》记录宝宝成长的点滴，这是一本红色硬皮册，扉页是宝宝出生时的手印和脚印。每一个月对比总结一次。册子上印有每一个月的“成长要点”，比如满月：培养婴儿有规律的睡眠、吃奶的习惯；训练婴儿的感知能力，如视觉、听觉、触觉的定向反应；比出生时体重增加500克左右等。我对照分析相关要求，不时记录宝宝的进步，如：宝宝出生第三天学会了微笑；第九天脐带脱落；宝宝半个月时，半夜三更，爸爸拿宝宝白天用过的纸巾给妈妈擦嘴，还说“牛奶都溢出来了”——当时妈妈被惊醒，发现被人用白色纸巾按住嘴，吓得够呛。满月时，宝宝的体重增加了1000克，弥补了出生时体重的不足，爸爸、妈妈为宝宝高兴。我在十项成长要点后面都画了钩。

宝宝满月时第一次发出了哈哈哈的笑声、认识爸爸妈妈、一双漂亮的大眼睛总是好奇地东张西望；一个半月时练习俯卧、能自己抬头。三个月时，喜欢喝西瓜汁、西红柿汁、胡萝卜汁、桃子汁、荔枝汁。我们把宝宝放进购物纸袋里，用弹簧秤钩住纸袋给宝宝称体重，宝宝的眼睛睁得圆圆的，她很不理解为什么被放在纸袋里，晃晃悠悠地有点害怕。她试图把两个小拳头放进嘴里，放不进去着急地摇头。爸爸把宝宝从纸袋里抱出来，宝宝玩着爸爸的鼻子，嘴里却说："哦，妈妈！"宝宝会叫妈妈了？我兴奋极了，幸福来得太快，我等着她再叫一声，轮到爸爸羡慕去吧！

我忽然有了创作冲动，我要为宝宝写一首小诗。正当我准备奔向书房的时候，宝宝哭了，她委屈地看着我，她饿了，我只好让灵感飘在空中。还是姑娘的时候，我绝对不会想到当了妈妈有这么不同。

（二）

我站在窗前，梦境依然清晰。我梦见谢飞，梦见他画的那些碎瓷片。有时那些碎瓷片好像家乡的瓦砾，我想象着它们拼凑成屋檐的样子，家乡的雨水很多，这些瓦片是否可以替我遮风挡雨？

记忆里那些厚实的残片纹理颇具魅力，很想用手指轻抚。那些不同质地、色彩的残片诉说着对往事的眷恋，勾勒起他对爱的执念。他不会丢掉那些悲伤的记忆，相反，他很珍视它们。我记得那些古老的颜色，蓼蓝、菘蓝、木蓝、马蓝，开淡色小花，根叶入药有清热解毒的功效，叶含蓝靛染料，青出于蓝而胜于蓝。我想起双廊陈可家里那些扎染布艺，重复印染、洗掉浮色，才会呈现心中的图案。瓷器与布艺不同，瓷器源于泥土，通过火的温度，金属成分产生化学反应，产生无法预测的窑变。

"这些碎片很迷人。"我曾经对谢飞说。

“窑变更是迷人，温度过高或者过低都会带来不同的结局。火焰是多变的，你无法设置一个固定的温度，原始做法才能产生出其不意的效果，也就是不可控的温度带来不同的结果。如今都是高科技了，也就不会有原始的惊喜。爱情的样子，就好像是从泥土蜕变成美丽的瓷器，火焰的高低即心情的高低，释放出不同的气质。”谢飞说，他眼神游离，似乎可以从他黑色的双眸看到火焰的跃动。

我想到他画的“乌金”釉面，以及顾城那句“黑夜给了我一双黑色的眼睛，我却用它来寻找光明”。

这些残片比完整的器物更能打动我的心，也许是因为它们的断面释放出的信息。他的画很生动，我甚至可以听到开片悦耳的声音。以至于每每回忆那些画，都觉得意犹未尽，我被这些残片吸引了。

“如果可以，我想把那些残片收存。”分开时，我恳求他。

“还是不要了，对你而言，这些残念还是忘记了才轻松。”他的眼里泛着泪光，“我的人生寡淡，就像是釉面很薄的残缺品，与典雅的艺术品相差甚远。”

“我记得你说过，偏差抑或乳浊可以造就完全不同的色泽。错误本身可以很美，取决于我们认识事物的角度。谢飞，你给我很多帮助，我要感谢你！”

“我险些错误理解我们的感情，好在我有自省、悔悟、修正。他的天空宽广，他会给你想要的美好。我只是一个普通人，曾经我的世界里一片漆黑，我一直以为会在那个维度里生存很久。有时我觉得活在千年之前，剥离了现代的细节。孤独、无奈、妥协。”

我们像是在梦境里相互偎依，以一种无可奈何的姿势。残片有起伏不定的棱角、有层次丰富的断面、有细腻的肌理，更有迷人的釉色，像极了人生。我觉得自己在一点点地变小，直到需要仰视他的这一天。

“你怎么做到的？明明像是粘在衣角上的米粒，却呈现出玉石般的光泽？”

“色彩就是这样千变万化的，只要你的笔触充满活力，自然会相互成全。”

“瓷器的透光性很美，比如你的那只兰花品茗杯，优雅大气，令茶汤更为出色。”

“杯身轻薄，美却厚重，这就是时间的底蕴。”

谢飞好像建窑黑釉，深沉而寂寥。我们的故事很像天方夜谭，从他通过摄像头窥视我的身体，到我从他的日记里窥探他的思想，从虎口脱险到自投罗网。这一年被称为魔幻的一年，现在终于到了年底。我不知道此时的节点是否也是我幸福的边界。

谢飞笔下的残片已经被完整的器物取代，“窃蓝”为立秋时天空的颜色，我喜欢这个“窃”字，比“浅蓝”多了一点欲言又止的意味。我忘不了他笔下的窃蓝梅瓶，还有那些无论是粗糙的表面还是如半胧淡月的胎体，它们渐渐地趋于完好，我替他感到高兴。

我不想用爱捆绑陈可，泪眼朦胧中，家乡的小河宛转千百年，旧屋仍在，那个背着行囊远行的女孩一次次回头，直到她看不到家乡的样子。我想去拥抱她，告诉她我们没有错，人生值得。

我看到他在平静的湖面划着一叶小舟，不知道我的小河是否流向他的湖泊。爱情，难得甜如蜜，难免被蜇痛。

“你在我心里的烙印是那么深，我没有试图抹去，因为我知道那是徒劳的，我也从未这么做过。”我在小纸条上写下这句话，放进书桌上的小木盒里，集腋成裘，也许有一天我可以从这些字迹里找到答案。

阳光投射出斑驳的影像，我的眼前又浮现出钧窑残片的色泽，如深沉的海，如寂静的夜，在我心头散去，有海浪的声音，潮起潮落……

我拿出珍藏多年的普洱，想起那句“无味之味是至味”，电话铃声响起。

“可儿，妈妈的体检报告出来了，医生说我并没有患冠心病，我的心脏不适感，听了医生的解释，我是这么理解的：一扇用了很久的门，你想关紧吧，它偏偏留了一道缝隙，就是这道不大不小的缝，让血流的方向有所牵制。其实没事的，医生说动态心电图显示，我的体力在同龄人中算是好的。”

母亲看我还是一副担心的样子，笑着说：“想不想看你爸爸刚刚做好的客家酿豆腐？香极了！”

她边说边掀开砂锅锅盖，热气腾腾，我似乎可以闻到香气。

“可儿，你最近有没有做给June吃？我记得她很喜欢吃客家酿豆腐和红糖煎堆。对了，你爸爸最近又给广东老家捐款了，他的小学校舍要重建。”

我把普洱放回原处，很自然地倒了一杯威士忌。

人生的前二十几年，我算是顺风顺水。我上初中时，父亲利用闲暇时间写了一本金融方面的专业书，他每写完一个章节，都会把书稿给我，让我用工整的楷体誊写，每次我完成工作，他都会给我现金酬劳。父亲的第二本书是关于全球矿业市场研究，我用电脑录入他的文稿。久而久之，我明白了不可以不劳而获，以及我对金融市场、矿业领域有了初步的认知与兴趣。当我年满十八岁，父亲给了我第一笔投资资金，鼓励我利用所掌握的知识在股票市场上有所收获，在这个过程中，我可以与他探讨，但仅此而已，他要求我独立思考。我大学毕业时，这笔本金翻了几番，这些都是我的原始资本积累。

我啜饮一口威士忌，沟通，什么时候成了我的问题？她对我一贯的“自以为是”包容、迁就，而我却活成了父亲那时的样子，不会把满溢的爱正确表达出来。

父亲曾经是一位不善与家人沟通的人，他在同事与朋友中树立了很好的形象，回到家，他在人际关系上的优势忽然就不见了，他变得很难沟通，无论是对母亲还是对我。他不会把爱挂在嘴上，取而代之的是经常皱着眉头看我。

母亲从来都不会与父亲争执，至少在我面前没有过。小时候，我在严厉的父亲面前是唯唯诺诺的，即使我已经是班里成绩最好的学生了，我仍旧觉得父亲没有满意的时候，这时候母亲总会微笑着说："我们可儿真棒，我为你骄傲！"父亲自然是不予理会的，或是皱着眉头说："这么简单的功课，有什么值得自豪的，我像他这个年龄，每天还要去地里干活儿，他五谷不分的。"说到这时，他还会摇摇头。

有时候他工作遇到烦心事，我们都要遭殃。母亲的笑容越来越牵强，为了不让我幼小的心灵受到伤害，她尽力保护我。她说："可儿，父亲是爱你的，他工作太辛苦了，你要体谅他。"

八岁那年我们举家迁往加拿大，那是我性格的分水岭，从一个极其内向的小男孩摇身一变成了学校最勇敢的少年。说来可笑，我之所以有这么大的转变，是我忽然觉得自己是男子汉了，我要和父亲平等交流。

我是在第一次看到凡·高的《向日葵》时顿悟的，这听上去更加匪夷所思。我家的花园里种着这样那样的花，唯独没有大脸盘的向日葵，于是我自己临摹了一幅，像火焰一般的花，放在客厅最显眼的位置。

儿时的我暗下决心，我要保护妈妈，还有，如果以后我有喜欢的女孩，我一定要百般呵护，让她觉得自己是世界上最被疼爱的人。爱一个人并让她知道，有这么难吗？

现在想想，儿时的我竟然把心中的怒火以这种方式来表达，现在这幅“愤怒之花”《向日葵》已经被我藏起来了。凡·高画向日葵，是向日葵给他带来希望，并非表达“怒火”，我儿时的理解实在太偏颇了。时过境迁，我才明白，爱一个人是多么不容易，捧着不是，放手也不是。

父母，当我不需要仰视他们的时候，他们的角色也变了，他们想多爱我一些，却变得小心翼翼。

爱，不是用心良苦就一定有收获。我的给予也许并非她想要的。我为什么不去换位思考，或是早点跳出来，以局外人的角度看待我们的问题，思路也许会更加清晰。

邱天和一一过着令人羡慕的小日子。邱天是一个内核稳定的人，虽然才华出众，自信心从未过度膨胀。他心平气和，做事专注，耐心细致，对外界的压力看得很淡，对名利看得很淡。他没完没了地工作，从未想过抱怨。认真的人很难被打败，也不会被自己打败。

我需要平衡大我与小我之间的关系。大我，无论多么艰难的项目我都没有畏惧过，也取得过一些成绩；我习惯性地照顾她的生活、情绪，兼顾工作与生活，虽然有身心疲惫的时候，也都可以挺过去。但是，我完全没有意识到正是我的所谓周全，给她带来了巨大的心理压力，让她觉得自己对我毫无帮助，反而给我添了不少麻烦。小我，复杂的人际关系没有难倒我，偏偏心思透明的June给我上了一课，我才发现我还有一个小我，一个脆弱的灵魂，似乎跟不上我强健的身体。冥想没有效果，内心很难平静，总有个声音在一次次地重复：我对她的爱真的只能如此吗？无处安放。

我好像潜在水里，母亲的这通电话把我从水里捞出来。我走在自己划定的所谓成功之路上，这是我最初认定的方向吗？家，既是起点也是终点，我需要折返，无论是身体还是灵魂。

我走进厨房，冰箱里的食材刚好可以做客家酿豆腐。方琼很喜欢我们的客家三宝，即：客家卷春、香信肉丸和酿豆腐，这三道菜，是广东客家人迎接春节时，家家户户都要准备的年夜饭，我父亲不分节假日做得最多的是酿豆腐。

广东客家，历史上因整村迁徙，故为“客家”，最后迁至广东东江流域，而后不再迁徙。由于所处的地理位置，以山禽、猪肉为主。注重原汁原味，最多加白胡椒调味。名菜有：猪肚鸡，即“凤凰投胎”，顾名思义，是将一只 2 ~ 3 斤的家鸡放入猪肚中，扎紧猪肚的两端，放入砂锅中煲汤；全猪汤，即猪肝、猪心、猪肺、猪肚、猪粉肠、猪骨、猪肉煲汤；梅菜扣肉、盐焗鸡、客家咸鸡等。

我记得小时候在广东老家，看着大人们准备年夜饭时，一定是现杀猪现剁馅，肉馅用木槌敲打，其间加盐，那样做出来的肉丸香香脆脆的。做卷春非常考验耐心，在平底锅上涂抹少许油，一只手倒入蛋液，另一只手要拿着锅轻轻地旋转，做出很薄的一张，每做完一张蛋皮，都要先把锅擦干，再重复相同的程序。蛋皮放凉后，铺上肉馅，轻柔地卷起来。上桌前，把长长的卷春切成小段，鸡蛋香和肉香扑鼻。手捏肉丸要简单很多，将做卷春的肉馅挤捏成丸子，每一颗肉丸顶着一把香菇小伞，上蒸笼蒸熟即可。

客家美食的看家菜当数“酿豆腐”，选最新鲜的猪五花肉，肥瘦肉比例恰当，如果不用木槌反复敲打，也要亲自动手剁成肉馅，放入调味料后搅拌。父亲说：“搅拌馅料一定要顺着一个方向，不容易出水。”在广东老家，豆腐一定是自家现磨的。在北京，我们通常选择“韧豆腐”。南豆腐太嫩，北豆腐太老，韧豆腐刚好。把豆腐切成大小相同的方块，每块豆腐中间掏个圆洞，把尽可能多的馅料嵌入豆腐中。为了把握精准度，不破坏豆腐的完整性，左手虎口处轻握豆腐，右手嵌入馅料，不用筷子。平底锅热锅后，熬猪油，调至小火捞出油渣，把酿好的豆腐小心地平铺在锅中，小火煎到豆腐底面呈现金色时，香气扑鼻，此时关火。砂锅中预先铺好一层娃娃菜，以防止粘锅，放入煎好的酿豆腐、油渣，加入鸡汤或者猪骨汤文火慢炖，待猪肉香和豆腐的香气完美地融合，撒入葱花和白胡椒粉上桌。

酿豆腐讲究火候和时间的把控，煎出香气且不失水分，煲出鲜香且不失鲜嫩。酿豆腐在砂锅里咕嘟咕嘟地微微颤动，每一块酿豆腐外形完整，我夹起一块热气蒸腾的酿豆腐，豆腐底部金黄，整体却是鲜嫩的。肉馅饱含着汤汁，肉质爽嫩，咸淡刚好。这煲酿豆腐口感极佳。

除了客家酿豆腐，还有酿苦瓜、酿茄子，即“酿三宝”，我最喜欢的还是酿豆腐。

我想起父亲教我刀功，正是从切豆腐开始的，如何切得大小一致、完整，切多大最适合酿豆腐。葱花怎么切、在什么时候放入葱花。经年累月，父亲做的酿豆腐达到了出神入化的境界，我做到的只是形似而已。虽然味道不错，总觉得还差一点点，也许是少了乡愁，也许是剁馅时的力度和手法。父亲剁馅时是那么专注，好像有一道看不见的屏风，把一切干扰挡在了千里之外。

酿豆腐的食材简单朴实，父亲常说：“我们客家人无论走到哪里都要坚守节俭的作风。”

直到现在，父亲涮火锅用的肥牛都要亲自手工切，他熟悉牛的结构，每次还要比画着告诉我们：“你们现在吃的是坑腩，牛胸前的肋排和旁边牛肋条部位的肉，味道很浓郁。不要迷信和牛，我的手切牛肉一点也不差。”

45 度，我想起我仰视他的、他注视我的那个角度，我们微笑，我们很自然地交谈，那年我十岁，身高比父亲还差一头。父爱如山，父亲通过美食把爱传递给家人，这份爱纯粹且真实，以至于超越了语言。他将那些毫不起眼的食材变成味蕾上的满足，他也把家庭协奏曲中的不协调，刻印在他的额头，那些深深浅浅的纹路。

砂锅里的酿豆腐还在精神抖擞地咕嘟着，我感觉心里也温暖起来。这个世界上每一个生命都是唯一的，我对她的爱也是唯一的。我记得第一次与她的肢体接触是我突然间牵住她的手，她的脸颊绯红，我的心快要跳出来了。

（三）

雾失楼台，月迷津渡。

——［宋］秦观

我们不是自己人生的旁观者，在生活几近失控之时，我不得不放下眼前正在发生的一切，我发现“自信”也是有生命的，发芽、开花、结果，不可避免地枯萎。如何让“自信”的生命力再次鲜活起来，我让自己进入“留白期”，不是颓废期，也不是浴火重生。留白，可以是孤独本身，只有在孤独时，我们才属于自己。在桀骜不驯的时间面前，我曾经像停不下来的陀螺，没有借口孤独，这并非表示孤独是多余的，就像艺术不是多余的一样。留白，是古人的智慧，中国文人画中大量的留白，才是艺术家真正想要表达的情绪，我们只有细细品味，才能悟出具象之外的意境与情怀。因为留白，画面才完整、生动。让自己安静下来，这种静也是留白，伴着书香，让思想自由流动。我需要留白期，回到身心和谐的状态。这段日子也许是我接下来几年里最奢侈的了。

在人生的长卷上，年过五十还处于秋未央吧！如此算来，我的这段留白期，在画卷中刚刚好。

我把对生活的态度指向对美食的态度。如果岁月是一条长河，美食则是承载着希望的小舟，包容一时不能消解的情绪。

我试着从“寻味者、知味者、品味者”的角度体会人生哲学。

我把做好一道菜概括为：包容·味道的加减法。

寻味者

我喜欢逛各地市集，比如：在云南的日子，七月到九月是雨季，也是野生菌的季节，十二月，则是黑松露的季节了；江浙地区，占尽了江河湖海的优势，物产资源丰富，菜品不像川菜视觉与味觉的冲击力，与“江南”这两个字带给人的感觉相同，是内敛的。

知味者

自古文人爱美食，苏东坡、梁实秋、鲁迅、张爱玲、汪曾祺，对于他们而言，品味美食与品诗词歌赋并无二致，“品”，三个口，吃美食、啜美酒、吟诗词。那句孟子的“君子远庖厨”，则是保持善念之意。

厨师是连接大自然与食客的人，通过厨师的双手，把大自然的馈赠传递给食客。厨师想传递给食客什么样的信息，把自己对料理的热爱、对食材的理解，一并传递给食客，让他们感觉到一种触动，哪怕仅仅给心灵片刻慰藉。

我把味蕾想象成窗户上的雨滴，当食物接触到味蕾时，雨滴缓缓流动，重新包裹组合，这些晶莹剔透的珠子，感受到百草千花的繁华，感受到时间、空间赋予食物的力量。

我试着以美食的传递者，即料理人的角度思考。那么，做菜与做人有何相同之处？做菜最难的又是什么呢？

做菜和做人有一点是相同的，任何变化都需要食材这个主体，对于人而言，原料就是人本身。有些特质是食材固有的，无论如何掩盖，还是会若隐若现地溜出来。有些特质，却悄无声息地消失，很像青春，消失了就是消失了，只是不要把青春特有的热情和勇气都带走。

做菜最难的是火候，锅的温度高低，锅没有油的时候温度应该多少摄氏度，下油应该是多少摄氏度，油量是多少，下油后应该是调料先行把料的味道逼出来，还是原料先行，不同的菜有不同的方法。对于人而言，火候是度的把握和控制节奏，度是做事的度，情绪和气血的把握，一个人如果能控制自己的情绪，基本上就是天下无敌，别人是打败不了你的，节奏则是时间维度。

做菜靠经验，也凭直觉。如何掌控时间，食材才能达到最佳状态。如何克制欲望，避免不必要的食材浪费。人生没有试验场，不像做菜，一切皆可重来。

提到欲望，食欲也是一种欲望，和情欲一样。二者都与气息有关，爱一个人，就会思念她独有的气息，这一点与食欲是相通的。爱情也可以是一种味道。

做好一件事情需要专注，做菜却要有一心多用的本事。比如不止一个灶台需要同时兼顾出菜的时候，每一位专业厨师都有这样的技能。

做好菜，除了用心、不怕麻烦，也要有日复一日、循环往复的热情。前置过程也许需要数日，有很多细节、诸多干扰因素，或是劝你妥协，或是劝你折中。执念是一种抵抗，抵抗诱惑，逼迫自己往前走。

调味也是重要的一环，或浓或淡，这与选择什么样的生活是一样的。

品味者

耳畔莫名交错出现小提琴、大提琴的弦音，很像是一通无人接听的电话，铃声一直响着。

想象中，我与June的对话，也许可以这么开始：

我说："岁月漫长，适合文火，各种食材相互依偎，相濡以沫。煲一锅鸡汤，先是猛火烧滚，然后在文火中慢炖，待三个小时后，汤的色泽起了根本性变化，金灿灿的，我还没提加入金华火腿吊鲜，成就鲜上加鲜呢！炖，就是这么神奇，不急不恼的，只觉得岁月静好，不用担心什么，顺其自然便可香飘万里。"

清炖鸡汤，既有最初的猛火，又有长时间的文火，是对火候最好的诠释，一锅鸡汤，鲜出味道来，汤清而不厚重。

她说："金灿灿的？就像阳光被剪碎了，飘进了湖里？三小时不够，换成焖罐牛肉岂不更好？一头曾经健硕的牛，不会想到最后的结果是经过六个小时的炖焖，变得香醇诱人，令人类思想迷离，缴械投降。"

我说："食材是大自然的礼物，尊重食材就是敬畏自然。食材自然的清香、鲜香、花香、果香、幽香、暗香、脂香、甜香、咸香……是任何人为加工不能及的。"

她说："如今的食材，无论动物还是植物，鲜有自由生长的了，哪里还有阳光的味道呢？原生态是很久前的一个梦，钓几尾家乡小河里的鱼儿，煲一锅鱼汤，随意丢几块豆腐进去都要鲜掉眉毛的。肉有肉味，菜有菜味，清汤就像初恋的感觉。现在做番茄炒蛋，番茄的口感是那么陌生，加糖不够，还要加番茄罐头，只有这样才勉强够得上记忆里番茄的味道。"

我说："人类的植物属性让我们离不开光合作用，动物属性让我们傲骨尚存。我们脱离原生态的农耕文化，离开父母的保护伞，从本能的自我保护到守护我们身边所爱的人。我们对食物的基本认知源自童年印象，儿时的食材鲜度在，技巧反而成了附属品。"

"岁月漫长，适合文火。"她重复着我说过的话，然后继续说："细火慢炖，是四月的小雨，润物无声；是腌笃鲜，笃出鲜香，无须时刻守候，不时顾念着就好。

“猛火全开，是八月的骄阳，炙热无风；是舒芙蕾，烤出甜香，一个不留意，芯儿还在流动，外表却焦黑了。

“火候，是岁月静好时煲汤的咕嘟声；是蹉跎岁月里木柴上零星的火花。”

她还是以前的她。

“要说火候，香港厨师蒸鱼肯定是全世界最厉害的！可谓差之毫厘，谬以千里。还有香港的滑鸡煲仔饭，原先我是不懂何为滑的，坤记老板为我诠释了其中的奥妙，又是对火候精准的掌控，差一分不脱骨，多一分鸡肉老了。”她好像顿悟似的，“火锅不需要控制火候呀！重庆火锅的底料是店家的小秘密，控制火候只在底料的制作环节，食客将食物由生烫到熟，完全不用管火候，各种食材的青涩随着热气升腾，变得不再小清新，无论是带着竹林的晨雾、对蓝天的眷恋，或是深海中游走的美人鱼。”

“重庆火锅的最佳吃法是九宫格，石柱红是重庆火锅的灵魂，没有微辣只有更辣。开动前在滚滚红尘中放入小葱和豆芽，仅仅几十秒，底料的味道被充分唤醒，然后根据食材的特性，讲究先后顺序。烫火锅看似无须控制火候，时间掌控却是影响口感的关键因素，有些食材需要数秒，有些却是时间越久越嫩，边涮边吃，没有片刻停顿。涮火锅的环境越热闹越有感觉。辣，可以提高代谢加速脂肪燃烧，同时由于辣的灼烧感，对于不善饮酒的人来说有相似的刺激作用，所以人们越涮越兴奋，讲话的声音也随之不受控制了。”我说。

我们的对话从火候开始，聊到了“灵魂”“唤醒”“相濡以沫”，继而又沿着时令的小河蜿蜒而去，土气或洋气的食材，翻山越岭，只为了在我们面前相聚。

“孔子说不时不食，春天万物复苏，欣欣向荣的食材跳入眼帘，自带仙气的春笋、水灵灵的豌豆、碧绿的香椿、马兰头、韭菜，春天是吃鲷鱼的好时候；夏日有黄瓜、南瓜、白芦笋，鳗鱼正当时；

秋是收获的季节，地瓜、豆角、秋葵、莲藕、栗子，少不了肥美的秋刀鱼；霜打的蔬菜格外甜，随着天气越来越冷，煲一锅萝卜牛腩最好不过了。”

她附和着：“江南有吃鱼的时令表，我记得不完整，好像是二月刀鱼、四月鲥鱼、五月白鱼，还有九月鲫鱼。”

“郑板桥有诗曰：江南鲜笋趁鲥鱼，烂煮春风三月初。只可惜长江三鲜之首的鲥鱼已在70年代陷入枯竭。现在想着鲥鱼闪闪发光的鱼鳞，都会联想到银河，很遥远的感觉。”我躺在沙发上，双眼看着天花板。

“不如聊点有泥土气的根茎类食材，不是说我喜欢泥土香，我是说接地气的食材，比如土豆、地瓜、芋头，朴实的味道让我踏实。”

我说：“红菜头也是根茎类食材啊！你喜欢的红丝绒蛋糕就是用红菜头汁染色的。白色的芋头糕、紫色的紫薯糕，加点糖桂花，你不是经常做茶点的？”

她说：“我知道这是花青素的作用，紫色的食材比如茄子、葡萄、紫米都有花青素，不仅仅色彩迷人，也有抗氧化、抗发炎的作用。有没有什么食材的自然香气是复杂又令人快乐的？”

“可可含有七百多种香味物质，可可脂的熔点是34 ~ 38摄氏度，在口中不会瞬间全部融化，需要一个曼妙的过程。我们先感受到它诱人的芳香，然后是黄油般的质感，丝滑、甜美，一种无法替代的幸福感，被爱着、拥吻着的感觉。巧克力有镇定和振奋精神的作用。我无法分辨让我着迷的究竟是巧克力的芳香还是口感，或是密不可分的二者。巧克力很容易让人上瘾，我记得儿时，母亲说巧克力吃多了容易上火，嗓子疼就不好了，每天最好只吃一颗。我听了她的话，无论面前的巧克力多么诱人，每天最多只吃一颗巧克力。现在想想，儿时的我竟然有那样的克制力，对欲望的抵抗力，远远超越了现在的我。”

如果继续聊下去，我会很有底气地聊些什么呢？我们刚刚从“万物复苏”聊到了“枯竭”，不过是一转眼的工夫，“情绪激昂、拥吻”。我呆望着空荡荡的房间黯然神伤。牛排的火候，一台 Sous Vide 轻松搞定，想要几分熟丝毫不差，若要美拉德反应，只需在铸铁平底锅里，把牛肉的两面用高温煎香；想要纵横交错的纹路，用有横纹的铸铁锅在煎的时候转变角度即可。

感情的火候呢？如何调节才是恰到好处的呢？

我让对话暂停，真高兴我可以掌控谈话的进度条。对了，她不喜欢我掌控一切，她想和我平等交流，而不是我站在某个制高点，为她指点迷津。

我从冰箱里取出浸泡好的鱿鱼，切花刀、焯水，锅中热油，加入葱、姜爆香，鱿鱼在热油中绽放出一朵朵洁白如玉的花朵。我还记得她第一次看我做这道菜时露出惊讶的表情：“好美呀！很难想象它原本的样子和现在有何关联，美得好像白色山茶花！”这一盘带着镬气的白色山茶花，有很好的韧度，葱、姜的香气并未扰到它的清雅。

她说：“中餐太讲究热度了，爆炒的热度，一家子围坐在圆桌前聊天的热度。”

“中餐的烹调方法五花八门，炒、炸、煨、焯、爆、烩、烧、烤、炖、焖、烫、涮、熘、煎、煮、蒸等几十种。日本料理的五法看似简化很多，即切，如：刺身，我国唐朝称薄切鱼片为斫脍，鱼片薄如蝉翼，轻可乘风，吃法也很讲究，四季的蘸料各有不同。切，指的是刀工，难在落刀的同时锁住食材切口的水分，刺身看上去才会新鲜诱人、晶莹透亮；煮，如：昆布鲣鱼花高汤，日本料理的灵魂之鲜，波切鲣鱼花是和食的源头，在制作过程中，经历了切、煮，熏制一个月及发酵五个月，所以昆布鲣鱼花高汤味道浓郁却很清澈；烤，如：盐烤喜之次，鲜香酥脆且色彩亮丽；蒸，如：茶碗蒸，鲜甜软嫩；炸，如：天妇罗，面衣包裹住食材，通过高温油炸来锁鲜。”

“切的同时锁住食材切口的水分，高温油炸锁住食材的鲜。你连续用了两个‘锁’，我想这把锁一定很不简单，拿到钥匙之人少之又少。我想到木心先生的‘从前慢’：从前的锁也好看，钥匙精美有样子，你锁了，人家就懂了。一生只够爱一个人。”

这的确很像她的思维方式，我不如从她的角度出发，继续我们的谈话。

“食物与时间，爱情与时间有很多相似之处，在时间的流逝中，人们为了食物不变质，用腌渍锁鲜，比如萧山萝卜干，酱腌后的清香更迷人；用陈年增添风味，比如伊比利亚火腿。爱情也是一样，日复一日，不从爱情转变成亲情、友情或者陌路人，爱情中的糖分不转化成酒精挥发。”她说。

“陈年威士忌更有风味，陈年普洱经过十几年、数十年的沉淀，醇厚的茶汤经过高温，激发出的香气和回甘才是爱情更美好的样子。”我答。

鱿鱼花在口中与味蕾碰撞，我的口腔里此时有一片盛开的花园。“鲜答答！”她的吴侬软语总是带着几分俏皮。第五味“鲜”是五味“酸、甜、苦、咸、鲜”的灵魂，此时，这片花园里有满满的由鲜产生的欢愉。海鲜的基因里藏着无法替代的鲜，滋味甚是美妙，鱿鱼花的鲜穿过花园，去往更深处，心是离胃很近的地方，我感觉到温暖。

她不在我的身边啊，一道她喜欢的菜也会令我心潮澎湃吗？

“传统是历史长河淬炼的精髓，也是识别一道菜地道与否的标准。一方水土养一方人，无论是宫廷菜还是乡土料理，有古法可循即有根基，如今的创新菜都是基于老祖宗的经验上，否则皆为没有意义的冒险。”

“你很少做川菜啊！你做的辣子鸡还不错，红彤彤的干辣椒堆成小山，你说是二荆条和指天椒，炸过的鸡肉外酥里嫩，有趣的是，辣椒比鸡肉还多，吃的时候好像寻宝一样，特别有趣，我知道你对辣的承受力有限。辣，是一种痛觉而非味觉，你很会保护自己。”她说。

“我驾驭不了川菜啊！川菜重视调味，有一菜一格、百菜百味的说法，更有二十四种味型：麻辣、酸辣、泡椒、怪味、糊辣、红油、家常、鱼香、荔枝、咸鲜、甜香、烟香、椒麻、蒜泥、五香、糖醋、咸甜、陈皮、酱香、姜汁、麻酱、椒盐、香糟和芥末。每道菜连用油都有讲究，比如说宫保鸡丁只用菜籽油，用错了油，菜的味道就不对了。川菜看上去麻辣醇厚，实则清鲜犹在，五味与麻辣之间的和谐与平衡只有川菜老师傅才能做到，我至今仍是门外汉。”尽管我们的舌头上有近万个味蕾，体会一道菜的滋味并非我们想象中的简单。

“平日里你做粤菜最多，粤菜的讲究不比川菜少吧？”

“粤菜讲究清而不淡，嫩而不生，有五滋（香、松、软、肥、浓）和六味（酸、甜、苦、辣、咸、鲜）。”

中式菜肴的调味，用盐、糖、醋、生抽、老抽、黄豆酱、芝麻酱、番茄酱、虾酱、沙茶酱、蚝油、花椒、藤椒、八角、桂皮、黑胡椒、白胡椒、豆豉……法餐有五大母酱：搭配鱼料理的贝夏梅酱、搭配家禽的白酱、班尼蛋的绝配荷兰酱、意大利面的番茄酱、淋在牛排上的褐酱，在母酱基础上还有不同的衍生酱；日本对酱油的酿造大有讲究，酱油里的鲜味物质可以撑起一片天。

生活的滋味呢，甜、酸、苦、辣、咸，人生的不同阶段亦有不同的解读。

我自斟自饮，黑龙石田屋，倒入江户切子杯中盈而不溢，在月光里晃动。我低头浅酌，这瓶清酒还是我们一起去酒造带回家的，我一直留到今天，还有一瓶我们从波尔多带回来的赤霞珠与梅洛混酿的好年份酒，我只喝了一点点，不如现在再品。

我毫不吝啬地再为自己斟酒，她的笑声似乎在杯中荡漾。细碎的往事混着单宁入喉，万千滋味涌上心头。我似乎可以感觉到那片葡萄园季节的变化，风和日丽还是雨水有点多。

风味是时间的礼物，很像细细地品味人生。

“我更喜欢我们浙江的黄酒，女儿红侬晓得吧？”有一次她问我，脸上漾着笑意。

“你妈妈答应你嫁给我了？”我逗她，“女儿红不是嫁女儿的酒吗？”

我们的对话里出现了很多回忆，回忆与酒精很搭，酒精就着回忆，越喝，回忆越多如泉涌。这样不好，因为易醉。

我停止了对风味的迷恋，强迫自己继续与她对话。

“两个不同的个体总会有产生分歧的时候，食材也是一样吧？厨师如何化解它们的矛盾呢？”她问。

“做菜是厨师的本分，厨师对食材的了解比烹饪的技法重要，了解食材的原产地、生存环境。技法是厨师经过练习与领悟，给予食材最好的诠释，并非与自然越来越远。厨师对不同食材的包容性、不同饮食文化的融合性了然于心，太多食材堆积若不和谐，只能让人觉得做菜之人心绪不宁。人类的感情很复杂，我们可以试着把矛盾最小化；同样地，厨师也可以去繁从简，给味道做减法，使味觉平衡。”

我不由得叹气，生活的天平呢，比一餐饭难多了。

我发现，一道讲究分寸的美食，具备了艺术上的优雅、五味和谐，令人称赞，仍旧是瞬间消失的艺术。我们也许会记得它的存在，也就是味觉记忆，往往定格在某一座城市，更多时候，它们会消失得无影无踪。这些年，我为她端出一道道菜品，它们就像是变换的窗景，从马德里、巴黎、翡冷翠到香港、北京……这是我们对于生活的态度，也是我给予她的爱和拥抱。

在美食里，我看到爱、体会过爱，我感恩这份付出与收获。心意到了，味蕾总是诚实的。

留白处，又何尝不是山风、江水；运笔间，笔墨的浓淡干湿、长短快慢，亦存在人生的节奏。

在浅唱低吟中渐入佳境，人间百般滋味，只愿陌上花开，苦尽甘来。

（四）

“我儿时觉得最帅的职业是飞行员，你的视力那么好，没在空中翱翔有点可惜。”

“我最喜欢的影片是 *Top Gun*（《壮志凌云》），汤姆·克鲁斯饰演飞行员。”邱天说。

“我也喜欢，这是阿汤哥最帅的一部影片了。”

“现在呢？有没有你仰慕的职业？”

“画家，比如说黄宾虹，承宋元山水的传统，那幅《黄山图》出神入化，飞白衬墨黑，正是赵孟頫的那句诗‘石如飞白木如籀’；齐白石的《牵牛花图》，红花墨叶，将中国水墨画中的墨分五色表现得淋漓尽致。年轻的时候我偏爱西方的油画，对翡冷翠的湿壁画着迷，随着年龄的增长，我觉得知白守黑的意境才是更深远、耐人寻味的。”

“我还记得你喜欢米罗的《绘画》，名为《绘画》实则无题。”

“他画自己的梦境和潜意识，用绘画治疗抑郁症。他不承认自己是超现实主义画家，不给自己设限。”

邱天抚摸着我的长发，失业之后，他没有丝毫焦虑，每日除了照顾好宝宝，还分析国内外金融市场动态、免费为朋友提供专业咨询。

他对自己的约束没有放松，仍旧延续着以往的作息时间，午夜后才会休息。

“宝宝还在睡吗？”邱天说，“我们去看看她，我觉得她快睡醒了。”

宝宝已经醒了，她躺在小床上，眼睛盯着悬挂着的小玩具，小象、小鹿和小猪。她看到我们，嘴角微微上扬。“她笑了，好可爱啊，醒了都不哭不闹的。”我说。

突然，小床上方的灯泡毫无预兆地炸裂了，我和邱天都吓了一跳。我们同时看向宝宝，她圆圆的眼睛忽闪忽闪的，比我们淡定多了。我们检查她有没有受伤，幸运的是所有暴露出来的肌肤都完好无损。玻璃碎片几乎没有落在她的小床上，而是在周边的地板上。

邱天又仔细检查了一遍，然后小心翼翼地抱起宝宝：“田田，都怪爸爸疏忽了，这样的灯泡以后不用了，让你受惊了。”

“都说孩子是上天赐予我们的礼物，他们有守护神庇佑，在古希腊，小猪就是孩子们的守护神。”我看着那只悬挂在小床上的小猪玩具说，“谢谢你！”

我轻轻地捏了一下宝宝粉嘟嘟的脸蛋：“我的小粉猪，你不用着急长大啊！”

“你又捏她，看看口水又流出来了。”邱天想刮我的鼻子，我逃开了，心还在怦怦乱跳。

“不行，想想还是后怕，我心有余悸。”我说。

“这个灯以后不开就行了，别太担心了。”邱天安慰我。

“爸爸、妈妈想宝宝了，咱们明天回父母家吧！”我说。

“好啊！他们院子里的多多太可爱了，话还没说利索，就比画着要他妈妈给田田买花。”邱天说。

“*The Boss Baby*（《宝贝老板》），他的大头很像那部动画片里的宝宝。我女儿也太招人喜欢了，你有多久没给老婆大人送花了啊？”我问他。

“我明天就去菜市场买花，好吗？”邱天笑了。

“你去菜市场买葱吧！哪里是买花，家庭主妇就是这么……”

“菜市场真的有花啊！”邱天试图说服我。

“菜花还是西蓝花啊？”我故意不去看他，“田田来，妈妈抱！”

我知道邱天的失业期不会太长，所以格外珍惜与他朝夕相处的日子。他谦逊温和，总是让我有一种如沐春风的感觉。我经常打趣他说：“你是太阳之子，每次我们去旅行，天气预报要下一周雨，老天眷顾，直到我们离开才下雨。”

他说：“没有这回事，不要夸大其词。”他喜欢轻声哼唱，虽然很少有唱对歌词的时候。

“爸妈给宝宝买的钢琴，你不如先弹起来啊！总比你唱乐谱好。”我提议。

“你总是笑话我的手指短粗，你忍心看到它们在钢琴上挣扎吗？”

“你的身材修长，手指却很调皮，好像小胡萝卜。也许你能让它们神气活现，气势磅礴或者柔情似水，在你指尖里流淌着会呼吸的曲子。”

“会呼吸的曲子？”他看着我。

“有些人弹钢琴时虽然流畅却像是机器人，我感觉不到情绪和力量。有时我的感情被带入，却有种被搁浅的感觉。他们并没有把对音乐的热爱表现出来。音乐是有生命力的，让人待在里面不想出来。”

“只有家才是不想出来的地方。”

“有琴声的家不是更好？”

“你和宝宝一起学吧，她的手指细长。”

“她刚出生时手指好像鸡爪子，现在真的很漂亮。她有一双弹钢琴的手，就看她喜不喜欢弹了。”我笑着说，“你不是会吹口琴吗？你们二重奏吧！”

“顺其自然吧，我不会让宝宝做她不想做的事。”

“女儿奴，我已经看出来了，你每天连她的脚丫子都要吻好几遍。”

“你还不是一样，每天给她读书，你确定她想听吗？”

“婴儿远比你想象中聪明得多，万一她听懂了呢！”

“你给她讲《小鹿斑比》《白雪公主》我还能理解，她才三个月，你给她讲张大千的艺术生涯，这也太难为她了吧！”

“听童话故事是为了培养爱心，公主、王子、坏皇后之类听多了无益。她很喜欢听音乐啊！比如马友友的大提琴。艺术都是相通的，听听国画大师兼美食家的人生历程，培养她的艺术修养挺好的啊！”

“你把她当成AI了吗？你还给她讲张大千的诗词歌赋是在土匪窝里培养的，从偷来的《诗学含英》里学来的。我怎么觉得你是讲给我听的呢？你是不是觉得我每天用在研究专业的时间太长了，怕我成了外星人啊？”

“哪有啊！你博学多才，我在你面前就是一个小学生。你看宝宝从来不会无缘无故地哭闹，她一定是在储备知识呢！我好想知道她抓周时会不会选择书。”

“别拔苗助长啊！”邱天拍了拍我的头。

“你的肚脐眼别瞪着我啊！”我突然瞟到了他衣服上的破洞，大笑起来。

“你还说呢！你练习绣花为什么要剪我的衣服？”邱天低头看着那个不大不小的洞。

“我未雨绸缪，宝宝以后去幼儿园，我要在她的手帕、衣服、包包上面绣字绣花，现在才开始练习已经不早了。”

“这个洞就是你绣的花吗？”邱天说，“太不可思议了！”

“这件衣服上有宝宝的奶渍，洗不掉了，你就别穿了，让我练习绣花吧！”

“有奶渍最正常不过了，这是奶爸的光荣，有什么关系啊！”他又低头看着那个洞，“绣花绣成这样，哎！”

“你想穿就继续穿吧！我还用来绣花，绣不好还会继续剪。”我笑得直打滚，“这件衣服的材质特别适合绣花啊！”

邱天无奈地摇摇头。

“忽然想问你，你的身体里有没有住着一个小人儿，你可以随时和他说话，比如说，这个项目接还是不接呢？你问他，他说接啊！为什么不接？你说，费力不讨好。他说，也许有意想不到的收获呢？”我一本正经地问他。

“当然没有，什么小人儿？”邱天困惑地看着我。

“我就时常和我心里的小人儿聊天，比如说，今天我就偷懒不运动了。那个小人儿会说，可以啊！明天再练也行。我说，你这么支持我啊！她说，不支持也不行啊！谁让我活在你的壳里呢？哦，刚刚说到壳，每一个人都有一个坚硬的壳，包裹着柔软的脆弱，为母则刚，我要让自己强大起来，保护女儿。哎，这个例子你听不懂，换一个。比如说你内心挣扎的时候，项目已经完成99%了，偏偏剩下的1%卡壳了，这时候放弃肯定不行，但是各方面受阻，项目停摆了。你心力交瘁，你身体里的小人儿突然跳出来说，为什么不换一个思路？你豁然开朗，项目做成了。你对这个能力超强的小人儿表示感谢，也为自己的不放弃感到骄傲。”

“没有没有，太奇怪了！什么小人儿？我做饭去了。”

“你也可以理解为自言自语，我只是具象化了，他存在于你的潜意识里。”

“你是说那个住在我身体里的小人儿是我的潜意识，他比我聪明？”

"他不是你未被发现的潜能，他只是让你更了解自己。比如，时常反问自己，我一定要继续吗？这个项目已经耗尽了我的精力，然后，你对自己的决定更加坚定了。"

（五）

他还在睡梦中，双唇轻抿。她轻吻他的脸颊，准备去做早餐。

他抓住了她的手腕："在梦里，小兰来过。我在梦里有时会遇见她，每一次都很短暂，就像微风吹过。雪儿，我很抱歉，我还是会因为她的到来而心动，我还是很想留住她。"

雪儿没有发出任何响动，只觉得心脏被什么东西挤压着，无法呼吸。她背对着他，连同她的无奈。她以为失望是滚雪球，即使越滚越大，春天到了也会消融。其实失望是蒲公英，不知道风往哪里吹，又会落在心中的哪一片田。

谢飞看着她的背影，这背影竟然如此生动，他萌生怜惜之情，将她抱住。

他的拥抱很短暂，没有一分钟，她觉得很敷衍，心中不免酸楚，眼中的薄雾化成泪。

"陈可回北京了，这几天在修复旧居。双廊的那些书也都到了，他说如果有喜欢的书可以选些去读。"

雪儿知道他在避重就轻，尽量克制自己不发火。她不想接受这样一个事实，他的心里只能住下一个人，这才符合人体构造，哪怕她已经在另一个世界。他也许更情愿与她用灵魂沟通，在那些不知何时才能醒来的梦里。他为自己找了一个又一个借口，不努力活在当下的借口。他的痛苦持续得越久，越习惯活在过去，越看不清现实中的自己。

“我们今天去选吉他好吗？你不是想写些吉他曲吗？”谢飞把窗帘拉开，天阴沉沉的，让人的心情更加压抑。

“我想今天回北京。”

“你怎么突然改变想法了？不是说好了后天一起回北京吗？”

“我想家了。”她觉得自己太累了。她总是表现得像一只欢快的喜鹊，其实她更想是信鸽，无论飞得多远都能找到回家的方向。谢飞何时才会给她一个家呢？等她毕业之后吗？这的确是一个很好的借口。为什么是喜鹊或者信鸽，她为什么把自己想象成小鸟，平等交流有那么难吗？

谢飞说：“吃了早餐再去机场吧！我送你。”

“不用了，我不饿。”

谢飞目送着她的离开，他从来没有想过伤害她，很明显，雪儿受伤了。突然间电闪雷鸣，一场暴雨来袭。小兰离开的情景历历在目，他冲出房门，一边发动汽车，一边给雪儿打电话。

“雪儿，你在哪儿？”

“谢飞，我打不到车……”雪儿的声音被雷声中断，谢飞一个字都没有听到。

“你在哪里？等我！”谢飞喊着。

雪儿想起双廊发生的一幕，也是这样的雷雨天，她笑了，笑自己的疯癫。

她拖着行李走回住处，才发现没有带钥匙，坐在楼梯口给陈可打电话：“叔，你说奇怪吗？又是一个雷雨天。”

陈可正在家里换壁布，他已经一个人忙了五天了。重建生活不易，这些体力活让他感觉很真实。

“你还好吗？雪儿，说话这么没头没脑的。”他从梯子上下来，喝了一口茶。

“我好啊！我刚刚明白了一件事，我和雷雨特别有缘。”

“你和谢飞吵架了？”

“他找不到我，一定很着急。”

“雪儿，你明知道小兰离世带给他的心理阴影。”

“我才是那个阴影，我以为我是阳光，可以给他温暖，其实我是阴影，他的心不能顾及的角落。你为什么让我认识他，你当时是故意的对吗？你觉得他忧郁的性格可以吸引我，玩艺术的小朋友不知天高地厚，特别钟情他这种患得患失的个性，这样方琼就会回到你身边？”

陈可担心的事还是发生了，雪儿的质问直截了当：“你太了解我了，你真是人生规划师啊！”

阳光透过玻璃窗的折射，把眼前的穿衣镜照得锃亮，陈可的眼睛突然被刺痛，他捂住眼睛，这是上天对他的惩罚，这感觉有点像触电，视网膜似乎被灼出了一个洞，有莫名的黑影浮动。他松开双手，试着看向镜中的自己，黑影遮挡了部分视线，他的面容有点模糊。

雪儿没有听见陈可的回答，意识到自己言重了：“爱上他是我自己的选择，你给我指条明路吧！”

陈可仍旧看着镜中的自己，想到王尔德的《道林格雷的画像》，那个英俊少年在画像里发现了自己的美貌，于是向画像许愿，画像代替他衰老并承担他所有的罪孽，他将青春永驻。岁月流逝，画像变得丑陋不堪，因为他的重重罪恶。最后他用刀刺向画像实则刺杀了自己，他的容貌瞬间变得狰狞，生命就此终结，画像却恢复了原样。这个惊悚故事让他不寒而栗。他注视着镜中的自己，眼睛是心灵的窗口，这扇窗已经蒙尘了吗？

“雪儿，我现在给谢飞打电话。”他只能这么说。

“叔，你别挂电话，我心里好难过。”雪儿哭了。

眼睛越来越痛，陈可不得已又闭上双眼：“谢飞还没有完全接纳现在的自己。”他叹了一口气，又说，“雪儿，我很抱歉。”

“我已经很努力了，我能感觉到他也想往前走。我们的追求其实是一致的，我们都热爱艺术，建筑是音乐的外在表现形式，流动的音乐也是建筑的线条。爱一个人实在太难了，每当我靠近幸福，我的勇气却被一点点抽离。我似乎刚尝到一丝甜头，就被更多的苦涩代替。无论是对人还是对物，太执着都不行，可是我不想后退，我们好不容易才走到这一步。”

“在感情上我是一个失败者，没有办法给你建议。雪儿，有一点可以确定，你知道该怎么做。年轻真好，勇气即使被一次次抽离，仍旧可以满血复活。”

“叔，为什么我觉得他对雨有一种特殊的情愫，似乎是喜欢风雨欲来时模糊的世界？”

谢飞的精神开始游离，他怀疑这场骤雨和小兰有关，不然她不会托梦给他。小兰的生命戛然而止，他不会看到她衰老的样子。她是那么美好而不自知，没有漂亮女孩莫名的骄傲，衣着简单，甚至没有穿过蕾丝花边的衣裳。也许是小兰容易满足的性格，给他带来生活中的惯性，不会处理复杂的感情。

他把车停在路边，打着双闪。能见度很低，后面的车很可能看不到他，发生交通事故的可能性很大，他不得不又开始行驶。

“谢飞，雪儿刚刚给我打电话，她说现在下大雨，我听到她周边的声音并不嘈杂，我觉得她可能回家了。”

“谢谢，陈可，我现在回去找她。”

骤雨骤停，也许这场雨只是为了洗净叶片上的灰尘。

谢飞打开房门，他没有和雪儿说话。雪儿见他失魂落魄的样子，不忍心任性下去。她脱下外套，回到厨房做早餐。

雪儿将日式长方形平底锅放在灶台上，打开煤气，蓝色的火苗往上蹿，她开始做厚蛋烧。先倒一层薄薄的蛋液，等到稍稍凝固时，对折并往前挪；再倒一层蛋液，再等凝固时对折往前挪，就像是修复伤口，一层又一层，直到厚蛋烧变成漂亮的模样，伤口好像也愈合了。

厚蛋烧的香气停留在空中，它看上去鲜嫩润滑、层次丰富、火候刚好。

谢飞去厨房拿来刀叉："等雨停了，我们去选吉他好吗？"

雪儿看着他把厚蛋烧吃完了，才悠悠地说："好呀！"

他们没有开车，而是搭公交车去乐器店。车上人不多，雪儿坐在与他同排的另一侧。很久没有坐公交车了，一站又一站，有人上车，有人下车。一个刚上车的女孩坐在谢飞旁边，谢飞无动于衷地看着窗外。女孩戴着苹果耳机，一只脚有意无意地踩着节奏，眼看着就要碰到谢飞了。雪儿不动声色地观察着，心里乱糟糟的。

"有什么关系吗？"下车后谢飞问她。

"你说什么？"雪儿不解。

"你一直盯着我旁边的女孩看，在想什么？"

"如果我们第一次遇见，你会和我打招呼吗？"

"不会，我为什么要和陌生人搭讪？"

"我有时候觉得你挺陌生的。"雪儿小声嘀咕，"也许你会和我说话，你觉得我还挺可爱的。你和我聊几句和天气无关的话题。我觉得你很有趣，想认识你，然后你下车了。我来不及下车去追你，我们仍旧是陌生人，我不会知道你有过两位太太。"

"雪儿，我听不懂你想说什么，也不喜欢你这样的谈话方式。你觉得我是一个很随便的人吗？"

"你觉得我是一个很潇洒的人吗？我……很在乎！"

对面走过来一对情侣，男孩掐着女孩圆嘟嘟的脸颊，女孩佯装生气，用小拳头轻捶男孩的胸口。

"这才是爱情的样子。"雪儿说。她不知道，几年前的谢飞也这么做过。

雪儿趁其不备，跳上了一辆公交车，目的地不重要，她觉得自己很委屈，她的委屈只有在陌生人面前才是无足轻重的，她想看着这些陌生人匆匆忙忙地过生活，而她，听着陌生的站名，心里也许就不乱了。

（六）

孤独日渐膨胀起来，就像一头猪。

——《金阁寺》三岛由纪夫

“小兰离开的那天，房间里还有烤饼干残留的香气。”他定定神，继续说，“小兰走后相当长的一段日子，即使每日都阳光普照，我的眼前还是有无穷无尽的雨落下来，有时只是雨丝，而更多的时候伴随着电闪雷鸣。日出时分盼着黑夜的到来。波士顿的冬季格外漫长，黑夜也漫长。我不止一次在积雪上踩出咯吱咯吱的声响，小兰特别喜欢这么做。她站在雪地里看松鼠啃松果，戴着自己编织的灰色毛线手套，听到我的肚子饿得咕咕叫，从手套里变出蔓越莓饼干，你说是不是很神奇？她走了，我能看见的只是自己孤独的身影，在路灯下，很长很长的黑影。脚下的路有很多看不见的小坑，积满了污水，我深一脚浅一脚地走着，觉得自己其实只剩下一个影子。”

陈可把蔓越莓饼干从烤箱里取出来，黑胡桃木长桌肌理中自带光泽，阳光洒在饼干略有凹凸的表面。“我想用一年时间完成一个心愿，这个想法受你的启发，所以你是我的第一位客人，选在今年最后一天，我希望新的一年你有新的开始。”

“请客。”陈可取来一个小而厚重的餐盘，放了几块小饼干，“一年里的五十二个周末请朋友来家里用餐。这些年来，我游走在世界各地，从奢华餐厅到路边摊我不知道去过多少。我在不同国家宴请过不少客户，不少人已经成为我多年的朋友。很多场合大家寒暄，几轮酒喝下去，没有人在乎究竟吃了什么。”

陈可从抽屉里取出一张卡片：“我现在还是香港这家会所的会员。因为经济变化，很多人的生活都变得简单了。这些高端会所不知道能不能坚持下去。你曾经说你被一道菜困住了，这句话我一直忘不了。我的想法很简单，每周邀请一位朋友，他可以带自己的朋友或者家人，只需要告诉我想吃什么，我来做。也许只是一道简单的菜品，可以让人心情愉悦。”

“一人一道菜一段往事。”谢飞说，“很多人都会迷失自我，也许是一时，也许时间更长。”他把饼干送入口中，“记忆里的味道又清晰起来，很温暖。香气弥漫在整个屋子，时过境迁，我还是喜欢这个味道。”

“下周的客人是我学生时期的伙伴，记得我们在新年里包饺子，韭菜鸡蛋馅的，我家是广东人，对北方面食很不在行，我们都是第一次动手和面、包饺子，就像做科学实验那样，给面粉称重、盐称重、水称重、馅料称重，先包好十个饺子，煮开水，丢进锅里趁热吃，然后调整馅料的咸淡、调整饺子的大小，再包十个吃十个。他是学物理的，对艺术、哲学、法律等融会贯通，每次见面都免不了现场教学，听他侃侃而谈。味觉记忆是很神奇的，故人不远不近，往事还值得回味。”

“你这一年都不离开北京吗？”

“我要当老师了，因为流感尚未结束，有些国外老师回不来，我接受了一所国际学校体育老师的工作，教中学生。”

“体育老师？不是教金融？”谢飞有点吃惊。

“我只有符合体育老师的相关资质。我觉得这一年的工作对我来说是很好的经历，我需要和孩子们在一起。”

“熟悉的味道总是让我心安。”谢飞又吃了一块饼干。

“你对饼干的描述很到位，从形状到具体的口感。”

“我仿佛又回到了波士顿剑桥，查尔斯河。小兰的离世如利剑刺穿了我的心脏，形成一道顽固的伤疤。伤口时好时坏，好的时候只是隐隐作痛，坏的时候令我痛不欲生。美食既是我和小兰的牵线红娘，也是一贴膏药，我感觉伤口开始愈合了。谢谢你！陈可。”

陈可找来一个沧浪色饼干罐，周边有白色浪花图案。

“我做了不少饼干，我们一起品尝，剩下的你带回家慢慢享用吧！”

“谢谢！离跨年夜越来越近了，我有点紧张，雪儿和方琼都会来。我和你不一样，你从小到大都是令人崇拜的存在，我却很卑微……”谢飞看着陈可挺拔的身姿、健康的肤色，觉得他与方琼的婚姻是那么虚无缥缈，他瞄见自己有皱褶的长裤，陈可即使在自己家中穿着都是得体的。

“今天的黑咖啡你喜欢吗？搭配蔓越莓饼干，苦中有甜。”

谢飞将手中的饼干一分为二，饼干屑在阳光里飞舞，落入咖啡杯中，他尝了一口，然后喝下。他觉得自己吞下了深不见底的黑夜，白色瓷器在阳光下熠熠发光，有些刺眼，他下意识地将身体往后靠，高高的椅背形成了很好的支撑，他也要试着习惯阳光以及阳光下的日子了。

“你为什么妄自菲薄呢？”陈可又为他斟满一杯黑咖啡。

“长久以来，孤独占据了我的心，在夜里尤为明显。我越来越对黑夜有所期待，白天的光明总是让我不安。黑夜像电影放映前的黑幕，心里所惦记的人和事，总是在帷幕缓缓拉开时浮现出来。我还记得小兰从超市冰柜里拿起一个水蜜桃形状的冰激凌，她犹豫了几秒还是没有买，那个画面就在我的眼前定格了。黑夜就是有这样的好处，苍白的生活总能以一种不可思议的方式重现，断断续续的，有时又存在着某种关联。”他深深地叹了一口气，“方琼很像一把透明的保护伞，我可以看到雨落下，听到雨声。我透过雨伞看着遮蔽的天空，风雨被阻隔了，我看到雨的形态发生变化，从线到点化为乌有。我们短暂的婚姻对我而言，更像是疗养院，治愈身心。”

“我帮你换杯热咖啡吧！”陈可想拿走他面前的咖啡，他用手挡了一下。

“方琼很像一把透明的保护伞。”陈可默念着这句话，心里很不是滋味，一个他眼中娴静温婉的女孩，一个他想用一生去保护的女孩，在另一个男人眼中竟然有一种他从未感受过的力量。

“没有关系。”谢飞继续说，“鲜亮的色彩就像是热闹的人群。雪儿好像突然间成为我生命里的一部分，让我与这个时代有所牵连。”

他这才意识到明明没有喝酒，咖啡也可以让他有醉意。室内的光线柔和，空气里仍然有烤饼干的香气，温暖的家应该有的气息。原来除了味觉，呼吸起伏间感知到的气息更令人难以忘怀。

陈可是一个很好的倾听者，从来不会中途打断他，或者表现出不耐烦。

“一年里，会有接近百人来你家里用餐吧！他们也会像我这样放下戒心、畅所欲言。他们会感激你所做的这些。”

“真正的受益者是我，我有太多需要学习的，高贵的品质、幸福的能力，我会受益良多，远比我付出的多。”

“陈可，我问过方琼，我们的厨艺差很远吗？她好像不认识我一样，整个人愣在那里，好像我亵渎了‘厨艺’这两个字。她说你和陈可中间只差了两个字。我问是哪两个字？她说是勾芡。她问我离开勾芡就不会做菜了？每道菜的勾芡都好比密封罐上的封蜡，五颜六色的食材丧失了本来面目，蒙上了灰蒙蒙的阴影。一切鲜活的灵魂都无声无息地溜走了，留下的只有遗憾。我问她，陈可做菜不勾芡吗？红烧带鱼、麻婆豆腐、鱼香肉丝不都要勾芡、包芡才嫩滑吗？她说凡事要讲究时机不是吗？还有火候、用量，我虽然不会做菜，这点道理我还是知道的。陈可的勾芡如永乐甜白釉，釉面极薄，白如凝脂，素犹积雪。”谢飞继续说，“方琼说，你做菜和做事一样，对食材了如指掌，对团队成员各自的优势心中有数，对于公司来说，你是难得的将才。”

陈可叹了一口气：“你别挖苦我了，举一个最简单的例子，我有一个朋友是 Lacto-ovo Vegetarian（乳蛋素食者），炒菜不能放油，盐也最好不用，他只吃有机食品，食物天然的味道，而且只接受中餐。如何为他准备美味的午餐？咸味从何而来呢？我还没有最佳答案。”

“你不会被难倒的！不过，盐是百味之首，离开了油盐，怎么炒菜啊？他是降低欲望，无欲无求的修行者，还是身体原因遵医嘱？”

“他非常健康，他的理念是大自然赋予我们的能量已经足够了，不需要人工添加剂破坏食物的味道。用天然含钠蔬菜代替盐，人体就不缺钠了；用天然辣椒粉等调味，食材也不会寡味。我想用菠菜等自带咸味的食材，正在拟定菜单。”

“从菜品看人品，能做一桌菜已经很难得了，更何况你可以满足那么多人的口腹之欲，太厉害了！”

“我只是对做菜有兴趣，不是专业厨师，也就没有包袱，尽力而为。”

“谢谢你的美食疗法，很治愈。再过几个小时，我们又要见面了。”谢飞站起来，拿着那罐饼干，笑着说，“我去接雪儿了，她回父母家了，明年会怎样，我们拭目以待。”

陈可起身送客，为了让房间里不掺杂其他味道，他还没有吃午餐。谢飞不会想到，他的一个小小的请求，陈可已然心领神会。他是想回到以前的家，那种感觉微妙而满足，就像是烤饼干的香气，绕梁三日，铭记于心。

简单、纯粹、美好，曾几何时，方琼就是以这样的姿态出现在他的面前。

（七）

“我做了一个梦，在梦里我走进一家手工巧克力店，我被小店别致的装潢所吸引，走到柜台前，看到的是五颜六色、很讨喜的巧克力，有心形的、长方形的，还有不规整的巧克力砖。正当我抬头想和店员打招呼时，我的心跳好像骤停了。”

“看到帅哥了？”

“一只老虎，这是老虎开的店。我知道此时落荒而逃，我肯定比不上它的速度。我佯装淡定地选了五颗圆形朗姆酒黑巧克力，我始终不敢看它的眼睛，只是瞄见它的毛色鲜亮。”

“然后呢，它硕大的爪子如何帮你拿巧克力？”

“我看不到它是如何操作的，我只是从柜台上取走了一个墨绿色的纸袋，等我走出店门，才敢打开看。纸袋里有一个打着蝴蝶结丝带的墨绿色纸盒，打开纸盒，五颗巧克力装在有小兔子图案的玻璃纸里，小兔子还涂着红脸蛋。我又看看店面，也是墨绿色的，要不是橱窗里有梦幻般美丽的巧克力装饰，我觉得更像是一家书店，而且是欧洲中世纪的书店。”

“你忘记付账了吗？你不会告诉我老虎会找零钱或者使用信用卡吧？”

“我用微信扫码，无接触。”

一一说完，从冰箱里取出一个墨绿色的纸盒，打开纸盒，果然有五颗包着小白兔图案玻璃纸的巧克力。

“这就是从一千多年前老虎巧克力店买的巧克力？店名你看清楚了吗？我来尝尝老虎巧克力。”

“眈眈，”一一帮邱天剥开那层玻璃纸，“虎视眈眈的眈眈。”

“吃了不会有什么过敏反应吧？我想医生一定无法理解老虎过敏是怎么回事。”

“也许就像紫外线过敏、酒精过敏那样，别想多了，不吃怎么知道味道如何呢？”

邱天吃巧克力的表情庄严肃穆，好像是在完成一个跨世纪的大事件。

“今晚给陈可尝尝，看他如何评价老虎做的巧克力，他不是特别会说什么前调、中调、后调之类的。”

邱天竟然很有代入感，他对老虎巧克力似乎深信不疑。

“微信扫码，有意思。”邱天忍住笑。一一则重新用墨绿色的丝带在纸盒上打好蝴蝶结，然后笑着说：“你能想象一下老虎打蝴蝶结的样子吗？”

“真是一只很有爱的老虎啊！”

“她好像有点困了，眼睛都眯成一条缝了。”

“老虎打盹儿了？你蹑手蹑脚地溜走是吗？”

“我说的是宝宝，她现在睡正好，晚上就有精神了，大家一定对她很好奇。”一一冲他调皮地眨眨眼，然后说，“时间还够，我再做些巧克力吧！”

“原来你是那只会做巧克力的老虎啊！”邱天摇摇头。

“我只是复制了梦境里的巧克力而已。”一一走进厨房，邱天也跟进来，一一说，“我有东西要给你看。”

厨房里有十个巧克力盒子，每一个盒子上方都有虎头图案，这虎头太活灵活现了。

“你什么时候定制的巧克力盒？居然还有刺绣的虎头。”

“惊喜吧，我半个月前定制的，昨天才收到。你觉得朋友们会喜欢我们的新年礼物吗？”

“当然，我觉得巧克力做得很好吃，不会太甜，酒味也刚刚好。”

“我喜欢圆球形，咬一口，嘎吱一声，外层的黑巧有点苦，内芯有朗姆酒的香气，让人很想再吃一颗。”

（八）

她的出现，好像茫茫湖泊里一只美丽的白天鹅，而我，是那片湖。我希望自己是她的栖息之所，而她，是净化我思想的滤器，从而那片湖也清澈见底起来。

微生物是很奇妙的，在时光的流逝中它们产生微妙的变化，年复一年，发酵、转化。

我想过，如果社会是一块奶酪，各种微生物发酵，经过三五年或者是更漫长的等待后，演绎出一种由腐败而产生的鲜味。

Brie（布里），由牛奶或羊奶发酵制成，白色的霉菌形成外皮，它的质地柔软温和、有清新的气息。

那时的我刚刚成功地完成了一笔交易，那是我入职的第五年，这笔交易后来被用于新职员培训的成功案例，甚至冲顶当年我们亚太地区业绩。那是我第一次尝到了成功的甜头，尽管我的内心有一个小角落是痛苦和失落的。

Chris 是我入职后的第一位导师，他带着我做项目，对我毫无保留地传授经验。我们项目组最辛苦的时候，半个月内跨越非洲、欧洲、南美洲和亚洲，我有过七十二小时几乎没合眼的纪录。我们有开不完的会议、做不完的项目书，大部分会议我还要负责现场翻译。Chris 的工作作风和对工作的热情让我敬佩，他当时位居 MD 董事总经理，我经常跟着他与各国政府部门、企业高管沟通，也许是他觉得我的领悟力还不错，往往一些重要场合都让我参与。慢慢地，我对他的做事方法融会贯通。他对我也超越了同事关系，更像是我的兄长，我经常和他一起下班回家，他的家人也很自然地把我当成家里的一分子。

“无序中有序”是Chris教我的第一课，就好比手中捏着两副牌，当其他人还在捋清顺序的时候，我就要看着手中无序的牌布局了。“兵来将挡，水来土掩”，无论别人如何出牌，我都要心中有数，甚至凭一手烂牌打赢全局。看似无序实则有序，以不变应万变。

雪儿是Chris的掌上明珠，从小聪明伶俐，她很喜欢在我们聊天的时候坐在旁边，有时候缠着我陪她练琴。

Chris在我工作的第四年跳槽到另一家投行，我去他家的次数也骤然减少了。我那个引以为傲的项目与他有关，他是我们的竞争对手，我在最后关头拿到了这个项目，并不是客户觉得我们的资质更适合这个项目，而是我太了解Chris的做事方法了，我知道想赢应该如何去做。

这个项目实在太有吸引力了，不仅我们两家投行，也有其他竞争者，我们总部对这个项目高度重视，对我们不断施压，我最后拿到项目，并且不给Chris任何余地。如果是今天，我不可能采取那么激进的方法，但是当时我太想赢了。Chris丢了项目，不是因为能力不足，而是输给我对他太了解。

Chris离开了金融圈，去了一家公司做财务总监。我们的关系出现了难以修复的裂痕，我用了很长的时间去弥补。Chris原谅了我，他说可以理解，只是心里不是滋味。

法国奶酪之王洛克福干酪（Roquefort），不同于世界上其他种类的奶酪，它的霉菌是长在里面的，从内向外形成蓝纹。几千年间康巴鲁天然石灰岩洞内一直生长着某种微生物，1411年查理六世的皇室宪章规定只有在此洞内成熟的奶酪才是洛克福蓝纹奶酪。Roquefort呈现出软膏状的质地，十分易碎，切割时所用的刀具需要加热，不然会黏在刀具上。绵羊奶颜色雪白，蓝纹奶酪的蓝是青霉菌生长的结果。不能接受蓝纹奶酪的人，觉得它臭不可闻，而欣赏它的人，觉得是天赐美味。Roquefort 的味道是那么复杂，有初品时的甜，然后是酸，接下来是烟熏味、坚果、葡萄干，以咸味收尾，它的风味是那么独特，五味杂陈，比起自然之鲜，它的腐败之鲜是那么别出心裁，与它的鲜美高度相配的无疑是搭配贵腐甜酒，这才是极致之美。

June 对鲜奶过敏，却偏爱经过腐烂变质的奶酪。她说："家里有大大小小的陶罐，用来腌渍芥菜梗。我小时候最怕靠近这些陶罐，因为里面有蛆。臭芥菜梗取出后，把豆腐放进陶罐里浸泡。臭芥菜梗、臭豆腐、霉千张合蒸，是我们家家户户餐桌上的小菜。我可以接受奶酪，是因为我们江浙人基因里独有的解锁密码吧！"

我这片湖水并不清澈，这点我很清楚，但还不至于浑浊。我在双廊那天的暴怒其实是对自己，那一刻我觉得自己错得离谱。我在干什么？如果雪儿出事了，我如何与 Chris 交代？我又将用什么来偿还？

我知道那天我的脸部是变形的，在狂风暴雨中，整个人都是扭曲的。比起愤怒，我其实非常害怕。

雪儿的质问令我痛彻心扉："你太了解我了，你真是人生规划师啊！"

我再次利用了"知根知底"，自认为理性的我，竟然如此荒唐。我是从什么时候开始一点点地从外到内，又从内向外变质的呢？June 凭什么爱我，并且死心塌地与我共度一生呢？

我想起一一曾经对职场的描述："职场新人，往往都是带着美好憧憬的小羊羔。渐渐地，一群小羊羔在不知不觉中长出了狼爪，另一群小羊羔则在成长中保持本性。邱天就是一只永远不会吃羊的领头羊。"

我不能抱怨生存环境，很多人仍旧本分生活。如果说社会像一块奶酪，我作为社会的一分子，就像是一个极小的微生物慢慢地发生改变，只是最后没有形成令人欲罢不能的风味，而是往错误的方向偏移。

人到中年，很多事情似乎都没有那么重要了，然而，我的心里仍旧有块沉重的石头，只有我自己可以挪开，但是，我现在还没有这个能力。我想过很多种补救的方法，都觉得还远远不够。

我希望June重新接纳我，虽然这个过程会很艰难。我想对June说出《追风筝的人》那句哈桑的话："为你，千千万万遍。"

我加快脚步，往我们一起跨年的餐厅走去。

（九）

"一一，这是你做的巧克力？包装好美啊！虎头很可爱！"Vincent穿着厨师服，他和同事们已经在为晚餐做准备工作了。一一去餐厅找他，宝宝在车里睡着了，邱天只好坐在车里等。

"你们先去房间里休息一下，还有一间，我把钥匙也给你们，看看谁想留下来住。"

"你看到这个包装，会想到是巧克力吗？"

"我的条件反射是清凉油，虎头牌清凉油。"

"不会吧，你居然联想到清凉油。"一一佯装生气。

"开玩笑的，你介意我现在尝一颗吗？"

"我很想知道你的评价。"

Vincent拆开包装，把一颗圆圆的巧克力放入口中："一一，很不错哦，甜度刚好，朗姆酒搭配得恰到好处，礼物我收下了。你很有做甜品的天赋，晚餐后可以和黛西交流一下，她在Le Cordon

Bleu（巴黎蓝带）学习过。”

“太好了！你先去忙吧，我们稍后见哦！”一一走出餐厅，邱天推着宝宝车正从停车场走过来。

“我和陈可说我们已经到了，他很快过来。”邱天说。

一一又用手指捏宝宝圆嘟嘟的脸，她真是睡醒了，像个漂亮的娃娃。

陈可见到宝宝的瞬间很难用语言来形容，他和宝宝似乎在用眼神交流，宝宝看上去竟然心领神会。他俯着身，就那么一动不动地看着宝宝，还是宝宝打破僵局，她用胖胖的小手摸陈可的脸颊，小脚一蹬一蹬的，手舞足蹈起来。

“哎，真是随她妈啊，见到帅哥就忘记淑女的矜持了！”邱天佯装无奈。

“不愧是我的女儿，从小就懂审美，前途无量啊！”一一说。

“想不想抱抱她啊？”邱天把宝宝从婴儿车里抱出来，“你抱过婴儿吗？我给你示范一下，你就这么抱啊！”邱天很小心地把宝宝转移给陈可。一一看上去很紧张，想从旁边帮忙。

陈可很熟练地抱起宝宝：“田田，你好！你的名字是妈妈取的吧，笔画少。”

“你很会抱小孩啊！”一一说。

“我小时候帮邻居带过小朋友，所以你不用担心我摔着田田。”陈可继续说，“我要和你们郑重地说声抱歉，我不能原谅自己，你们也不用原谅我。有些错误是不可以被原谅的。田田太可爱了，看到田田，我有一瞬间真的是傻了，觉得自己这么多年白活了。”

“陈可，那些不愉快已经过去了，你不用背着那么沉重的包袱，新年即将到来，我们都要好好的。”一一说。

“是啊，今晚我们一醉方休，一一可馋酒了，就等着今天开戒呢！”邱天说，“宝宝重不重呀，要不要放回婴儿车里？”

“我可以多抱一会儿吗？”陈可已然爱不释手了。

一一把剩下的那把钥匙递给陈可：“今天我们都住在这里吧，好好聊聊天。好想回到从前，那些口无遮拦的日子。”

陈可犹豫了一下，他没有接过钥匙。

“一一，我可能没有办法。”陈可下意识地低下头，“我中午请谢飞到家里做客，提到小兰时他的情绪依然低落，我几乎都在倾听，突然间明白了为什么June会和他在一起。我一度有点自卑，没有想到会这样。”

“你也许只是太累了，需要时间调整。”一一不知道如何安慰他。

“谢谢你们邀请我一起跨年，让我抱田田。”陈可勉强笑了笑。

“你想抱她随时来我家啊！我们巴不得有人陪她玩呢！”邱天说。

“谢谢！我给田田准备了一份礼物，请你们收下。密码是田田的生日，我永远不会忘记这一天。”

“开什么玩笑，我更喜欢你亲手做的小木马，这份礼物我们不能收。”一一把银行卡还给他。

“朋友之间不能这样。”邱天也拒绝接受这份礼物。

“这是我给田田的见面礼，没有多少，只是略表心意而已，你们不可以替她拒绝。你们可能无法理解我的心情，如果现在用不上，请替她存起来，等她长大了自己支配。”

一一没有见过这样的陈可，他的笑容从来没有这么牵强。

“那就恭敬不如从命了。”一一见陈可毫无商量的余地，只好换个话题，“这是我亲手做的巧克力，陈可，你帮我指点一下，还有什么需要改进的。”

陈可抱着田田不想放手，一一只好帮他拆开包装，把一颗巧克力纸打开。陈可接过巧克力放入口中，苦尽甘来，也许这是一一想告诉他的。

“比我做得好！一一，我提不出意见。”

“怎么可能，你别打马虎眼行吗？”一一说。

“一一，只有像你这样生活在蜜罐里的人才能做出这个味道，我不行。”

“方琼很爱你，她和我说过。”一一急了，她不想看到两个人再磨叽下去了。

陈可没有说话，他抱着田田在房间里踱步。

“田田需要吃东西了吗？她好像一直在舔嘴唇，是饿了还是渴了？”陈可问。

“我给她喂点奶粉吧。”邱天去冲奶粉，一一知道陈可此时不想聊感情，也就作罢。

邱天把田田放回婴儿车，陈可拿着奶瓶，宝宝乖乖地吮吸着，画面充满了温馨。一一用手机拍摄下这一幕，说：“这是你和田田的第一张合影，马上发给你。”

田田以史上最快的速度喝完了奶粉，她冲陈可甜甜地笑着，挥着小拳头。

房间里很安静，陈可和宝宝对视着，目光里充满了爱，这份爱甜得好像快要融化了。

一一突然很想哭，这一年陈可经历了很多，如果方琼看到此时的他，一定很心疼。爱情有的时候也挺麻烦的，越是深爱着对方，越是不知道如何去爱。最不想伤害的人，却被伤害得最深。最想保护的人却偏偏被自己伤害。看上去运筹帷幄，实则不然，命运总是那么捉弄人。

“我把房子收拾了一下，你们明天中午来家里吃饭吧！”陈可说，“我这一年都在北京，如果可能，我想多见见田田。”

“好啊，一一可馋你做的菜了。”邱天说，“我也想吃。”

“一一，你想吃什么？”

“新年第一天，我想吃杏仁可颂，想着它的香气我就直咽口水。”一一两眼放光，好像已经看到了层层酥脆、内心柔软的可颂了，“最好上面有一朵新鲜的巧克力花。”

“邱天，你呢？”

“那不勒斯水牛奶酪 Pizza，你做的 Pizza 鲜美极了，特别喜欢你的秘制番茄酱汁。”

“天呀！我要和田田一起吐泡泡了。”宝宝好像听懂了，配合着吐泡泡，一一给宝宝擦去口水。

陈可终于哈哈大笑起来：“我保证满足你们的要求！主菜想吃中餐还是西餐？”

“要不然 Pizza 和可颂下次再吃，我更想吃热气腾腾的干焗鹅掌面、星洲米粉，你做的星洲米粉很神奇，明明只是简单的米粉、芽菜、叉烧、虾仁、鸡蛋，你做的却是那么鲜美，大部分店里做的叉烧毁了这道菜。”

“只要把叉烧切得很小粒，达到提香的作用，没有叉烧星洲米粉就不香了。”陈可说。

“干焗鹅掌面呢？鹅掌富含满满的胶原蛋白，面很弹牙，用五花肉和蒜头垫底，明明有那么多蒜头，却毫无蒜头不讨好的气味，只有迷人的香气。我记得你上次做这道菜，搭配了蚝油炒芥蓝，我从来没有吃过那么鲜嫩的芥蓝，你的厨艺绝对达到出神入化的境界了。”

陈可忙说：“没有这么夸张好吗？这三道菜都没有问题。”

（十）

雪儿开着一辆白色路虎在一个老旧小区里费劲地倒着车，方琼上车后有点不好意思地说："雪儿，这地方车开进来就不容易出去，所以我跟你说茶室见就好了。"

"你熟悉这辆车吧，说实话我第一次开，还不太习惯。谢飞开车来接我，我让他先打车去餐厅，我晚点过去，他不知道我来接你。"

"雪儿，你有什么话要和我说吗？"

雪儿的泪簌簌落下，越哭越伤心。

"你了解谢飞吗？有一天我回家，他正在听《费加罗的婚礼》中的一段咏叹调《温柔的西风》，唱的是两个女人商量如何设计来捉弄伯爵，教训他好色的本性。他没有发现我回来了，我走过去看到他满脸泪痕。我到现在都不明白，他到底哭什么呢？"

"你看过电影《肖申克的救赎》吗？"

"没有，这与莫扎特的歌剧有什么关系？"雪儿还在啜泣。

"这部电影讲述在最深的绝望里，唯有怀揣着希望才有勇气活下去。主人公是一位无辜的银行家安迪，因为莫须有的罪名入狱。电影里有一个很感人的桥段，他抓住难得的机会播放这段咏叹调，而且是通过广播，所有人都被悦耳的歌声迷住了，安迪的眼神突然明亮起来，他看到了希望。除了他没有人知道意大利歌剧里唱了些什么，只是觉得太美了、美到心痛、美到点燃希望。"

雪儿没有插话，等着方琼继续说。

"免费的东西往往也是最珍贵的，比如：空气、阳光、清风……这部电影的尾声，安迪终于用了十九年的时间越狱成功，他和刑满释放的狱中好友重逢在湛蓝天空下的海边。没有过往也就没有痛苦，只有自由和快乐。我和谢飞一起看过这部电影，在波士顿。那天临近午夜时，我们各自想着心事。画面一帧一帧，我的泪不知道流了多少。我们没有开灯，我借着屏幕微弱的光观察他，我觉得他在心里竖起了一堵高墙，像安迪那样一锤一锤敲打着墙壁，等待着墙壁终于出现一个洞，他从里面爬出来，通过臭不可闻的污水，回望碧绿草坪那端的牢笼，最终开着敞篷车奔向自由。雪儿，他只是还需要时间。”

“我好像有点明白了，他需要自己走出来。爱情真的是一个奢侈品，得到的人少之又少。”

“他其实是一个很简单的人，你如果去过他波士顿的家，就会知道他要的其实很少。现在有一种说法，年轻人的所谓丧文化，懒得去爱，爱自己就挺累的了，哪里有多余的力气去爱别人。我们每天工作都快把精力耗尽了，爱情有就有，没有也不是活不下去。我知道，你和我都不是这样的人，发发牢骚就罢了，没有爱情怎么知道我们还活着。”

“你有没有去过一个地方，你视它为心灵的港湾，当你迷茫的时候，就想躲进这个避风港，哪怕只是一瞬间。我很想再次回到那里啊！那个去了就不想离开的地方。其实，远方的某处更多的是一个念想，尽管它真实存在。无论他是否去过那里，在你的心里，他是去过的，和你一起。”

“双廊，我第一次去是和陈可，原本我们打算住两三天的，结果我住了三个星期，他因为工作先离开了，我对双廊的情结是除了故乡之外的一种依恋。陈可是懂我的，尽管我从未与他表露过这番心思。他辞去工作去洱海搭建我们的家园，这是我的幸运，只可惜……”方琼停顿了一下继续说，“人的感情很复杂，尽管那是同一片洱海。”

“心灵的港湾，也许只是为了偶尔停靠吧！”雪儿看向方琼的目光有些躲闪。

“我对双廊的感觉更像是相思病的一部分，如果思念有保质期，如果相思有四季，是否与爱情共进退呢？想到心力交瘁时，如冬季万物凋零；想想他的好，如春天一朵朵鲜花盛开。”方琼有点哽咽，“对于谢飞而言，他的心安之地，我想是西澳，那片了无人烟的大地吧！我记得他说过，那时手机网络消失了，他和小兰暂且切断了与整个世界的联系，他们完全没有感到不安，而是不再赶路，打开天窗、调整座椅靠背，一起仰望星空。繁星低垂，好像触手可及。他从来没有见过如此璀璨的星空，直戳心灵深处。在他最难的时候，还好记忆里有那片星空。”

车里正在播放着Ennio Morricone的*Once upon a Time in the West*（《西部往事》），两人心照不宣地停止了交谈。

“在音乐的流淌中，我们舍不得按下暂停键；在爱情里，我们不希望看到休止符，这是贪心吗？”

“是欲望吧！当第一个音符开始响起，对于我们熟悉的音乐，我们知晓它何去何从，我们还是屏息聆听，是心灵跟不上我们的欲望吗？还是我们更希望不施阻力，让原本美好的事物延续？”

·支曲子重复,再重复,内心趋于平静,是欲望不那么强烈了吗?

车子在东城区一个胡同里停了下来，这里是北京四合院保护最好的街区之一，胡同里的老居民仍旧以他们固有的节奏生活。她们走进一个没有任何招牌的四合院，如果不是雪儿带路，方琼会以为私闯民宅。院内很安静，来不及仔细打量，雪儿领着她走进西厢房，这里有一个很窄的木质楼梯直通屋顶。主人很巧妙地把屋顶改建成空中花园，正好俯视四合院建筑群起伏的屋顶、上翘的屋檐。

“从这里望过去飞檐翘角太美了！青砖灰瓦的四合院，东方美学的古朴之美。”方琼说。

“他们不对外开放，我朋友帮忙联系的，感觉有点神秘吧！我今天约你觉得意外吗？”

“我感觉有点坦白从宽的意思。”方琼环顾四周，笑着说。

“说实话，我们初次见面时，我对你很不友好。”雪儿说。

“看到你的第一眼，我有点忌妒。”方琼见服务生端着茶点走过来，便把手机放回包里，又给雪儿的茶杯里注入茶汤。

“怎么可能啊？你忌妒我什么？”

“热情、有才华、自信。”

“开什么玩笑，我这个人傻乎乎的，听不懂弦外之音。你是不是觉得这里有点蹊跷，没什么客人，担心有秘密机关吧？”

气氛变得有点尴尬，好像是雨在空中结成了冰，不大不小的冰雹垂直落下，把两个人都冻住了。她们像两朵开放在冰中的玫瑰花，一朵含蓄，一朵娇媚。

“其实……”两人同时说。

不知从什么时候开始，长久以来因自卑表现出来的清高消失了，方琼学着直面自己。

“雪儿，和你说这些话挺难为情的，我和谢飞有点像柏拉图式的关系，顺其自然地相处。”

雪儿惊讶得不知道说什么好，谢飞从来没有和她说过这些，她曾经不止一次臆想过他们肌肤之亲的画面，她觉得鼻子酸酸的，泪水夺眶而出。“Soul Mate（灵魂伴侣）”，他对方琼的爱是超越肉体的、纯粹的精神恋爱，不以占有而占有。他是如何做到的？他的克制力绝不是常人可以想象的。雪儿想起她和谢飞的初吻，他的唇对她来说充满了诱惑。

“这是我和谢飞的秘密，既然是秘密，总有被揭开的一天，我想谢飞不会责怪我的。”

“我以为我的爱情与众不同，其实你们的感情才是可遇而不可求的。”

“他好像一直活在自己的梦里，一个又一个的梦彼此嵌套着。我想他和我在一起，也觉得是在梦境中吧，醒不醒来，什么时候醒，他觉得对于我而言并不重要。没有爱情，相处起来就像风那般自由。”

“恋爱中的我们不自由吗？他活在过去不觉得太沉重吗？及时清理内存，体会步履轻松的感觉不好吗？”

“不是所有的昨天都适合遗忘，回忆里有我最珍惜的感情，给予我面对新一天的勇气。昨天，听上去刚刚过去，还没有走远。雪儿，我和你说这些表明我已经走出那个阶段了，谢飞也是一样，他知道自己在做什么。我现在只是他们公司里的一名普通员工，没有一起做过项目，工作上还没有什么交集。”

“我很快要回美国读书了，不能一直在国内上网课吧！来日方长，他有他的固执，我也有我的坚持。”雪儿笑了，长长的睫毛上还挂着泪，“没想到帮我打开心结的人居然是你！你就那么爱陈可，非他不可吗？”

“他是我的初恋，我人生中的很多第一次都与他有关。第一次旅行、第一次发现食物与美食是有区别的、第一次知道因为我的存在会让地球上的那个人思念。我把对他的爱藏在心底最深处，温着暖着独处着，以供给生活的消耗。我太傻了，心都空了，爱情自然无家可归。”方琼渐渐明白，陈可表现出来的淡然不过是一种修饰，他用微笑缓解不安，用沉默掩饰愤怒。

“方琼，我们可以是朋友吗？”

“我其实没有什么朋友，我很乐意。”

两人到餐厅时大家都已经入席了，看到她们笑着走进餐厅，都有些惊讶。

雪儿把车钥匙抛向谢飞：“听说今晚有房间可以休息，我和方琼就不回家了，我们姐妹俩要聊尽兴。”然后把大衣挂在衣架上，坐在谢飞旁边。

谢飞有点不知所措，觉得自己好像哪里得罪了雪儿，又好像没有。

方琼的座位在陈可和一一中间，一一的旁边是宝宝和邱天，对面是谢飞和雪儿，他们旁边有两个空位留给 Vincent 和黛西。

“宝宝好可爱啊！一一、邱天，初次见面，这是我给宝宝买的裙子，请你们笑纳。”雪儿走过来逗宝宝。

宝宝的心情很好，她一会儿看看雪儿，一会儿又看看凑过来的方琼。

“一一，我也给宝宝买了小外套，嫩黄色的，穿上去好像一只可爱的小鸭子。她长得好快啊，圆嘟嘟的，太可爱了！”

“田田，这是方阿姨，还认识吗？雪儿，田田叫你阿姨你肯定不高兴，姐姐呢辈分又乱了，你说呢？”

“我得想想，别着急。”雪儿笑着说。

“我们很久没有聚餐了，今天太高兴了，大家都多喝几杯。”陈可说。

“叔，你今天是局主吗？”雪儿说。

“我什么时候当过局主啊！我还是老角色，局奴。”陈可很配合地说。

“你们说什么我怎么听不懂啊？”谢飞说。

“局主呢，就是今天坐主位的人，也就是今天这个局要搞定的人；局奴呢，是指买单的人；还有局托，看来今天就非我莫属了，负责调节气氛的人，通常就是冲在前面为人挡酒的那个人。”雪儿说。

“你怎么懂这些人情世故啊，小孩子还是不要……”还没等谢飞说完，雪儿就打断他：“你们怎么还在喝茶啊，我去请服务生过来吧！”

“放心吧！ Vincent早就安排好了，咱们先聊会儿天，他很快过来。”陈可说。

“你见过Vincent了吗？”一一这才想起来，他们好像只是在视频里见过。

“我前两天来过，算是第一次见面，有一些双廊运过来的东西，我也用不着了，就送过来了，他这用着还挺合适的。”陈可说。

“我们刚才在聊林语堂所说的人生幸福无非四件事，我们这里只有邱天和一一做到了，令人羡慕。”谢飞说。

“是哪四件事？”雪儿问。

“一是睡在自己的床上，二是吃父母做的饭菜，三是听爱人讲情话，四是跟孩子做游戏。”谢飞说。

“我好像还差很远。一一，虽然我们第一次见面，我怎么觉得相识已久呢？还是爱情养人啊，你看上去和我是同龄人呢！”

一一觉得眼前的女孩还真是谢飞的灵丹妙药，她笑着说：“我真希望是你的同龄人啊！没想到时间会飞，我们和陈可突然就变成中年好友了。”

“没想到你好幽默啊！我喜欢！”雪儿以茶代酒，敬一一。

“以前中文里没有‘幽默’这个词，也是林语堂将英文的humor译成幽默的。幽默应该是人经历了风雨、活得通透、大彻大悟之后才能达到的境界吧！”谢飞说。

“我们今天是林语堂专场读书会吗？你别给我补课了好吗？”雪儿有点不好意思，“我好像除了会拉琴，不会什么，书读得太少了。”

“你还小，慢慢来啊！”陈可帮雪儿解围。

“一一，初为人母，你觉得和以前的自己有什么不同吗？”方琼问。

“我想起妈妈在我二十八岁生日时说的一段话，那时我陪妈妈坐在曼哈顿的一间咖啡馆，她看着我，说：一一，你从小就特别惜命，过马路时让我握紧你的小手，那样你才有安全感。这几天你带着我在纽约走街串巷的，换作我紧紧地跟着你，这样我才有安全感。从主动到被动，看来妈妈是快要老了。我笑着说：妈妈，您是变年轻了，只有年纪轻才特别需要安全感啊！”

“一一，你妈妈特别感动吧！”方琼若有所思，觉得自己不是一个好女儿。

“邱天还没有讲完刚刚的故事呢！”谢飞说。

“好吧！我从头说，有一天傍晚我下班回到家，沐浴更衣后，一一让我坐在沙发上，然后端来一盆洗脚水。我诧异地说刚刚洗完澡，不给饭吃让我泡脚？她说今天的晚餐是特别为我设计的，需要先活血，让整个身体热起来再享用。我记得她为了配合一道甜品找陈可借过小鸟，这回不知道又出什么新花样。”

大家竖着耳朵等着邱天继续说。

“蹄花。”邱天掷地有声，“她说吃哪儿补哪儿，这是中华民族的优良传统，别说马拉松了，越野跑都没问题。”所有人都笑成一团。

“足疗和蹄花汤还真是绝配啊！”雪儿笑得眼泪都出来了。

“二者的区别在于是否免葱花。”一一喜滋滋的表情让大家笑得更欢了。

“一一就是一个长不大的孩子，我都能想象，等田田会说话了，他们家每天都要上演动画片。”陈可说。

“一一，你有什么永葆青春的秘籍吗？”

一一差点被雪儿认真的样子逗笑：“雪儿，美食就是我的青春秘籍，前两年工作压力大的时候，想着周末餐桌上变出什么新花样，浑身充满斗志，工作上的难题也能迎刃而解了。”

雪儿点点头：“美食让人年轻。”

“你们知道吗？我今天看到田田的第一眼，我都傻了，她的眼睛如湖水般清澈见底，我只觉得有一种很强的冲击力往上顶，特别感动。从某种意义上说，孩子是我们的老师，天真无邪、没有杂念。”

“人类幼崽，每天吃饱喝足，笑容可爱，别无他求。”一一笑着说，“陈可见到田田的瞬间，我都快感动哭了，就算是要迎接新年，用不用这么煽情啊？”

“我也要总结一下这一年的得失。等酒来吧，情绪到了效果才好！”雪儿说。

“你少喝点，小女孩有你这么喜欢喝酒的吗？”谢飞小声嘀咕，

“她居然从北京带二锅头去无锡，吓了我一跳。”

“一一酒精过敏，一杯葡萄酒，我们家都是她喝上半杯，我喝下半杯。”邱天说。

“太可惜了，一一。”雪儿无比同情地看着一一，“你一定仅仅体会过微醺，畅快淋漓的感觉你没有概念吧！”

“真的，不过每次邱天应酬回来，我没觉得有什么可羡慕的，反而觉得他好可怜。有一次他们在郊区团建，可以带家属。快午夜了，我走回住处，远远地看到有三个人抬着一个人，也许是抬不动了，他们不由分说地把他扔在地上了。我突然觉得不妙，跑过去看，果然是邱天，他们把他抬回房间，他四肢僵硬，我吓得灵魂出窍。”

“没有那么夸张好吗？要说陈可比我还惨，那天有一位员工喝多了，点酒时竟然少看了一个零，等账单来了当场崩溃。陈可自掏腰包买单，直到现在，那个员工还觉得惭愧呢！”

“这件事我也有印象。”方琼说。

方琼是温婉型女孩，她的举手投足都带着一种令人舒服的美感；雪儿则是活泼好动型，她很容易成为一场聚会的焦点，即使是在陌生人面前。因为是喜迎新年，今天三位女士的着装中都有红色元素。一一柔顺的长发披肩，穿着英伦风的蓝白相间山羊绒毛衣，只在两侧袖口有鲜艳的红色，下穿一条白色长裙，显得大方得体；方琼把长发挽起，米白色双层真丝连衣裙，斯文知性，只有领口系着红色丝巾；雪儿的头发看似松散，任性又带着几分俏皮，身着酒红色螺纹织法的针织裙，长及脚踝，竖向肌理，贴合着她优美的线条，显得既有女性美又有几分帅气。

Vincent 快步走来，他的身后是一位穿着厨师服的女孩。她看上去有点酷，未施粉黛。

“介绍一下，黛西，我们的甜点主厨、我的女朋友，你们都是第一次见到她。”

Vincent 帮黛西逐一介绍，黛西微微点头和大家打招呼。

“今晚我们格外忙，你们的侍酒师只能麻烦陈可了。”

服务生推着一个红色推车进来，揭开盖布，四支包装精美的清酒呈现在眼前。

“太美了啊！十一慢，总算是见到你的真容了。”一一说。

“方琼，好久不见，你还满意吗？”Vincent 说。

方琼站在原地纹丝不动，她没有想到会在此时揭幕她曾经设计的作品。

Vincent 亲手拆开外包装，“春、夏、秋、冬”四款设计，四款根付。

“我和黛西恐怕要等工作结束才能加入大家了，这四款酒有女生们喜欢的熏酒，带着花果般清雅的香气；也有很适合冬季品饮的醇酒，日本酒的原点。我想陈可很了解不同酒款的品饮温度，酒器我们已经准备好了，请各位今晚尽情享用我们带来的美食佳酿，感谢！”

大家为两位厨师鼓掌致谢，请方琼介绍她的设计理念。

“谢飞，我想知道你的想法。”方琼有点不自信，看向谢飞。

（十一）

跨年夜鉴赏套餐

Pintxos 西班牙巴斯克竹签小吃

(a) *Otoro* 金枪鱼米花寿司

(b) *Horse Mackerel* 竹荚鱼

(c) *Jamón Ibérico de Bellota* 伊比利亚火腿

(d) Chorizo 伊比利亚辣香肠 /*Salchichon* 伊比利亚肉肠

Soup 汤

Gazpacho 番茄冷汤，*Seville* 塞维利亚传统做法

Honeydew Melon Sorbet 蜜瓜雪葩

Main Course 主菜

Pan-Fried Kuruma Prawn 香煎竹节虾

Ribeye Steak 干式熟成肋眼（山东隆铭牛）

Paella de Mariscos 西班牙海鲜饭（八人份分享）

Dessert 甜品

Jewelry Box 首饰盒（女士专享）

Artisan Cheese（男士专享）新鲜或陈年奶酪，产地涵盖瑞士和法国。

Petit Fours 花式小甜点

当所有的菜品上齐之后，每一位客人都收到了一份专属菜单，以橄榄枝缠绕的菜单上写着客人喜欢用的名字，甚至还设计了独特的图案和字体。

“跨年夜晚餐太完美了！这么漂亮的甜品我都舍不得吃呢！”雪儿说。

“双层首饰盒，抽出小抽屉，发现是童年最喜欢的玩具：上层：鸡蛋，烤椰丝做成的鸡窝里，是一枚待孵的鸡蛋，白巧克力做蛋壳，奶冻和杧果分饰蛋白与蛋黄，用小勺轻轻一碰，蛋白摇曳，清爽不甜腻。下层：小鸡啄米，金色的吉拿棒做成小鸡模样，惟妙惟肖地低着头啄米，内芯是微微融化的 70% 浓度黑巧克力；小米则是用现烤面包糠做成。让我想起小时候的玩具，小鸡上满发条不停地啄米。

主甜品似乎在引发哲学命题，鸡生蛋还是蛋生鸡？”一一说。

“此时此刻回到童年了吗？时光荏苒……造型别致的水晶花瓶里插着一支盛开的红玫瑰，这是柔软的棉花糖。玫瑰与爱情，长大还是不想长大？”雪儿说。

“迷你芝麻蛋卷配酒粕冰激凌与杯中的十一慢清酒相呼应，瞬间从少女拉回现实。”一一说。

“人的一生总是从吃甜头开始，爱情也是。酸溜溜地感叹人生苦短，期盼着苦尽甘来。丰盛的宴会，唯有阅历颇丰的人理解其中所以然。餐后的甜品才让我有安全感，好像童年尚未走远。”方琼说。

方琼的感慨让陈可略显尴尬，一一也不知道如何回应。

“有一个配菜不会是号称美丽杀手的捕虫堇吧？”雪儿清脆的笑声打破了僵局，“就是那个浑身冒汗的家伙啊！”

大家都被她逗乐了。“你说的是冰草吧！”一一笑得直不起腰来。

“我以为没有厨师不敢用的食材，捕虫堇也许是植物里智商最高的，我们摄取些说不定可以补脑啊！它的叶片上布满了茸毛，茸毛连接两种腺体，一种负责分泌黏液黏住昆虫，一种分泌消化液，消化昆虫。为了防止昆虫腐烂，叶片还会分泌防腐液，有杀菌作用，北欧人就用这个功效给家畜疗伤呢！植物不断进化演变，拜托别哪天把人类灭绝就好。”雪儿说。

“好像有吃人的植物吧？还是别说了，小田田快醒了，这么血腥的故事不要说给她听。”一一说着像煞有介事地环顾四周，好像真有什么可怕的植物入侵似的。

“在植物茂盛的热带雨林中，为了抢夺生存空间，争夺日照，每一个物种都拼尽全力地活下去。高大的乔木享受阳光，低矮的灌木光照不足，最底层的草本植物从未见过阳光。有些植物不想和自己较劲，甚至离开阳光、土壤都可以生存下去。一株看上去纤弱的小苗，借助大树的藤蔓向上而生，甚至可以高过乔木，植物比人类还要睿智吧！”方琼说。

“人体才是最聪明的，我们每天都会有三千三百亿个细胞死亡，同时有三千三百亿个细胞新生，在人体处于危急时刻，所有的细胞都会用尽全力战斗到最后一刻。我不知道有多少次让自己处于崩溃的边缘，但是我身体里的细胞比我勇敢，它们总有办法保全我的生命。人体是一个牢笼，癌细胞就是牢笼里的坏分子，为了不让它们越狱成功，我们身体里的勇士们誓死捍卫着那扇门。”谢飞说。

“我看过一篇文章，讲的是人体卫士，也就是防卫菌有 70% 在肠道，这些肠道菌约有一到两公斤重，分为好菌、坏菌、中性菌。好菌和坏菌维持平衡身体才健康，很多人通过饮用益生菌饮料维持这种平衡。我们探索美食的过程，也是对食物的解锁过程。也许我们身体里潜在的危险有对应的食物可以化解呢！比如应对失眠，多吃含色氨酸高的食物，如：鸡胸肉、鲑鱼等，会让心情放轻松，容易入睡。”一一说。

“我在过去的一段时间里，因为工作太忙，时常轻断食，每日两餐甚至一餐。我一方面摄取健康的食物，比如羽衣甘蓝，补充每日所需的钾、改善血糖、护肝；比如起司，在发酵的过程中所产生的细菌吃掉乳糖，从而减少食物中糖分的摄取；另一方面，我很惭愧，我对酒精产生过依赖，一度没有红葡萄酒我就难以入眠，我安慰自己，红葡萄酒里的白藜芦醇对身体有益，可以加速血液流通、提升新陈代谢。肉类摄取产生的酸性物质过多会导致高血压等疾病，七瓶红葡萄酒含白藜芦醇 60 毫克，也就是说才能满足人体的需求。每天晚上小酌一杯是有好处的，而我曾经每晚一瓶。好在肝脏是人体里唯一可以再生的器官，人体的自噬功能，清理掉一些微生物、真菌，身体产生抗氧化剂，达到疗愈的效果。我及时止损，还是很自责。”陈可拿起酒杯又放下。

“我吃过一段时间葡萄籽胶囊，应该是含有白藜芦醇吧！皮肤特别光滑。陈可，你是采用18 ~ 6，生酮饮食吧？”一一问。

“断食十八小时，然后每隔六小时吃一餐。其实我只是在工作的间隙补充点食物，没有按照18 ~ 6。”

“我在美国上学时，经常买小麦草汁来喝，据说可以维持健康的胰岛素水平。”雪儿说。

“不是说人在睡眠时大脑可以排毒吗？我的健康疗法就是美容觉。”一一伸个懒腰，好像下一秒就要入睡。

“我觉得坚持运动、保持愉快的心情、充足的睡眠就可以了。想吃什么就吃什么，没那么复杂。”邱天整个人放松地靠在椅背上。

“前段时间，我在家不小心摔倒，没想到肩骨折了。在医生的建议下，我进行了理疗康复治疗。治疗师说因为我对疼痛有很恰当的表述，我的治疗过程很顺利。

“当他用关节松动术治疗时，我把疼痛描述为两类，其一：愉悦的痛，很像是在健身房训练后教练帮我做的拉伸过程，虽然痛却是舒服的；其二：讨厌的痛，这种痛受伤后一直伴随着我，当通过治疗师的指压而加剧时，治疗师会立刻停下来，然后询问是否可以忍一下，很快就好。我好像是给治疗师打了预防针，他的动作会做相应的调整。

“西医的关节松动术和中医的按摩是不同的，中医讲的是穴位，西医则是把穴位理解为肌肉、肌腱、骨头相连接的关节点。肩颈是一体的，肩伤也会影响到颈椎，他帮我治疗时，有时会反射到指尖。有一次，他的指压让我感觉到肩膀好像被分隔开了，肩部与手臂隔着一条小溪的距离。他说我的感觉是对的，骨折的位置虽然已经长好了，却把肱骨上移了，我们就是要将其恢复到原来的位置。

“治疗师门诊墙壁上有张‘疼痛视觉模拟评估表’，将疼痛很形象地划分为从零到十不同的阶段，分别对应六个脸部表情，从阳光明媚的笑脸到乌云密布的哭脸。

“治疗师找到疼痛的触发点，用手指施压，就会带来从痛到轻松的感觉。我这才意识到人体构造的科学性，找到触发点，就找到了引起疼痛的开关。

“痛也是身体对我们的保护。刚开始骨折时，医生嘱咐我不要做双手支撑的动作，骨头长好了，医生逐渐让我做一些对抗性动作，一旦疼了，自然就会停下来，自我保护，不用担心会导致更坏的结果。”在酒精的作用下，方琼不知不觉地说了很多，她没有注意到陈可关切的眼神。

“你受伤了？怎么没有和我说呢？”一一看到陈可担心的样子，替他说了一句。

“其实没什么啊！我每天去上班，同事们都没有看出异样呢！我已经接近痊愈了。”

“你有没有喝点骨头汤之类的，不要觉得自己还年轻骨折没什么。”一一又说。

“你呀，真是当妈妈了。”方琼笑了。

“嫌弃我了？我就是这么啰唆啊！”

“你们说为什么寿司店的刀又长又锋利啊？”雪儿突然转换话题。

“因为一刀切下去要快、要准确，不能有因摩擦而产生的温度变化，影响肉质的鲜美。”陈可说。

大家看着手里的菜单，回味着刚刚吃过的菜品。

“我很喜欢那道新鲜到发光的竹荚鱼。”谢飞说。

“你们看它很新鲜，其实已经熟成大约五天了，产生由氨基酸带来的甘味，酱汁用海鲜高汤吊出鲜味，搭配青柠啫喱特有的清香。”陈可说。

“不知道厨师设计新菜的时候用不用 3D 模型？”谢飞说。

“你的职业病又犯了，不如你帮他们建模吧！”雪儿说。

“我知道 Vincent 喜欢手绘设计新菜。建模，有意思，是不是还可以分析营养成分之类的？现在连房子都可以 3D 打印了，太厉害了！”一一说。

“如果他们需要，我很想试试！正好可以帮助我更好地了解食物。”谢飞若有所思，每一个欢乐的时刻，他都觉得离小兰又远了一步。

“我喜欢金枪鱼米花寿司，寿司米做成膨化米，金枪鱼的美味无须多言，整体视觉效果收敛而美丽。”陈可说。

“我喜欢香煎竹节虾配龙虾酱汁，零下 80 摄氏度活冻虾似乎保持了鲜活的状态，龙虾头熬出龙虾汁再加入龙虾肉做成龙虾酱，每道料理都好讲究。”方琼说。

“我喜欢油脂丰富的肋眼牛排，直火料理，肉的香气被彻底激发出来了，我喜欢最直接的烹饪方式。”邱天似乎还在回味着牛排的美味。

“我们有一次去吃法餐，邱天看着被装在特制木箱中，樱花木烟熏牛里脊很不解，我认为牛肉用低温慢煮的方法使天然风味和香气更完整，再通过烤制和烟熏增加了味觉的层次感，佐波特酒酱汁，当然是好吃的，他似乎只接受美式的做法。”一一说。

“这就是男女的不同吧！女生更注重细节，而男士中除了饕客外，对美食没有那么多要求吧！我觉得四款清酒和方琼设计的包装是无可挑剔的。”雪儿说。

方琼被说得很不好意思，害羞地拿起酒杯抿了一口。心里却思忖着，在双廊时，雪儿根本没有把她放在眼里。她这么想着，脸上浮现出不易察觉的情绪。

陈可把这一切都看在眼里，他了解方琼，她的骄傲即使在祸不单行的时候都没有丢掉。好在大家都沉浸在迎接新年的喜庆氛围里，不太会注意这些。

“近年来日本酒在国内越来越受到消费者的喜爱，尤其是女性。

日本酒在每次约200毫升适量的品饮下，有促进血液循环、保湿及增加皮肤弹性的作用。品饮温度从5摄氏度至55摄氏度之间，即使是单一酒款也会带来不同的味觉感受。”陈可接着清酒的话题说。

“我们有专业侍酒师，才能让菜品与餐酒搭配得天衣无缝，我们应该敬一下陈可！”一一品尝了每一个酒款，她喜欢不同温度带的酒体带来的微妙变化。因为轻微酒精过敏，她其实喝得很少，好在清酒比较注重其中的旨味，氨基酸中的甘甜味也是谷氨酸，小baby喝的母奶含有谷氨酸，所以清酒比葡萄酒容易被人体接受。

这时忙碌了整晚的Vincent和黛西加入大家。

“Vincent，十一慢很神奇啊！这是我第一次体会到越喝越舒服的感觉，原来身体比味蕾诚实。”一一说。

大家你一言我一语赞叹今晚的盛宴。

“山东牛肉口感惊艳啊！”陈可说。

“山东隆铭牛的肉质标准与日本和牛趋同，青岛属于海洋性温带季风气候，牛的种群是澳洲和牛母牛与本地黑牛人工繁育，谷物饲养不低于六百天，拥有漂亮的大理石花纹。我们自己进行干式熟成。”Vincent笑了笑，“你们喜欢，我很开心。”

“你刚刚说到山东隆铭牛与日本和牛的标准趋同，东北大米与日本米也是相同的品种。现在的融合菜很少做到完全不突兀、令人拍手叫好的。今晚这一餐，不局限在日本料理与西班牙融合菜，更偏向于无国界料理，衔接自然流畅，味道层层递进，称得上是融合菜的教科书了。”一一由衷感叹，这一餐令她感觉很满足，“甜品设计令人耳目一新，黛西的加入给餐厅带来了新的力量。”

“感谢！我们都是有执念的人，不容易妥协。我们还在不断精进的过程中，希望听到你们更多的建议。”Vincent和黛西举杯和大家庆祝。

“Vincent与Pedro Subijana师出同门，Luis Irizar于1967年在

斯巴克开立厨师学校，Pedro Subijana 是他的学生，新斯巴克烹饪运动是 Luis Irizar 与 Pedro Subijana 师徒、Juan Mari Arzak 等十二位厨师效仿法国新美食运动，于 20 世纪 70 年代发起。Pedro Subijana 的餐厅 Akelarre 在 2006 年获得了米其林三星，Arzak 开设的同名餐厅也在 1989 年摘得米其林三星殊荣。”陈可向 Vincent 敬酒。

“太厉害了！我还记得我们去圣塞巴斯蒂安（Donostia San Sebastian）时，有家 Bar Zeruko，他们的 Pintxos 创意满满，简直就是缩小版的高级餐厅料理。那天餐厅 19：30 开门，我们没想到人们鱼贯而入，我们没有抢到座位。老板好心，给我们一个十五分钟的座位，因为马上有预订的客人来用餐。我们点了几份海鲜 Pintxos（巴斯克牙签小吃），每一道都是厨师拿到厨房加工、摆盘。没过多久，满地都是客人们丢下的 Pintxos 竹签，据说这是当地传统，代表了餐厅生意兴隆。”一一说。

Vincent 凭借卓尔不群的技艺，呈现富有神采的美味料理，超长工作时间不减青春热血。看来对自己够狠的年轻人，梦想是可以实现的。

方琼从洗手间出来刚好撞上谢飞，方琼脸颊发红，脸上似笑非笑的表情：“谢飞，你喝得不多啊，怎么站不稳，晃来晃去的？”

“是你在晃好吗？我怎么可能站不稳，很稳！”谢飞说话时有些口齿不清。

“哎，对了，你说雪儿像什么花？天山上的雪莲吗？”

“别逗了！”谢飞大笑起来，笑到最后猛烈地咳嗽，咳得眼里带着泪花。

“你别那么激动啊！你还是喝多了，有那么可笑吗？清酒后劲十足，你一会儿别再喝了！”

“你等等，让我顺顺气儿。”谢飞两手叉在腰间，身体向前倾斜。

“有那么可笑吗？”方琼又问。

“雪儿，花儿？雪儿怎么可能与植物有关？她必须是一种充满了灵性的动物啊！猫！她是猫，是那种夜里眼睛瞪得圆圆的猫。”谢飞说完，两只手学着猫爪的动作，“她什么声音都没有，神出鬼没的，一会儿钻到我的头发尖儿里，一会儿又潜入我的灵魂里，她是猫，是猫！”说完，谢飞一笑，把右手食指放在唇上，“别说……不要让她知道……我……我识破了她的秘密！”

服务生为客人们呈上了新年伴手礼，精致的雪茄盒里有八款主厨自制调味盐和一小瓶辣橄榄油。

“好棒啊！我喜欢，回家要好好研究做点什么新菜了。”一一对伴手礼很欣赏。

“这是胡椒盐，我用台湾人喜欢的口味调出，黑白胡椒粒磨粉、加入炸过的香蒜片等，可以搭配炸物。”Vincent 说。

“我可以用在腌制肉食吗？比如炸鸡块？直接而且入味。”雪儿问。

“当然可以，盐在腌渍时渗透鸡肉的蛋白质，从而达到软化和锁水的作用，裹面衣后油炸，炸鸡外表酥脆里面鲜嫩多汁。”Vincent 继续介绍，“这款是冲绳的雪盐，我用泰国香米磨成粉调成的香米雪盐；这款你们肯定熟悉，粉色的喜马拉雅岩盐，含有铁、钙、钾等人体所需的矿物质；这款是法国 Guerande（盖朗德）的 Fleur de Sel（盐之花）；这款是我用藏红花调制的，可以搭配海鲜烩饭；这是迷迭香海盐和烟熏盐，搭配烤牛排或烤鸡等；还有一款茉莉花茶盐。这八款盐可以给简单的菜品增添风味，你们可以试试看。”

“原来有这么多讲究啊！我以为做菜只用一种盐就够了。”谢飞看着精美的雪茄盒外包装，“这款包装设计得真不错。”

“谢谢哦！我自己设计的，我还在研发中，很快推出十六种风味盐。”

“他对盐很上瘾，如果不是工作忙，他还想去西藏海拔二千多米的盐田和印度沙漠地带的盐田，探访遵循古法技艺的制盐人呢！”黛西说。

“我对盐田也很好奇，我看过一些摄影作品，制盐人的工作远比我们想象中要辛苦。等有时间，我们一起去探访吧！”一一说。

“好啊，如果你们都不怕辛苦，不会带着宝宝一起去吧？”黛西问。

“你们去，我在家里带田田，你们喝得有点猛啊！”邱天劝大家，“要不你们接着喝，我带田田回房间休息吧！”

“她很乖啊！我们这么吵也没打扰她休息，我们还是一起跨年吧，还有一个多小时而已。”陈可说。

“今天的晚餐太美味了，你们说每一道菜里都有一味提鲜的食材，鲜味与酒一样，也可以分为前段、后段，比如海鲜、笋、昆布等带来的余韵。我做的肉片炒菜花也挺鲜的，你们会觉得瘦肉炒得太老了，还不如直接啃木头。我知道你们会笑我对鲜味的误解太深。我觉得人生也可以拿今天的丰盛大餐来形容，我们吃的是同样的东西，你们品出了其中的鲜也好，层次也好，我唯一明白的是蜜瓜雪葩的出场，的确起到了爽口的作用，让我觉得主菜又是一个新的开始。人生起起伏伏，今晚的菜和餐酒搭配得高潮迭起，而我恐怕这一生味觉都不会苏醒。”谢飞有点头重脚轻了，他站起来晃悠几下又坐下了，“味觉是基因决定的。你们说如何才能让美好的事物存在于永恒？在它依旧完美的状态里毁灭吗？就像美食，瞬间消失，停留在味觉记忆里就是永恒了。”

“谢飞，你相信我吗？”

雪儿并没有说“你爱我吗？”她看上去比其他人更清醒，她的酒量还真是一个无底洞。

“有些感情更适合埋在心里，很深的地方，这样才能给自己一条出路。”

“我试着做了，还是很难。也许人生来孤独，想要摆脱孤独，就有不能拒绝的欲望。我那时不知道，看似幸福的日子里暗藏着不安。”谢飞喃喃低语，“陈可为我们介绍不同酒款的味觉表现，比如丝绸般的触感，我的舌头无法认同，更别说此时各种味道交杂在一起，我已经晕头转向了。生活也是如此，我很努力了，可是我真的有能力给你快乐吗？雪儿，我不想看到你变得患得患失。爱情给你带来的苦涩多于甜蜜，你还年轻，别陷在我这儿，不值得。”

雪儿笑了，酒还真是成人饮料。时间是一个好东西，从米到酒，随着时间的嘀嗒声，它发酵、变得醇香。在酒精的作用下，让人放松，对人对事也不那么敏感。雪儿觉得自己在成长，忽然间活得通透了，很多让她纠结的事情也明朗起来。她的声音出奇的平静。“大家别停下来啊，继续喝酒，不斗嘴就不是我们俩了。”

“你对回忆上瘾，我就走进你的记忆里。你听说过苯基乙胺吧！一见钟情的物质。未来岁月我会慢慢成为你的多巴胺和内啡肽。新年了，你也该从对自己的纠缠中解脱出来了，不要再消耗自己了。”酒精似乎给了雪儿很多灵感，她就像琴弦，不停地拉扯着谢飞的思绪。

“上瘾不是爱情，你别混淆了。”谢飞说。

“上瘾是一种依恋，慢慢演变为爱的初级阶段，然后感觉到幸福，这就是爱情。”雪儿说，“方琼，你比我更了解谢飞，你又回到他身边的时候，他是不是高兴得不知所措？”

“不知道为什么，我会想到鲁迅笔下的闰土，他的脸上现出欢喜又凄凉的神情。”方琼觉得自己这么说不合时宜，于是又改口说，“无论如何，时间都不会停留在过去的某一个点，那些错过的、失去的都将成为自我形成的一部分，时间可以帮我们抚平伤口，也可以让我们在下一个错误开始前知道绕开。”

雪儿听到方琼提到闰土，有点哭笑不得，悻悻地说：“年轻就是有无限的可能，我不会在爱情面前却步。”

“谢飞和雪儿，我第一次见到你们，就是觉得很般配。”黛西说。

“小两口，我祝你们幸福！”——看着他们，还真是天生一对。

谢飞还是毫不犹豫地把杯中酒喝了，雪儿得意地眨眨眼睛，边喝边笑：“谢飞，你逃到哪里，我都会把你抓回来的。”

恍惚间，谢飞看到小兰在厨房里忙碌着。奇怪的是，厨房里没有一味食材。她的声音清晰温和：“你的味觉被我按下了暂停键，丧失味觉也就尝不到苦涩了，这是我对你的保护。我想陪你走一段路，我不舍就那样匆匆离开。此刻，我想走了，你的未来将是有滋有味的。舍得与不舍只在一念之间。”

“请大家移步到窗前。”Vincent 说。

大家都往窗口走去，他们静静地欣赏着月色，然后不自觉地闭上双眼，呼吸越来越平稳。

在静谧的夜空下，一切都是那么祥和，每一个人都体会到夜空的包容。

没有灯光的房间，月亮格外皎洁。渐渐地，人们习惯了此时房间里柔和的光线，才发现眼前不知何时有一洼小小的池塘，有莲蓬露出水面。

黛西轻轻地将莲蓬捧在手中，Vincent 的声音低沉：“我们请大家取出莲子含在口中，感觉其中的滋味，我们想请大家以这样的方式告别这特殊的一年。”

黛西缓步走向每个人，大家轻轻地取出莲子含在口中，又是一片静谧。

酸，有儿时最喜欢的果丹皮味道；

甜，有青葱岁月空气里的清甜；

苦，若隐若现，好似微风吹过沙滩上的痕迹；

辣，不是味觉是痛觉，心里却是舒服的。

一颗莲子在口中缓缓地融化，酸、甜、苦、辣依次呈现，原来味道也是有先后次序的。他们拥抱，这是夜空赋予的自由，从心底释放的自由。

归零，陈可让自己重新开始，是在人生黯淡之时。今晚，他被田田清澈的目光触动，他因莲子在口中释放的力量感动。今晚餐饮人给他上了很好的一课，如何使几个月前的莲蓬保持鲜度与色泽，如何将软糖做出莲子的外形和触感并完美地嵌入莲蓬，他在放入口中之前，都确信它只是一颗莲子。这些巧思只有在对的时机、对的场合，才令人敬佩与感恩。

田田刚好睡醒了，邱天把她抱在怀里。

“新年的钟声即将敲响……五、四、三、二、一，新年快乐！”

（十二）

霜降过后，果园里的柿子树无疑是最亮丽的。采摘、洗净、去皮，按照传统的方法用绳子穿起吊晒，一串又一串。Vincent 和黛西仰着头欣赏着劳作换来的金灿灿的果实，串柿在阳光下美成了诗，有很好的寓意：事事如意。

等待约十日之后，柿子水分减少，颜色变深，柿肉凝缩，再过些日子，糖分向外渗透形成诱人的白霜。

自然的馈赠、时间的醇香，总能唤醒人们对美食的渴求。千百年来都是如此，岁月让美食渐渐炉火纯青。

柿饼的颜色会从橙黄到褐变，趁着柿饼色泽鲜艳的时候，也就是尝味最佳之时。自然风干的柿饼风味迷人，口感甘甜。

烛光下，黛西请 Vincent 闭上双眼。她给他斟满一杯清酒，他觉得入喉时味道清雅柔顺，正是大吟酿带来的酒体感受，如二十五岁的年纪。

“哈密瓜的香气一闪而过，酒质清爽，又有温顺的旨味表现。作为一餐的开场很不错，搭配白肉鱼刺身或者扇贝，体现食材的新鲜度。”

他想睁开眼睛，她轻声地说：“等等。”

入口时有轻微的凉意，令他精神一振。柿饼绵密的口感，以及那层不用看就能感知的白霜，冰爽感似乎降低了应有的甜度，有趣的是这份甜里有一种令人难以抗拒的愉悦和活力。他知道这是用柿饼做成柿衣卷起黄油和起司，经过冷冻塑形做成的日式甜品。黄油的顺滑与有一定硬度的起司增添了层次感；柿饼的软糯甜香与起司的独特风味交织，舌头舔舐时的热度与食物本身的凉意触碰，感觉甚是微妙。

“这种感觉是循序渐进的，最初的微凉口感带来惬意的感觉，唇齿间清酒的余韵还在，起司和黄油慢慢地在口中融化，不用说这款甜品的口感很丰富。很像是一餐开始前在面包上涂黄油，即使接下来菜品丰盛也不会让胃里有负担。一切都恰到好处，等待接下来的菜品一道道呈现。”

“我没有按照常理出牌，甜点呈现在菜品之前，你竟然是赞同的。”黛西说。

“我可以理解你想法的初衷。”

“漫长的冬季总会被春天取代，万物复苏，让人向往爱情。”

“我想用餐结束时再次品尝这道甜品，同样的口感，因在不同阶段品尝带来不一样的感觉。”

“我们想到一起了，那时的感觉是被爱，令人沉醉。”

“迎春菜单的配酒也是有延续性的，你刚刚给我选的大吟酿最早登场，随着菜品的节奏，酒体的表现力与菜品的口感要有呼应，比如说我们那道炭烤蟹，对应的是相对回甘的酒款。纯米大吟酿，比前一款酒酿造时多了些技巧，既有清新的花果香气，又有沉稳、高雅的包容力，如三十岁的年龄，成熟又有魅力。酒中的甜度与餐品的咸度，让味蕾感觉一种多样化的体现，同时，又可以当作另一个起点。”

黛西认真地听着，不时点点头。

“接下来我们可以搭配底蕴更足的纯米吟酿，酒体表现有点像四十岁往上的年龄，此时微醺已过，酣畅淋漓之时气氛刚好。主菜过后，甜品也是时候再次登场了。”

“这样的重复会不会让客人有突兀感？”

“我们可以先试试。我还想再尝尝这道甜品，刚刚是盲品，清酒也好，甜品也好，现在我想看看它的外观。”

叶片形状的餐盘一侧似乎被微风吹起，很有动感，上面叠放着五枚柿衣和果子。它们表面平滑，厚度一致，四叶草的形状。柿衣层次由外向内，依次是：柿饼外层美丽的白霜、色泽诱人的柿饼、中心则是好似翩翩起舞的黄油起司。

“黄油和起司的颜色一致，让人目不转睛，一口咬下去，加深了初品时的印象，确实有被爱的感觉。”

烛光悄然熄灭，窗外一片寂静，没有出走的大白鹅趾高气扬的歌声，也没有鸟鸣。

北风刮着刮着就到了新年，清晨，两人十指相扣走在果园里，欣喜地发现有几朵蜡梅悄然绽放。“刚好给你泡杯蜡梅茶。”Vincent 说。

邱天和一一如约而至。当主菜按部就班地上齐之后，一一说：“不好意思，陈可，这几道菜都热气腾腾的，必须第一时间吃掉，我就不跟你寒暄了。”

邱天见一一没有片刻矜持，于是也加入了专心用餐模式。

陈可则一边品着 Barolo 佳酿，一边看着熟睡的田田。

“满足感爆棚，陈可，你还在品酒阶段，我们已经把主菜都吃光了，一点都没给你剩下，太久没有吃你做的菜了！”

“还能装下甜品吗？”陈可笑着问。

“女人总有一个甜品专属胃，我充满期待呢！”

陈可回到餐厅时，手中的餐盘令一一大呼神奇。

“难以置信，这是你做的树洞糖雕？”

“不是琉璃吗？”邱天感到困惑。

“这是砂糖做的糖雕，有琉璃的质感，拉糖艺术好像是文艺复兴时期就有了，后来由一位法国甜点师发扬光大。先煮糖然后拉糖，很难的。陈可，你什么时候偷学的技艺呀？太厉害了！”一一带着崇拜的眼神看着陈可。

“我跟着视频学的，现在做得还很粗糙，与琉璃相去甚远。”

“做得够精致了，琉璃糖雕做盘饰，应该是甜品环节的最高境界了！树洞，有意思，还有这些带着若隐若现纹路的叶子，好想摘一片听听有什么秘密呢！”

“一一，你这么喜欢送给你吧！真不好意思，挺拿不出手的，我还在练习阶段。”

“你太追求完美了，我觉得很有质感，我收下这份特别的礼物。”一一说着，手里还在轻轻地抚摸着叶片。

“我做这个树洞糖雕，原本就是想送给你们做新年礼物的，只是成品不尽如人意。树洞的故事你们都知道，我想感谢你们，在我最惨的时候听我絮叨，让我觉得有朋友可以信赖。”

“砂糖还可以做工艺品，不可思议！会融化吗？”邱天问。

“估计保存半年应该不成问题。”陈可说。

“树洞抢了甜品的风头，我要尝尝 Palmier。”一一兴奋地举起两个手掌大小的蝴蝶酥，咔嚓一声掰成两半分给邱天，“蝴蝶酥同样考验技法和耐心，我试过几次都不成功，烤成这样颜色焦黄的千层褶皱不是短时间可以做到的。”

一一把蝴蝶酥送入口中：“层层酥脆，有淡淡的桂花香，外形真漂亮，完美！”

“你们要是不怕高糖高热量，我把剩下的几片帮你们打包带回家慢慢品尝。”

“邱天才不会担心呢！他多跑几公里都消耗了，我现在的食欲特别好，终于在三餐之间有东西吃了，不然邱天只会问我同一个问题：我给你煎鸡蛋，一个还是两个？”

陈可笑得险些岔气：“可以想象！”

正说着，宝宝睡醒了，一一拿起蝴蝶酥，在她的面前比画：“看看，比你圆嘟嘟的脸还大呢！”

陈可笑了：“田田好无辜啊！她又吃不到，还要看着妈妈馋她。”

正说着，宝宝伸出小舌头舔舔嘴唇，口水流出来了。

“真不愧是你妈妈的好女儿，小小年纪也知道这东西好吃，毫不掩饰。”邱天帮宝宝擦去口水。

“反正她也没长牙齿，不用担心蛀牙，让她舔舔吧！”一一举着蝴蝶酥去逗宝宝。

“你看你看，有你这么当妈妈的吗？”邱天无奈地摇摇头。

“哎，陈可，你什么时候开始对研究美食感兴趣，又何时有所领悟呢？”

陈可没有直接回答一一的问题，而是讲了一段小故事：“儿时家中院子里有一棵合欢树，每年夏季开满了粉白色的合欢花，人们都爱合欢花的美丽，而我更喜欢它们的叶子。合欢花的叶子形态优雅，对光尤其敏感，清晨展开，傍晚闭合，植物也需要睡眠。

“父亲一度患上失眠的毛病，我记得母亲为他煮合欢花粥，小米、红枣、合欢花、菊花粥，菊花清热解毒、合欢花助眠、小米养胃、红枣补气血，或者煮大米合欢花瘦肉粥。母亲做好粥喜欢盛放在厚实的木碗里，我们用圆圆的木勺舀着喝。我起先以为家家户户都是这么做的，有一天我去邻居家和小朋友玩，刚好赶上了晚餐时间，他们家的粥是盛在普通瓷碗里的，他们帮我也盛了一碗粥，我尝了一口，不像母亲煮得那么绵密，清汤寡水的，我强撑着喝完后告辞回家，我至今还记得那天我是跑回家的，人们常说吃百家饭长大的孩子好养，而我自从有了那次喝粥的经历后，就再也没有让母亲在吃饭时间满院子找我了。”

“难怪呢，原来我们是输在起跑线上了。我记得小时候的面包特别好吃，不像现在有各种添加剂，咬一口面包在嘴里转来转去的才能吞下去，还要赶紧喝口水。你以鲜花入馔源自你母上大人的传承呀！我也喜欢合欢花，那是儿时对美好夏日的记忆，穿着小花裙的我，站在合欢花树下吃冰棒。”

“你都不知道一一小时候有多喜欢吃冰棒，每一张照片都举着冰棒，歪着脑袋，伸出长长的舌头……”还没等邱天说完，一一捂住他的嘴：“别说了，有损我的形象。”然后转移话题，“邱天又要上班了，不过不是投行，是一家公司请他去做财务经理。这才休息了几天啊，又要马不停蹄了！”

“我很佩服邱天，无论压力多大，他都能做到不骄不躁。”陈可说，“好羡慕你们，家和万事兴啊！”

新年伊始，陈可的生活是崭新的。体育老师的工作让他每天都充满了正能量，每周五个晚上他都在柯晨的餐厅厨房工作，“周末餐桌”也在有条不紊地进行。

这几年来，他为方琼设计的食谱有上百种了，从未想过把这些食谱记录下来，现在，他写了一份食谱，反复推敲了几次。无论他做过多少道菜，方琼时常念起的还是那几道家乡菜。她喜欢熟悉的味道，让她有心安的感觉。

方琼有一个习惯，每次买一件新衣服的时候，第一次穿出门一定是她一个人的时候，她需要一个适应期。她不会因为中意一件衣服的款式而放弃舒适度。一件她喜欢的衣服，一定是那件她穿了几年还在穿的。不完全因为她念旧，她觉得这件衣服是属于她的，衣服的品性与她合而为一了，无须谁驾驭谁。

只有熟悉，才有信任。熟悉的人、熟悉的味道、内心的平静，家就是这样一个地方。

陈可试着与自己和解。如果和解是一种味道，会是什么滋味呢？也许很平淡，就像生活本来的样子。

春日里，方琼在落霞满天时走进曾经熟悉的家。她身着浅大地色工装裤，珍珠色针织衫，两种颜色好像是海洋与陆地有了衔接。

环顾四周，一幅马头墙小画映入眼帘，简洁中彰显沉稳与收敛。方琼想起那句“青砖小瓦马头墙，回廊挂落花格窗”。看到马头墙如同回到了家乡。餐厅的壁布换过了，是《瑞鹤图》天空的颜色，也是汝窑的色泽，甚至依稀可见汝窑开片的裂纹。

家还是那个熟悉的家，只是换了一种颜色，显得淡雅、清新、含蓄、自然。

餐厅里，中式圆形旋转餐桌取代了西式长桌，往事又变得清晰起来。“你知道吗？看到旋转的餐桌我就会联想到六个字。”“有意思，哪六个字？”“家乡、婚礼、蹄髈。”

方琼娓娓道来：“从小到大，我参加过的婚礼少说也有十几场，却从未吃过蹄髈。宴席上，无论蹄髈在眼前旋转多少遍，人们似乎都视而不见，它们的外皮红润鲜亮，它们的身材圆润可爱，但是，我从未在婚宴上尝过它诱人的味道。蹄髈，通常在婚宴结束时仍旧是完整的，有时会被人不小心吃掉五分之一。蹄髈是打包的最高境界，眼明手快外加运气好，每桌都有一位戴着金戒指的阿姨，只见她们的手指旋转几下，蹄髈在大圆桌上一跃而起，被牢牢地套进塑料袋里，然后放进她们的冰箱，够全家老小吃上一阵子了。”

从方琼进门的那一刻，陈可便发现了她与以往的不同，那是一种女性特有的自在之美，由内而外，优雅从容。

“June，快坐啊，你先尝尝这道点心吧！”陈可说。

“干炸响铃？”外形讨喜的响铃在古拙的陶器中散发着诱人的香气。陶器没有瓷器的光泽，而是把光留给了食物，甘愿做护花使者。

“富阳东坞山泗乡的金衣，包裹着新鲜猪肉糜。”

“这腐皮的颜色好美啊！”方琼咬了一口，咔嚓，酥脆的响铃在口中炸裂，只觉得腐皮的香气与肉香充满了口腔。“好像误入仙境一般。”她捂住嘴，过了数秒又说，“干炸响铃的火候很难掌控吧？”

“还好吧，油温两成，温度太高颜色就不对了。”陈可一边说着，一边为方琼和自己倒了一杯绍兴酒。

方琼拿起酒杯，有些温热的感觉，浅尝一口：“太舒服了，你还记得我喜欢的话梅。厨房里好香啊！好久没有吃你做的菜了。”

晚霞的余晖洒落在餐桌上，音乐轻柔。

为了这一餐，方琼特意免去了午餐，早餐也只喝了一碗白粥。她记得陈可说过：“饿的时候味觉更敏锐、更挑剔。”她把胃腾空是对陈可的尊重，她知道为了这餐，他一定用心良苦。

“June，第一道菜来啦！”

“且将新火试新茶。诗酒趁年华。每每看到这道菜，我都会想起苏轼的这句词。明前茶色如翡翠，河虾色泽如白玉，这道龙井虾仁的清香是春日里最美的味道，难道你是故意等到明前茶上市才邀请我吗？”方琼见陈可不语，自顾自地夹起虾仁来尝，“味道极其鲜美，河虾肉质细腻鲜嫩，在北京能吃到如此地道的杭州名菜，我实在是太幸运了！”

陈可很喜欢看她吃东西，那么陶醉、可爱。他的嘴角不自觉地上扬，心里暖暖的。原来一个人的笑容可以如此明媚，点亮了整个房间，终于有了家的感觉。

陈可将一个奶白色骨瓷汤锅放在餐桌上，然后掀开锅盖。

她看到了一锅青翠欲滴的、色泽金黄的、洁白无瑕的雪菜黄鱼豆腐羹。

“此时正是品尝舟山黄鱼的最佳时间。”一幅淡雅的江南水乡画映在白色骨瓷碗中，她只尝了一口，鱼羹的鲜香已然将她带回故乡。她感觉心跳加快，这雪里蕻就像是妈妈亲手腌制的，她太熟悉这个味道了，只有妈妈知道她喜欢雪里蕻腌制几天达到这样的口感。

她的声音里带着不自觉的哽咽，眼中泛着泪花：“你不会去了我的家乡吧？”

“小雪节气前后，阿拉水乡人家都要腌雪里蕻的。小琼蛮喜欢吃绿莹莹的腌雪里蕻，她讲这个颜色是冬天里的希望。到了有春笋的时光，腌雪里蕻切碎与蚕豆、笋尖一道炒，欢喜肉香加些肉丁，没有也不要紧，这道小菜小琼欢喜得来！”陈可努力模仿江浙方言，方琼破涕为笑。

“我竟然不知道你去过我家。”她又为自己盛了一碗鱼羹。

“第一次去你家我还挺紧张的，你父母邀请我有空再去呢！”

两人一度没有交流，只是各自喝着碗里的鱼羹。

陈可留方琼一个人在餐厅，自己回厨房做一道极考验火候的功夫菜，他需要静心凝神才能不失误。

方琼此时的心情再也不能平静，她无数次想靠近他，躲过混乱的思绪，即使迈出第一步，甚至第一百步，一个念头闪现，像一阵强风刮过，耳际轰鸣，虽然短暂，威力巨大。脚步戛然而止，如时钟莫名停摆，蓦然发现又回到了初始的零，让她止步不前的究竟是什么？他为了给她准备这一餐，竟然去了她的家乡。每一道菜都是精心准备的，她感觉到陈可的爱是那么深沉、细腻、包容，如家乡的春雨，润物无声。

“客家鸡汤芥菜，鸡汤我煲了几个小时；这道是桂花炒饭，粤菜的功夫菜，将鸡蛋炒散如桂花，色泽金黄，手法要快，不然就赶不上火候了。运用粤菜的手法和满觉陇桂花外形，算是我们老广与江南的双剑合璧吧！”

两人默契地举杯，方琼只觉得心快要跳出来了，而对面的陈可却气定神闲，一勺鱼羹、一颗虾仁、一口炒饭。长长的芥菜吸满了汤汁，还有脆爽的嚼劲，原来他是想让鲜味更持久。

“芥菜是霉干菜的小时候吗？”

“可以这么理解吧！我们老家用芥菜腌福菜、梅干菜，老人们说过年时吃福菜这一年都有福气。”

他今日选择的菜色从不同的角度演绎了“鲜香”，又有吴冠中江南山水画的意境。从两成油温的干炸响铃开场、茶香弥漫的明前龙井虾仁、妈妈亲手腌的雪里蕻鱼羹、小火慢炖的心灵鸡汤、猛火快炒的满觉陇桂花，方琼暗自揣测，他是想通过晚餐和我说些什么吗？从这几道菜里，她品尝到食材的本味，难能可贵的平和感与平衡感，也许他是想说：“四时有序，爱情也是一样，该来的时候谁也逃不掉。”

方琼吃完炒饭才发现，盛饭的陶器是那么别致，外形是不规则的椭圆形，外壁主色调为沧浪色，内壁上的图案有她最爱的傍晚时分天空中的渐变色，霁蓝色、青黛色……简直妙不可言。

“今天的晚餐给我一种很清晰的感觉，你好像在给味道做减法，每一道菜都只有基本元素，不多不少，火候控制也很讲究，色彩搭配彰显春日的明媚与勃勃生机。”方琼觉得今晚的菜品不仅仅各自精彩，还有更难得的延续性。

“我这段时间一直在学习，原先我只是美食爱好者，自从走进专业厨房我才发现自己离专业厨师相差甚远。浙菜讲究清丽淡雅、突出食材的原色原味，以传统烹饪的方式，协调食材的色香味。”

“回归初心。”方琼将这四个字脱口而出。

两人四目相对，时间似乎静止了，他的目光柔和，她的笑容自然。她以为他会拥抱她，然而并没有。

方琼温柔地说：“你好像能听到时令的脚步声，听懂食物的语言，没有辜负大自然的给予和期待。”

陈可笑了：“我想你此时的味蕾渴望一种味道。”

看来进入甜品环节了，方琼很期待，会是酒酿小圆子吗？忽然很想吃与糯米有关的甜点。

陈可在走进厨房前回头看方琼，这些年来，她离他而去，又重新走进他的生命，美食充当着见证者，从未缺席。

它带着阳光的色泽，看上去圆润香甜，还搭配了 Gelato。她用手指夹起柿子和果子，外皮甚是光滑，如婴儿肌肤般细腻有光泽，一时间竟舍不得放入口中。她先尝尝 Gelato，是柚子口味的。

“我还记得你称红豆大福为青春期大福。”陈可笑着说。

“就是很像青春痘啊！我至今还是不能理解为何不把红豆藏着，偏偏要挤出外皮。”

她咬了一口，柿子的汁水在口中炸裂，竟然是爆浆和果子，细细品味，柿子诱人的香甜充斥着口腔，突然间，她停住了。

她不舍得有任何动作，就让它停留在舌尖，柔软又熟悉，她在心里暗暗地说：“好想吻你！”

这是柿子口感最佳的小舌头。那时，她很喜欢坐在窗口晒太阳，手里捧着一个熟透的柿子，从顶端画十字切口，小勺子刚好可以探进去。她会一勺一勺地挖着吃，挖到小舌头的时候是最开心的。当柿子的皮肉不再紧密相连，表皮变得薄薄的，柿子便有了果冻的口感，小舌头脆脆的，很有嚼头。

他是记得的，他的巧思令她感动。

“我用新鲜柿子果肉、柿子果酱和柿饼做内馅，柿饼是 Vincent 送给我的，保存新鲜果肉的技巧也是他教我的，柿子酱是我自己做的，我想着你喜欢吃柿子，创作出这道口感层层递进的柿子和果子。”

他好像一本敞开的书，所有的注释都那么清晰，她不会再感到迷茫，只想带着轻松的心情，细读每一个字里行间。

他如此珍视她，他一直都在。人生那么长，唯有与他同行，生活才是有滋有味的。

音乐轻柔，是她喜欢的 *Amarantine*（《永恒之花》）。这是 Enya 的一首歌，“Amarantine”是希腊苋属植物，代表着永不凋谢，寓意永恒，Enya 的声音空灵脱俗。这首歌讲述的是要把心里的爱传递出去，爱的力量足够强大，爱是永恒。

过去美好的一切都聚拢过来，那个 Pasadena 明媚的午后，阳光勾勒出他俊朗的轮廓，也注定了扯不断的缘分。他们一起欣赏过数不清的日出日落，那么光彩夺目。此时，他的美好令她动容。

她吻着他，他吻着她。
原来这道甜品只是想说：Kiss Me（吻我）...

爱情不是塑身衣，勾勒出自以为妖娆的曲线，
或许一双跑鞋才是爱情最好的礼物。
彼此相爱的距离，也许是一场史无前例的马拉松，
不试试怎会知道，我可以。

图书在版编目（CIP）数据

旋转的餐桌 / 刘辉著． -- 武汉 ：长江文艺出版社，2025. 7. -- ISBN 978-7-5702-4055-5

Ⅰ. I247.5

中国国家版本馆 CIP 数据核字第 2025RW4909 号

旋转的餐桌

XUANZHUAN DE CANZHUO

刘辉 著

选题产品策划生产机构 | 北京长江新世纪文化传媒有限公司

总 策 划 | 金丽红 黎 波

责任编辑 | 张 维 装帧设计 | 郭 璐 责任印制 | 张志杰 王会利

助理编辑 | 洋 洋 内文制作 | 张景莹 版权代理 | 何 红

法律顾问 | 梁 飞 媒体运营 | 刘 冲 刘 峥 洪振宇

总 发 行 | 北京长江新世纪文化传媒有限公司

电 话 | 010-58678881 传 真 | 010-58677346

地 址 | 北京市朝阳区曙光西里甲 6 号时间国际大厦 A 座 1905 室 邮 编 | 100028

出 版 | 长江出版传媒 长江文艺出版社

地 址 | 湖北省武汉市雄楚大街 268 号湖北出版文化城 B 座 8-9 楼 邮 编 | 430070

印 刷 | 天津盛辉印刷有限公司

开 本 | 880mm × 1230mm 1/32 印 张 | 9.75

版 次 | 2025 年 7 月第 1 版 印 次 | 2025 年 7 月第 1 次印刷

字 数 | 244 千字

定 价 | 58.00 元

盗版必究（举报电话：010-58678881）

（图书如出现印装质量问题，请与选题产品策划生产机构联系调换）